世间小儿女

汪曾祺

著

人民文学出版社

图书在版编目(CIP)数据

世间小儿女 / 汪曾祺著. —北京：人民文学出版社,2022
(汪曾祺散文小丛书)
ISBN 978-7-02-017401-0

Ⅰ.①世… Ⅱ.①汪… Ⅲ.①散文集—中国—当代 Ⅳ.①I267

中国版本图书馆 CIP 数据核字(2022)第 151913 号

责任编辑　刘　伟
装帧设计　陶　雷
责任印制　任　祎

出版发行　人民文学出版社
社　　址　北京市朝内大街 166 号
邮政编码　100705

印　　刷　三河市宏盛印务有限公司
经　　销　全国新华书店等

字　　数　191 千字
开　　本　850 毫米×1168 毫米　1/32
印　　张　10.75　插页 10
印　　数　1—5000
版　　次　2022 年 9 月北京第 1 版
印　　次　2022 年 9 月第 1 次印刷

书　　号　978-7-02-017401-0
定　　价　49.00 元

如有印装质量问题，请与本社图书销售中心调换。电话:010-65233595

祇今谁识金昌绪，千载苍茫一首诗
一九八七年正月 吾年
六十七岁矣 曾祺漫兴

新沏清茶饭后烟,自搔短发负晴暄。
枝头残菊开还好,留得秋光过小年。

窗外雨潺潺

红花莲子白花藕,果贩叶三是我师。
惭愧画家少见识,为君破例著胭脂。

鉴赏家

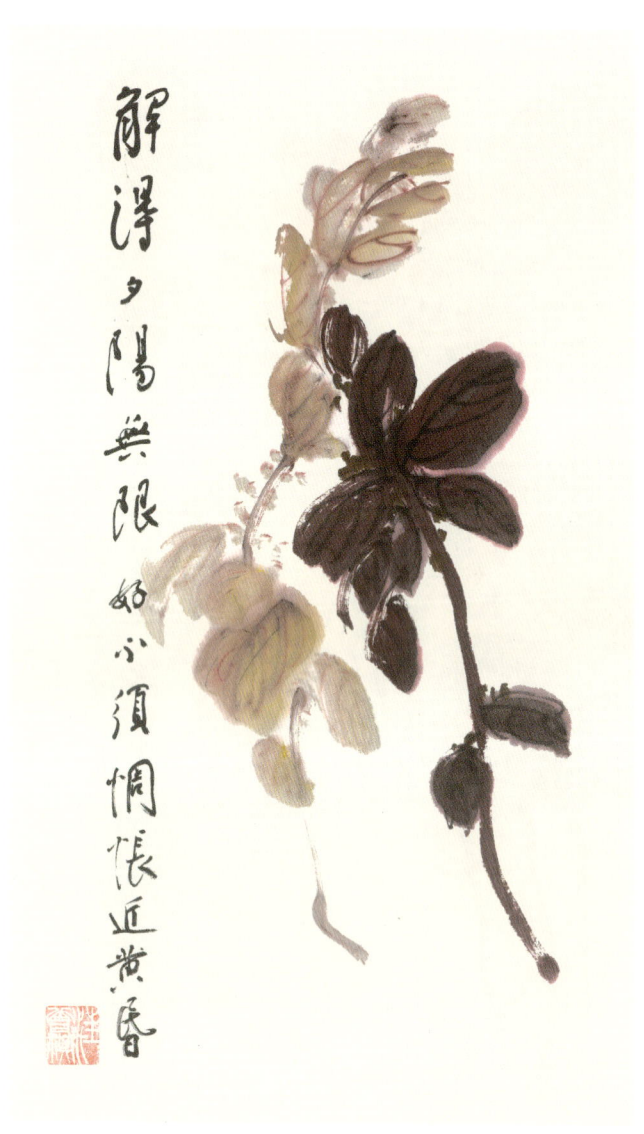

解得夕阳无限好 不须惆怅近黄昏

夏雨

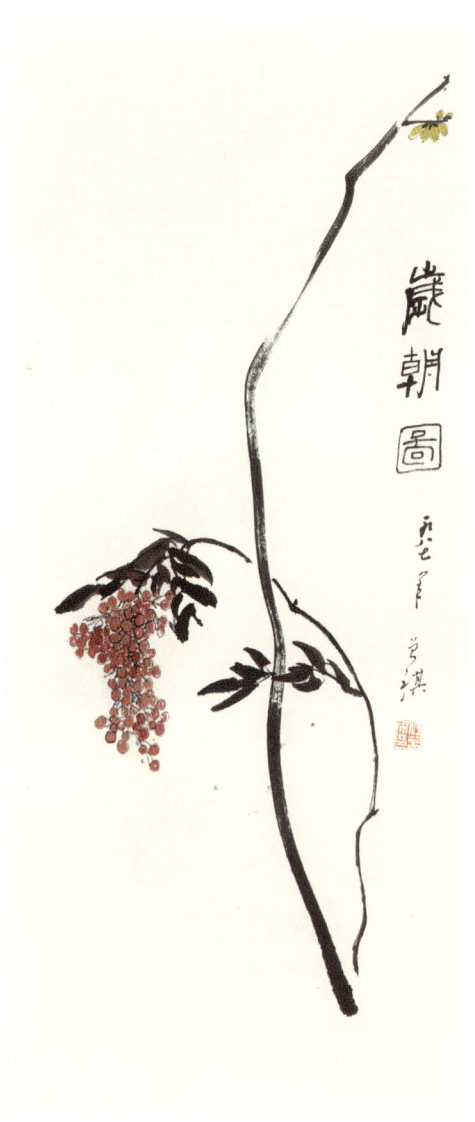

岁朝图

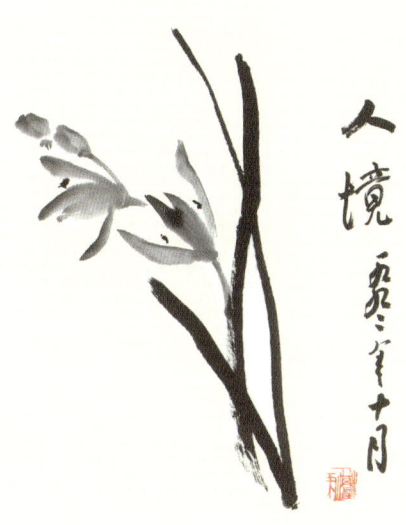

人境

郎今欲渡缘何事，如此风波不可行

沿河看柳

目 录

一代才人未尽才

裘盛戎二三事 ······003
我的老师沈从文 ······005
艺坛逸事 ······024
名优之死
　　——纪念裘盛戎 ······030
看《小翠》,忆老薛 ······034
一代才人未尽才
　　——怀念裘盛戎同志 ······036
老舍先生 ······044
沈从文先生在西南联大 ······050
金岳霖先生 ······060
淡泊的消逝
　　——悼吾师沈从文先生 ······066
星斗其文　赤子其人
　　——怀念沈从文老师 ······068
吴雨僧先生二三事 ······080

赵树理同志二三事
　　——《早茶笔记》之四 ················84
李琪同志印象 ························90
修髯飘飘
　　——记西南联大的几位教授 ············93
遥寄爱荷华
　　——怀念聂华苓和保罗·安格尔 ·········99
未尽才
　　——故人偶记 ······················108
怀念德熙 ···························113
地质系同学 ·························116
裘盛戎二三事 ·······················121
晚翠园曲会 ·························126
哲人其萎
　　——悼端木蕻良同志 ················137
梨园古道 ···························141
潘天寿的倔脾气 ·····················146
谭富英佚事 ·························149
才子赵树理 ·························152
唐立厂先生 ·························156
闻一多先生上课 ·····················160
林斤澜！哈哈哈哈 ···················163
梦见沈从文先生 ·····················167

世间小儿女

理发师	171
蔡德惠	177
书《寂寞》后	181
怀念一个朝鲜驾驶员同志	186
从国防战士到文艺战士	
——记王凤鸣	194
公共汽车	202
下水道和孩子	208
星期天	211
关于"路永修快板抄"	215
四僧	220
悬空的人	
——美国家书	224
退役老兵不"退役"	229
吴大和尚和七拳半和尚	
——《早茶笔记》之三	236
闹市闲民	242
二愣子	245
一辈古人	248

晚年

　　——人寰速写之一 ·················257

傻子

　　——人寰速写之二 ·················260

大妈们

　　——人寰速写之三 ·················263

老董 ·································268

月亮 ·································273

师恩母爱

　　——怀念王文英老师 ···············275

关于于会泳 ···························282

"诗人"韩复榘 ·······················286

铁凝印象 ·····························288

家人闲坐　灯火可亲

多年父子成兄弟 ·······················295

我的家

　　——自传体系列散文《逝水》之二 ···300

我的祖父祖母

　　——自传体系列散文《逝水》之三 ···313

我的父亲

　　——自传体系列散文《逝水》之四 ···322

我的母亲
　　——自传体系列散文《逝水》之五⋯⋯⋯⋯⋯⋯⋯⋯⋯331
大莲姐姐
　　——自传体系列散文《逝水》之六⋯⋯⋯⋯⋯⋯⋯⋯⋯336

一代才人未尽才

裘盛戎二三事[①]

我与裘盛戎未及深交,真是憾事。

和盛戎合作,是很愉快的。他对人,对艺术,都很诚恳。他的虚心是真正的虚心。他读剧本是很仔细的。我在武昌,常看见他一个字一个字慢慢地看剧本,盘腿坐在床上,戴着花镜。他对剧本不挑剔,不为自己在台上"合适"而提出一些难予照办的意见。跟他合作,不会因为缺乏共同语言而痛苦。

盛戎不挑辙口。一个演员,十三道辙都响,很不容易。有一个戏里有个"灭"字,正在要紧的地方。这个字是很不好发声的。盛戎把它唱得很响,很突出,很好听。在搞《雪花飘》之前,我跟他商量用辙,说这个戏想用"一七"辙。他放了一会傻,说:"哎呀,花脸唱闭口音……"我说:"你那个《铡美案》是怎么唱的?"他冲着我点点手,笑了。

盛戎花了很多功夫研究唱法,晚年用力尤勤。他曾跟我说:"花脸唱一出戏要用多少'气'呀!我现在这个岁数,不能像年轻时那样唱。"他常在家里听录音。不仅是花脸,旦角、老生,他都听,都琢磨。他说:"《智取威虎山》里,'支

委会上同志们语重心长'这一句的腔最好。'心……长!'的'长'字就搁在这儿了,真好!"他对气口的处理有独到之处。《智取》里李勇奇的"扫平那威虎山我一马当先",按照花脸的一般唱法,都是在"一马"之后换气。盛戎说:"叫我唱,我不这样。"他给我唱了一遍。他在唱到"一马"的矫矢回旋的唱腔之后,倾全力唱出"先"字。他说"一马"之后,不缓气,随即把"当"字吐出,然后吸足一口气,倾全力唱出"先"字。他说"一马"之后缓气,到"先"字就没有劲了。"一马当先"的气势出不来。

盛戎会拉胡琴,会打鼓。这对他的唱很有帮助。会拉胡琴,故能使声乐器乐互相"给劲",相得益彰。会打鼓,故能在节奏上走出必然王国,运用自如。

注释

① 本篇原载《京剧艺术》1980年第四期。1993年又写同题文,内容差别大。

我的老师沈从文①

一九三七年,日本人占领了江南各地,我不能回原来的中学读书,在家闲居了两年。除了一些旧课本和从祖父的书架上翻出来的《岭表录异》之类的杂书,身边的"新文学"只有一本屠格涅夫的《猎人日记》和一本上海一家野鸡书店盗印的《沈从文小说选》。两年中,我反反复复地看着的,就是这两本书。所以反复地看,一方面是因为没有别的好书看,一方面也因为这两本书和我的气质比较接近。我觉得这两本书某些地方很相似。这两本书甚至形成了我对文学,对小说的概念。我的父亲见我反复地看这两本书,就也拿去看。他是看过《三国》、《水浒》、《红楼梦》的。看了这两本书,问我:"这也是小说吗?"我看过林琴南翻译的《说部丛刊》,看过张恨水的《啼笑因缘》,也看过巴金、郁达夫的小说,看了《猎人日记》和沈先生的小说,发现:哦,原来小说是可以这样的,是写这样一些人和事,是可以这样写的。我在中学时并未有志于文学。在昆明参加大学联合招生,在报名书上填写"志愿"时,提笔写下了"西南联大中国文学系",是和读了《沈从文小说选》有关系的。当时许多学生报考西

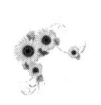

南联大都是慕名而来。这里有朱自清、闻一多、沈从文。——其他的教授是入学后才知道的。

沈先生在联大开过三门课:"各体文习作"、"创作实习"和"中国小说史"。"各体文习作"是本系必修课,其余两门是选修,我是都选了的。因此一九四一、四二、四三年,我都上过沈先生的课。

"各体文习作"这门课的名称有点奇怪,但倒是名副其实的,教学生习作各体文章。有时也出题目。我记得沈先生在我的上一班曾出过"我们小庭院有什么"这样的题目,要求学生写景物兼及人事。有几位老同学用这题目写出了很清丽的散文,在报刊上发表了,我都读过。据沈先生自己回忆,他曾给我的下几班同学出过一个题目,要求他们写一间屋子里的空气。我那一班出过什么题目,我倒都忘了。为什么出这样一些题目呢?沈先生说:先得学会做部件,然后才谈得上组装。大部分时候,是不出题目的,由学生自由选择,想写什么就写什么。这课每周一次。学生在下面把车好、刨好的文字的零件交上去。下一周,沈先生就就这些作业来讲课。

说实在话,沈先生真不大会讲课。看了《八骏图》,那位教创作的达士先生好像对上课很在行,学期开始之前,就已经定好了十二次演讲的内容,你会以为沈先生也是这样。事实上全不是那回事。他不像闻先生那样:长髯垂胸,双目炯炯,富于表情,语言的节奏性很强,有很大的感染力;也不像朱先生那样:讲解很系统,要求很严格,上课带着卡片,语言朴素无华,然而扎扎实实。沈先生的讲课可以说是毫无系统,——因为就学生的文章来谈问题,也很难有系统,大都是随意而谈,声音不大,也不好懂。不好懂,是因为他的湘西口音一直未变,——他能听懂很多地方的方言,也能学说得很像,可是自己讲话仍然是一口凤凰话;也因为他的讲话内容不好捉摸。沈先生是个思想很流动跳跃的人,常常是才说东,忽而又说西。甚至他写文章时也是这样,有时真会离题万里,不知说到哪里去了,用他自己的话说,是"管不住手里的笔"。他的许多小说,结构很均匀缜密,那是用力"管"住了笔的结果。他的思想的跳动,给他的小说带来了文体上的灵活,对讲课可不利。沈先生真不是个长于逻辑思维的人,他从来不讲什么理论。他讲的都是自己从刻苦的实践中摸索出来的经验之谈,没有一句从书本上抄来的话。——很多教授只会抄书。这些经验之谈,如果理解了,是会终身受益的。遗憾的是,很不好理解。比如,他经常讲的一句话是:"要贴到人物来写。"这句话是什么意思呢?你可以作各种深浅不同的理解。这句话是有很丰富的内容的。照我的理解是:作者对所写的人物不能用俯视或旁观的态度。作者要和人物很亲近。作者的思想感情,作者的心要和人物贴得很紧,和人物一同哀乐,一同感觉周围的一切(沈先生很喜欢用"感觉"这个词,他老是要学生训练自己的感觉)。什么时候你"捉"不住人物,和人物离得远了,你

就只好写一些似是而非的空话。一切从属于人物。写景、叙事都不能和人物游离。景物,得是人物所能感受得到的景物。得用人物的眼睛来看景物,用人物的耳朵来听,人物的鼻子来闻嗅。《丈夫》里所写的河上的晚景,是丈夫所看到的晚景。《贵生》里描写的秋天,是贵生感到的秋天。写景和叙事的语言和人物的语言(对话)要相协调。这样,才能使通篇小说都渗透了人物,使读者在字里行间都感觉到人物,——同时也就感觉到作者的风格。风格,是作者对人物的感受。离开了人物,风格就不存在。这些,是要和沈先生相处较久,读了他许多作品之后,才能理解得到的。单是一句"要贴到人物来写",谁知道是什么意思呢?又如,他曾经批评过我的一篇小说,说:"你这是两个聪明脑袋在打架!"让一个第三者来听,他会说:"这是什么意思?"我是明白的。我这篇小说用了大量的对话,我尽量想把对话写得深一点,美一点,有诗意,有哲理。事实上,没有人会这样的说话,就是两个诗人,也不会这样的交谈。沈先生这句话等于说:这是不真实的。沈先生自己小说里的对话,大都是平平常常的话,但是一样还是使人感到人物,觉得美。从此,我就尽量把对话写得朴素一点,真切一点。

  沈先生是那种"用手来思索"的人[②]。他用笔写下的东西比用口讲出的要清楚得多,也深刻得多。使学生受惠的,不是他的讲话,而是他在学生的文章后面所写的评语。沈先生对学生的文章也改的,但改得不多,但是评语却写得很长,有时会比本文还长。这些评语有的是就那篇习作来谈的,也有的是由此说开去,谈到创作上某个问题。这实在是一些文学随笔。往往有独到的见解,文笔也很讲究。老一辈作家大都是"执笔则为文",不论写什么,哪怕是写一个便条,都是当一个"作品"来写的。——这样才能随时锻炼文笔。沈先生历年写下的这种评语,为数是很不少的,可惜没有一篇留下来。否则,对今天的文学青年会是很有用处的。

除了评语,沈先生还就学生这篇习作,挑一些与之相近的作品,他自己的,别人的,——中国的外国的,带来给学生看。因此,他来上课时都抱了一大堆书。我记得我有一次写了一篇描写一家小店铺在上板之前各色各样人的活动,完全没有故事的小说,他就介绍我看他自己写的《腐烂》(这篇东西我过去未看过)。看看自己的习作,再看看别人的作品,比较吸收,收效很好。沈先生把他自己的小说总集叫做《沈从文小说习作选》,说这都是为了给上创作课的学生示范,有意地试验各种方法而写的,这是实情,并非故示谦虚。

沈先生这种教写作的方法,到现在我还认为是一种很好的方法,甚至是唯一可行的方法。我倒希望现在的大学中文系教创作的老师也来试试这种方法。可惜愿意这样教的人不多;能够这样教的,也很少。

"创作实习"上课和"各体文习作"也差不多,只是有时

较有系统地讲讲作家论。"小说史"使我读了不少中国古代小说。那时小说史资料不易得,沈先生就自己用毛笔小行书抄录在昆明所产的竹纸上,分给学生去看。这种竹纸高可一尺,长约半丈,折起来像一个经卷。这些资料,包括沈先生自己辑录的罕见的资料,辗转流传,全都散失了。

　　沈先生是我见到的一个少有的勤奋的人。他对闲散是几乎不能容忍的。联大有些学生,穿着很"摩登"的西服,头上涂了厚厚的发蜡,走路模仿克拉克·盖博③,一天喝咖啡、参加舞会,无所事事。沈先生管这种学生叫"火奴鲁鲁"——"哎,这是个火奴鲁鲁!④"他最反对打扑克,以为把生命这样的浪费掉,实在不可思议。他曾和几个作家在井冈山住了一些时候,对他们成天打扑克很不满意,"一天打扑克,——在井冈山这种地方!哎!"除了陪客人谈天,我看到沈先生,都是坐在桌子前面,写。他这辈子写了多少字呀。有一次,我和他到一个图书馆去,在一排一排的书架前面,他说:"看到有那么多人写了那么多的书,我真是什么也不想写了。"这句话与其说是悲哀的感慨,不如说是对自己的鞭策。他的文笔很流畅,有一个时期且被称为多产作家,三十年代到四十年代,十年中他出了四十个集子,你会以为他写起来很轻易。事实不是那样。除了《从文自传》是一挥而就,写成之后,连看一遍也没有,就交出去付印之外,其余的作品都写得很艰苦。他的《边城》不过六七万字,写了半年。据他自己告诉我,那时住在北京的达子营,巴金住在他家。他那时还有个"客厅"。巴金在客厅里写,沈先生在院子里写。半年之间,巴金写了一个长篇,沈先生却只写了一个《边城》。我曾经看过沈先生的原稿(大概是《长河》),他不用稿纸,写在一个硬面的练习本上,把横格竖过来写。他不用自来水笔,用蘸水钢笔(他执钢笔的手势有点像执毛笔,执毛笔的手势却又有点像拿钢笔)。这原稿真是"一塌糊涂",勾来划去,改了又改。他真干过这样的事:把原稿一条一条地剪开,一句一句地重新拼合。他说他自己的作品是"一个字一个字地雕出来的",这不是夸张的话。他早年常流鼻血。大概是因为血小板少,血液不易凝固,流起来很难止住。有时夜里写作,鼻血流了一大摊,邻居发现他伏在血里,以为他已经完了。我就亲见过他的沁着血的手稿。

因为日本飞机经常到昆明来轰炸,很多教授都"疏散"到了乡下。沈先生也把家搬到了呈贡附近的桃源新村。他每个星期到城里来住几天,住在文林街教员宿舍楼上把角临街的一间屋子里,房屋很简陋。昆明的房子,大都不盖望板,瓦片直接搭在椽子上,晚上从瓦缝中可见星光、月光。下雨时,漏了,可以用竹竿把瓦片顶一顶,移密就疏,办法倒也简便。沈先生一进城,他这间屋子里就不断有客人。来客是各色各样的,有校外的,也有校内的教授和学生。学生也不限于中文系的,文、法、理、工学院的都有。不论是哪个系的学生都对文学有兴趣,都看文学书,有很多理工科同学

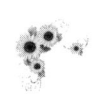

能写很漂亮的文章,这大概可算是西南联大的一种学风。这种学风,我以为今天应该大力的提倡。沈先生只要进城,我是一定去的。去还书,借书。

沈先生的知识面很广,他每天都看书。现在也还是这样。去年,他七十八岁了,我上他家去,沈师母还说:"他一天到晚看书,——还都记得!"他看的书真是五花八门,他叫这是"杂知识"。他的藏书也真是兼收并蓄。文学书、哲学书、道教史、马林诺斯基的人类学、亨利·詹姆斯、弗洛伊德、陶瓷、髹漆、糖霜、观赏植物……大概除了《相对论》,在他的书架上都能找到。我每次去,就随便挑几本,看一个星期(我在西南联大几年,所得到的一点"学问",大部分是从沈先生的书里取来的)。他的书除了自己看,买了来,就是准备借人的。联大很多学生手里都有一两本扉页上写着"上官碧"的名字的书。沈先生看过的书大都做了批注。看一本陶瓷史,铺天盖地,全都批满了,又还粘了许多纸条,密密地写着字。这些批注比正文的字数还要多。很多书上,做了题记。题记有时与本书无关,或记往事,或抒感慨。有些题记有着只有本人知道的"本事",别人不懂。比如,有一本书后写着:"雨季已过,无虹可看矣。"有一本后面题着:"某月日,见一大胖女人从桥上过,心中十分难过。"前一条我可以约略知道,后一条则不知所谓了。为什么这个大胖女人使沈先生心中十分难过呢?我对这些题记很感兴趣,觉得很有意思,而且自成一种文体,所以到现在还记得。他的藏书几经散失。去年我去看他,书架上的书大都是近年买的,我所熟识的,似只有一函《少室山房全集》了。

沈先生对美有一种特殊的敏感。他对美的东西有着一种炽热的、生理的、近乎是肉欲的感情。美使他惊奇,使他悲哀,使他沉醉。他搜罗过各种美术品。在北京,他好几年搜罗瓷器。待客的茶杯经常变换,也许是一套康熙青花,也许是鹧鸪斑的浅盏,也许是日本的九谷瓷。吃饭的时候,客人会放下筷子,欣赏起他的雍正粉彩大盘,把盘里的韭黄炒鸡蛋都搁凉了。在昆明,他不知怎么发现了一种竹胎的缅漆的圆盒,黑红两色的居多,间或有描金的,盒盖周围有极繁复的花纹,大概是用竹笔刮绘出来的,有云龙花草,偶尔也有画了一圈趺坐着的小人的。这东西原是食具,不知是什么年代的,带有汉代漆器的风格而又有点少数民族的色彩。他每回进城,除了置买杂物,就是到处寻找这东西(很便宜的,一只圆盒比一个粗竹篮贵不了多少)。他大概前后搜集了有几百,而且鉴赏越来越精,到后来,稍一般的,就不要了。我常常随着他满城乱跑,去衰货摊上觅宝。有一次买到一个直径一尺二的大漆盒,他爱不释手,说:"这可以做一个《红黑》的封面!"有一阵又不知从哪里找到大批苗族的挑花。白色的土布,用色线(蓝线或黑线)挑出精致而天真的图案。有客人来,就摊在一张琴案上,大家围着看,一人手里捧着一杯茶,不断发出惊叹的声音。抗战后,回到北京,他又买了很多旧绣货:扇子套、眼镜套、槟榔荷包、枕头顶,乃至帐檐、飘带……(最初也很便宜,后来就十分昂贵了)后来又搞丝绸,搞服装。他搜罗工艺品,是最不功利,最不自私的。他花了大量的钱买这些东西,不是以为奇货可居,也不是为了装点风雅,他是为了使别人也能分尝到美的享受,真是"与朋友共,敝之而无憾"。他的许多藏品都不声不响地捐献给国家了。北京大学博物馆初成立的时候,玻璃柜里的不少展品就是从中老胡同沈家的架上搬去的。昆明的熟人的案上几乎都有一个两个沈从文送的缅漆圆盒,用来装芙蓉糕、萨其马或邮票、印泥之类杂物。他的那些名贵的瓷器,我近二年去看,已经所剩无几了,就像那些扉页上写着"上官碧"名字的书一样,都到了别人的手里。

沈从文欣赏的美,也可以换一个字,是"人"。他不把这些工艺品只看成是"物",他总是把它和人联系在一起的。他总是透过"物"看到"人"。对美的惊奇,也是对人的赞叹。这是人的劳绩,人的智慧,人的无穷的想象,人的天才的、精力弥满的双手所创造出来的呀!他在称赞一个美的作品时所用的语言是充满感情的,也颇特别,比如:"那样准确,准确得可怕!"他常常对着一幅织锦缎或者一个"七色晕"的绣片惊呼:"真是了不得!""真不可想象!"他到了杭州,才知道故宫龙袍上的金线,是瞎子在一个极薄的金箔上凭手的感觉割出来的,"真不可想象!"有一次他和我到故宫去看瓷器,有几个莲子盅造型极美,我还在流连赏玩,他在我耳边轻轻地说:"这是按照一个女人的奶子做出来的。"

沈从文从一个小说家变成一个文物专家,国内国外许多人都觉得难以置信。这在世界文学史上似乎尚无先例。对我说起来,倒并不认为不可理解。这在沈先生,与其说是改弦更张,不如说是轻车熟路。这有客观的原因,也有主观原因。但是五十岁改行,总是件冒险的事。我以为沈先生思想缺乏条理,又没有受过"科学方法"的训练,他对文物只是一个热情的欣赏者,不长于冷静的分析,现在正式"下海",以此作为专业,究竟能搞出多大成就,最初我是持怀疑态度的。直到前二年,我听他谈了一些文物方面的问题,看到他编纂的《中国服装史资料》的极小一部分图片,我才觉得,他钻了二十年,真把中国的文物钻通了。他不但钻得很深,而且,用他自己的说法:解决了一个问题,其他问题也就"顷刻"解决了。服装史是个拓荒工作。他说现在还是试验,成不成还不知道。但是我觉得:填补了中国文化史研究的一个重要的空白,对历史、戏剧等方面将发生很大作用,一个人一辈子做出这样一件事,也值了!《服装史》终于将要出版了,这对于沈先生的熟人,都是很大的安慰。因为治服装史,他又搞了许多副产品。他搞了扇子的发展,马戏的发展(沈从文这个名字和"马戏"联在一起,真是谁也没有想到的)。他从人物服装,断定号称故宫藏画最早的一幅展子虔《游春图》不是隋代的而是晚唐的东西。他现在在手的研究专题就有四十个。其中有一些已经完成了(如陶瓷史),有一些正在做。他在去年写的一篇散文《忆翔鹤》的最后说"一息尚存,即有责任待尽",不是一句空话。沈先生是一个不知老之将至的人,另一方面又有"时不我与"之感,所以他现在工作加倍地勤奋。沈师母说他常常一坐下来就是十几个小时。沈先生是从来没有休息的。他的休息只是写写字。是一股什么力量催着一个年近八十的老人这样孜孜矻矻,不知疲倦地工作着的呢?我以为:是炽热而深沉的爱国主义。

  沈从文从一个小说家变成了文物专家,对国家来说,孰得孰失,且容历史去做结论吧。许多人对他放下创作的笔感到惋惜,希望他还能继续写文学作品。我对此事已不抱希望了。人老了,驾驭文字的能力就会衰退。他自己也说他越来越"管不住手里的笔"了。但是看了《忆翔鹤》,改变了我的看法。这篇文章还是写得那样流转自如,毫不枯涩,旧日文风犹在,而且更加炉火纯青了。他的诗情没有枯竭,他对人事的感受还是那样精细锐敏,他的抒情才分因为世界观的成熟变得更明净了。那么,沈老师,在您的身体条件许可下,兴之所至,您也还是写一点吧。

  朱光潜先生在一篇谈沈从文的短文中,说沈先生交游很广,但朱先生知道,他是一个寂寞的人。吴祖光有一次跟我说:"你们老师不但文章写得好,为人也是那样好。"他们的话都是对的。沈先生的客人很多,但都是君子之交,言不及利。他总是用一种含蓄的热情对人,用一种欣赏的、抒情的眼睛看一切人。对前辈、朋友、学生、家人、保姆,都是这样。他是把生活里的人都当成一个作品中的人物去看的。他津津乐道的熟人的一些细节,都是小说化了的细节。大概他的熟人也都感觉到这一点,他们在沈先生的客座(有时是一张破椅子,一个小板凳)上也就不大好意思谈出过于庸俗无聊的话,大都是上下古今,天南地北地闲谈一阵,喝一盏清茶,抽几枝烟,借几本书和他所需要的资料(沈先生对来借资料的,都是有求必应),就走了。客人一走,沈先生就坐到桌子跟前拿起笔来了。

沈先生对曾经帮助过他的前辈是念念不忘的,如林宰平先生、杨今甫(振声)先生、徐志摩。林老先生我未见过,只在沈先生处见过他所写的字。杨先生也是我的老师,这是个非常爱才的人。沈先生在几个大学教书,大概都是出于杨先生的安排。他是中篇小说《玉君》的作者。我在昆明时曾在我们的系主任罗莘田先生的案上见过他写的一篇游戏文章《释鳏》,是写联大的光棍教授的生活的。杨先生多年过着独身生活。他当过好几个大学的文学院长,衬衫都是自己洗烫,然而衣履精整,窗明几净,左图右史,自得其乐,生活得很潇洒。他对后进青年的作品是很关心的。他曾经托沈先生带话,叫我去看看他。我去了,他亲自洗壶涤器,为我煮了咖啡,让我看了沈尹默给他写的字,说:"尹默的字超过明朝人";又让我看了他的藏画,其中有一套姚茫父的册页,每一开的画芯只有一个火柴盒大,却都十分苍翠雄浑,是姚画的难得的精品。坐了一个多小时,我就告辞出来了。他让我去,似乎只是想跟我随便聊聊,看看字画。沈先生夫妇是常去看杨先生的,想来情形亦当如此。徐志摩是最初发现沈从文的才能的人。沈先生说过,如果没有徐志摩,他就不会成为作家,他也许会去当警察,或者随便在哪条街上倒下来,胡里胡涂地死掉了。沈先生曾和我说过许多这位诗人的佚事。诗人,总是有些倜傥不羁的。沈先生说他有一次上课,讲英国诗,从口袋里摸出一个大烟台苹果,一边咬着,说:"中国是有好东西的!"

沈先生常谈起的三个朋友是梁思成、林徽因、金岳霖。梁思成后来我在北京见过,林徽因一直没有见着。他们都是学建筑的。我因为沈先生的介绍,曾看过《营造法式》之类的书,知道什么叫"一斗三升",对赵州桥、定州塔发生很大的兴趣。沈先生的好多册《营造学报》一直在我手里,直到"文化大革命",才被"处理"了。从沈先生口中,我知道梁思成有一次为了从一个较远的距离观测一座古塔内部的结构,一直往后退,差一点从塔上掉了下去。林徽因对文学艺术的见解是为徐志摩、杨今甫、沈从文等一代名流所倾倒的。这是一个真正的中国的"沙龙女性",一个中国的弗吉尼亚·沃尔芙。她写的小说如《窗子以外》、《九十九度中》,别具一格,和废名的《桃园》、《竹林的故事》一样,都是现代中国文学里的不可忽视的作品。现在很多人在谈论"意识流",看看林徽因的小说,就知道不但外国有,中国也早就有了。她很会谈话,发着三十九度以上的高烧,还半躺在客厅里,和客人剧谈文学艺术问题。

金岳霖是个通人情、有学问的妙人,也是一个怪人。他是我的老师,大学一年级时,教"逻辑",这是文法学院的共同必修课。教室很大,学生很多。他的眼睛有病,有一个时期戴的眼镜一边的镜片是黑的,一边是白的。头上整年戴一顶旧呢帽。每学期上第一课都要首先声明:"对不起,我的眼睛有病,不能摘下帽子,不是对你们不礼貌。""逻辑"课有点近似数学,是有习题的。他常常当堂提问,叫学生回答。那指名的方式却颇为特别。"今天,所有穿红毛衣的女士回答。"他闭着眼睛用手一指,一个女士就站了起来。"今天,梳两条辫子的回答。"因为"逻辑"这玩意对乍从中学出来的女士和先生都很新鲜,学生也常提出问题来问他。有一个归侨学生叫林国达,最爱提问,他的问题往往很奇怪。金先生叫他问得没有办法,就反过来问他:"林国达,我问你一个问题:'林国达先生是垂直于黑板的',这是什么意思?"——林国达后来在一次游泳中淹死了。金先生教逻辑,看的小说却很多,从乔依思的《尤利西斯》到平江不肖生的《江湖奇侠传》,无所不看。沈先生有一次拉他来做了一次演讲。有一阵,沈先生曾给联大的一些写写小说、写写诗的学生组织过讲座,地点在巴金的夫人萧珊的住处,与座者只有十来个人。金先生讲的题目很吸引人,大概是沈先生出的:"小说和哲学"。他的结论却是:小说和哲学没有关系,《红楼梦》里所讲的哲学也不是哲学。那次演讲给我留下印象最深的是,讲着讲着,他忽然停了下来,说:"对不起,我身上好像有个小动物。"随即把手伸进脖领,擒住了这只小动物,并当场处死了。我们曾问过他,为什么研究哲学,——在我们看来,哲学很枯燥,尤其是符号哲学。金先生想了一想,说:"我觉得它很好玩。"他一个人生活。在昆明曾养过一只大斗鸡。这只斗鸡极其高大,经常把脖子伸到桌上来,和金先生一同吃饭。他又曾到处去买大苹果、大梨、大石榴,并鼓励别的教授的孩子也去买,拿来和他的比赛。谁的比他的大,他就照价收买,并把原来较小的一个奉送。他和沈先生的友谊是淡而持久的,直到金先生八十多岁了,还时常坐了平板三轮到沈先生的住处来谈谈。——因为毛主席告他要接触社会,他就和一个蹬平板三轮的约好,每天坐着平板车到王府井一带各处去转一圈。

和沈先生不多见面,但多年往还不绝的,还有一个张奚若先生、一个丁西林先生。张先生是个老同盟会员,曾拒绝参加蒋介石召开的参议会,人矮矮的,上唇留着短髭,风度如一个日本的大藏相,不知道为什么和沈先生很谈得来。丁西林曾说,要不是沈先生的鼓励,他这个写过《一只马蜂》的物理研究所所长,就不会再写出一个《等太太回来的时候》。

沈先生对于后进的帮助是不遗余力的。他曾自己出资给初露头角的青年诗人印过诗集。曹禺的《雷雨》发表后，是沈先生建议《大公报》给他发一笔奖金的。他的学生的作品，很多是经他的润饰后，写了热情揄扬的信，寄到他所熟识的报刊上发表的。单是他代付的邮资，就是一个不小的数目。前年他收到一封现在在解放军的知名作家的信，说起他当年丧父，无力葬埋，是沈先生为他写了好多字，开了一个书法展览，卖了钱给他，才能回乡办了丧事的。此事沈先生久已忘记，看了信想想，才记起仿佛有这样一回事。

沈先生待人，有一显著特点，是平等。这种平等，不是政治信念，也不是宗教教条，而是由于对人的尊重而产生的一种极其自然的生活的风格。他在昆明和北京都请过保姆。这两个保姆和沈家一家都相处得极好。昆明的一个，人胖胖的，沈先生常和她闲谈。沈先生曾把她的一生琐事写成了一篇亲切动人的小说。北京的一个，被称为王嫂。她离开多年，一直还和沈家来往。她去年在家和儿子怄了一点气，到沈家来住了几天，沈师母陪着她出出进进，像陪着一个老姐姐。

沈先生的家庭是我所见到的一个最和谐安静，最富于抒情气氛的家庭。这个家庭一切民主，完全没有封建意味，不存在任何家长制。沈先生、沈师母和儿子、儿媳、孙女是和睦而平等的。从他的儿子把板凳当马骑的时候，沈先生就不对他们的兴趣加以干涉，一切听便。他像欣赏一幅名画似的欣赏他的儿子、孙女,对他们的"耐烦"表示赞赏。"耐烦"是沈先生爱用的一个词藻。儿子小时候用一个小钉锤乒乒乓乓敲打一件木器,半天不歇手,沈先生就说:"要算耐烦。"孙女做功课,半天不抬脑袋,他也说:"要算耐烦。""耐烦"是在沈先生影响下形成的一种家风。他本人不论在创作或从事文物研究,就是由于"耐烦"才取得成绩的。有一阵,儿子、儿媳不在身边,孙女跟着奶奶过。这位祖母对孙女全不像是一个祖母,倒像是一个大姐姐带着最小的妹妹,对她的一切情绪都尊重。她读中学了,对政治问题有她自己的看法,祖母就提醒客人,不要在她的面前谈教她听起来不舒服的话。去年春节,孙女要搞猜谜活动,祖母就帮着选择、抄写,在屋里拉了几条线绳,把谜语一条一条粘挂在线绳上。有客人来,不论是谁,都得受孙女的约束:猜中一条,发糖一块。有一位爷爷,一条也没猜着,就只好喝清茶。沈先生对这种约法不但不呵斥,反而热情赞助,十分欣赏。他说他的孙女"最会管我,一到吃饭,就下命令:'洗手!'"这个家庭自然也会有痛苦悲哀,油盐柴米,风风雨雨,别别扭扭,然而这一切都无妨于它和谐安静抒情的气氛。

　　看了沈先生对周围的人的态度,你就明白为什么沈先生能写出《湘行散记》里那些栩栩如生的角色,为什么能在小说里塑造出那样多的人物,并且也就明白为什么沈先生不老,因为他的心不老。

去年沈先生编他的选集,我又一次比较集中地看了他的作品。有一个中年作家一再催促我写一点关于沈先生的小说的文章。谈作品总不可避免要谈思想,我曾去问过沈先生:"你的思想到底是什么？属于什么体系？"我说:"你是一个抒情的人道主义者。"

沈先生微笑着,没有否认。

一九八一年一月十四日

注释

① 本篇原载《收获》2009年第三期。
② 巴甫连科说作家是用手来思索的。
③ 克拉克·盖博是三十到四十年代的美国电影明星。
④ 火奴鲁鲁即檀香山。至于沈先生为什么把这样的学生叫做"火奴鲁鲁",我到现在还不明白。

艺坛逸事①

萧长华

萧先生八十多岁时身体还很好,腿脚利落,腰板不塌。他的长寿之道有三:饮食清淡,经常步行,问心无愧。

萧先生从不坐车。上哪儿去,都是地下走。早年在宫里"当差",上颐和园去唱戏,也都是走着去,走着回来。从城里到颐和园,少说也有三十里。北京人说:走为百练之祖,是一点不错的。

萧老自奉甚薄。他到天津去演戏,自备伙食。一棵白菜,两刀切四爿,一顿吃四分之一。餐餐如此:窝头,熬白菜。他上女婿家去看女儿,问:"今儿吃什么呀?"——"芝麻酱拌面,炸点花椒油。""芝麻酱拌面,还浇花椒油呀?!"

萧先生偶尔吃一顿好的:包饺子。他吃饺子还不蘸醋。四十个饺子,装在一个盘子里,浇一点醋,特喽特喽,就给"开"了。

萧先生不是不懂得吃。有人看见,在酒席上,清汤鱼翅上来了,他照样扁着筷子挟了一大块往嘴里送。

懂得吃而不吃,这是真的节俭。

萧先生一辈子挣的钱不少,都为别人花了。他买了几处"义地",是专为死后没有葬身之所的穷苦的同行预备的。有唱戏的"苦哈哈",死了老人,办不了事,到萧先生那儿,磕一个头报丧,萧先生问,"你估摸着,大概其得多少钱,才能把事办了哇?"一面就开箱子取钱。

三、五反的时候,一个演员被打成了"老虎",在台上挨斗,斗到热火燎辣的时候,萧先生在台下喊:

"××,你承认得了,这钱,我给你拿!"

赞曰:窝头白菜,寡欲步行,

　　　问心无愧,人间寿星。

姜 妙 香

姜先生真是温柔敦厚到了家了。

他的学生上他家去,他总是站起来,双手当胸捏着扇子,微微躬着身子:"您来啦!"临走时,一定送出大门。

他从不生气。有一回陪梅兰芳唱《奇双会》,他的赵宠。穿好了靴子,总觉得不大得劲。"唔,今儿是怎样搞的,怎么总觉得一脚高一脚低的?我的腿有毛病啦?"伸出脚来看看,两只靴子的厚底一只厚二寸,一只二寸二。他的跟包叫申四。他把申四叫过来:"老四哎,咱们今儿的靴子拿错

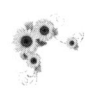

了吧?"你猜申四说什么？——"你凑合着穿吧！"

姜先生从不争戏。向来梅先生演《奇双会》，都是他的赵宠。偶尔俞振飞也陪梅先生唱，赵宠就是俞的。管事的说："姜先生，您来个保童。"——"哎好好好。"有时叶盛兰也陪梅先生唱。"姜先生，您来个保童。"——"哎好好好。"

姜先生有一次遇见了劫道的。就是琉璃厂西边北柳巷那儿。那是敌伪的时候。姜先生拿了"戏份儿"回家。那会唱戏都是当天开份儿。戏打住了，管事的就把份儿分好了。姜先生这天赶了两"包"，华乐和长安。冬天，他坐在洋车里，前面挂着棉车帘。"站住！把身上的钱都拿出来！"——他也不知道里面是谁。姜先生不慌不忙地下了车，从左边口袋里掏出一沓（钞票），从右边又掏出了一沓。"这是我今儿的戏份儿。这是华乐的，这是长安的。都在这儿，一个不少。您点点。"

那位不知点了没有。想来大概是没有。

在上海也遇见过那么一回。"站住，把身浪厢值钿（钱）格物事（东西）才（都）拿出来！"此公把姜先生身上搜刮一空，扬长而去。姜先生在后面喊：

"回来，回来！我这还有一块表哪，您要不要？"

事后，熟人问姜先生："您真是！他走都走了，您干嘛还叫他回来？他把您什么都抄走了，您还问'我这还有一块表哪，您要不要？'"

姜妙香答道："他也不容易。"

姜先生有一次似乎是生气了。"文化大革命",红卫兵上姜先生家去抄家,抄出一双尖头皮鞋,当场把鞋尖给他剁了。姜先生把这双剁了尖、张着大嘴的鞋放在一个显眼的地方。有人来的时候,就指指,摇头。

赞曰:温柔敦厚,有何不好?

文革英雄,愧对此老。

贯 盛 吉

在京剧丑角里,贯盛吉的格调是比较高的。他的表演,自成一格,人称"贯派"。他的念白很特别,每一句话都是高起低收,好象一个孩子在被逼着去做他不情愿做的事情时的嘟囔。他是个"冷面小丑",北京人所谓"绷着脸逗"。他并不存心逗人乐。他的"哏"是淡淡的,不是北京人所谓"胳支人",上海人所谓"硬滑稽"。他的笑料,在使人哄然一笑之后,还能想想,还能回味。有人问他:"你怎么这么逗呀?"他说:"我没有逗呀,我说的都是实话。""说实话"是丑角艺术的不二法门。说实话而使人笑,才是一个真正的丑角。喜剧的灵魂,是生活,是真实。

不但在台上,在生活里,贯盛吉也是那么逗。临死了,还逗。

他死的时候,才四十岁,太可惜了。

他死于心脏病,病了很长时间。

家里人知道他的病不治了,已经为他准备了后事,买了"装裹"——即寿衣。他有一天叫家里人给他穿戴起来。都穿齐全了,说:"给我拿个镜子来。"

他照照镜子:"唔,就这德行呀!"

有一天,他让家里给他请一台和尚,在他的面前给他放一台焰口。

他跟朋友说:"活着,听焰口,有谁这么干过没有?——没有。"

有一天,他很不好了,家里忙着,怕他今天过不去。他嗡声嗡气地说:"你们别忙。今儿我不走。今儿外面下雨,我没有伞。"

一个人能够病危的时候还能保持生气盎然的幽默感,能够拿死来"开逗",真是不容易。这是一个真正的丑角,一生一世都是丑角。

赞曰:拿死开逗,滑稽之雄。

虽东方朔,无此优容。

郝寿臣

郝老受聘为北京市戏校校长。就职的那天,对学生讲话。他拿着秘书替他写好的稿子,讲了一气。讲到要知道旧社会的苦,才知道新社会的甜。旧社会的梨园行,不养小,不养老。多少艺人,唱了一辈子戏,临了是倒卧街头,冻

饿而死。说到这里,郝校长非常激动,一手高举讲稿,一手指着讲稿,说:

"同学们!他说得真对呀!"

这件事,大家都当笑话传。细想一下,这有什么可笑呢?本来嘛,讲稿是秘书捉刀,这是明摆着的事。自己戳穿,有什么丢人?倒是"他说得真对呀",才真是本人说出的一句实话。这没有什么可笑。这正是前辈的不可及处:老老实实,不装门面。

许多大干部作大报告,在台上手舞足蹈,口若悬河,其实都应该学学郝老,在适当的时候,用手指指秘书所拟讲稿,说:

"同志们!他说得真对呀!"

赞曰:人为立言,己不居功。

老老实实,古道可风。

注释

① 本篇原载《文汇月刊》1981年第二期。

名优之死①
——纪念裘盛戎

裘盛戎真是京剧界的一代才人!

再有些天就是盛戎的十周年忌辰了。他要是活着,今年也才六十六岁。

我是很少去看演员的病的。盛戎病笃的时候,我和唐在炘、熊承旭到肿瘤医院去看他。他的学生方荣翔引我们到他的床前。盛戎因为烤电,一边的脸已经焦糊了,正在昏睡。荣翔轻轻地叫醒了他,他睁开了眼。荣翔指指我,问他"您还认识吗?"盛戎在枕上微点了点头,说了一个字:"汪。"随即从眼角流出了一大滴眼泪。

盛戎的病原来以为是肺气肿,后来诊断为肺癌,最后转到了脑子里,终于不治了。当中一度好转,曾经出院回家,且能走动。他的病他是有些知道的,但不相信就治不好,曾对我说:"有病咱们治病,甭管它是什么!"他是很乐观的。他还想演戏,想重排《杜鹃山》,曾为此请和他合作的在炘、承旭和我到他家吃了一次饭。那天他精神还好,也有说话的兴致,只是看起来很疲倦。他是能喝一点酒的,那天倒了半杯啤酒,喝了两口就放下了。菜也吃得很少,只挑了几根掐菜,放在嘴里慢慢地咀嚼。

然而他念念不忘《杜鹃山》。请我们吃饭的前一阵,他搬到东屋一个人住,床头随时放着一个《杜鹃山》剧本。

这次一见到我们,他想到和我们合作的计划实现不了了。那一大滴眼泪里有着多大的悲痛啊!

盛戎的身体一直不大好。他是喜欢体育运动的,年轻时也唱过武戏。他有时不免技痒,跃跃欲试。年轻的演员练功,他也随着翻了两个"虎跳"。到他们练"窜扑虎"时,他也走了一个"趋步",但是最后只走了一个"空范儿",自己摇摇头,笑了。我跟他说:"你的身体还不错",他说:"外表还好,这里面——都娄了!"然而他到了台上,还是生龙活虎。我和他曾合作搞过一个小戏《雪花飘》(据浩然同志小说改编),他还是兴致勃勃地和我们一同去挤公共汽车,去走路,去电话局搞调查,去访问了一个七十岁的送公用电话的老人。他年纪不大,正是"好岁数",他没有想到过什么时候会死。然而,这回他知道没有希望了。

听盛戎的亲属说,盛戎在有一点精力时,不停地捉摸《杜鹃山》,看剧本,有时看到深夜。他的床头灯的灯罩曾经烤着过两次。他病得已经昏迷了,还用手在枕边乱摸。他的夫人知道他在找剧本,剧本一时不在手边,就只好用报纸卷了一个筒子放在他手里。他攥着这一筒报纸,以为是剧本,脸上平静下来了。他一直惦着《杜鹃山》的第三场。能说话的时候,剧团有人去看他,他总是问第三场改得怎么样了。后来不能说话了,见人伸出三个指头,还是问第三场。直到最后,他还是伸着三个指头死的。

盛戎死于癌症,但致癌的原因是因为心情不舒畅,因为不让他演戏。他自己说:"我是憋死的"。这个人,有戏演的时候,能捉摸戏里的事,表演,唱腔……就高高兴兴;没戏演的时候,就整天一句话不说,老是一个人闷着。一个艺术家离开了艺术,是会死的。十年动乱,折损了多少人才!有的是身体上受了摧残,更多的是死于精神上的压抑。

《裘盛戎》剧本的最后有一场《告别》。盛戎自己病将不起,录了一段音,向观众告别。他唱道:

　　唱戏四十年,
　　知音满天下。
　　梦里高歌气犹酣,
　　醒来僵卧在床榻。
　　树已老,春又寒,
　　枯枝难再发。
　　不恨树老难再发,
　　但愿新树长新芽。
　　挥手告别情何限,
　　漫山开遍杜鹃花。

但愿盛戎的艺术和他的对于艺术的忠贞、执着和挚爱能够传下去。

(一九八一年)

注释

① 本篇原载《汪曾祺全集》第三卷,北京师范大学出版社,1998年8月。

看《小翠》,忆老薛[①]

薛恩厚同志年轻时就和《聊斋》有不解缘。他的街坊有一个说评书的,说《聊斋》。此人并无师授,只是在家里看一篇,第二天就去说。老薛常听他说书,也看过他的《聊斋》原本。老薛参军后,曾得几本残缺的石印本《聊斋》,打在背包里,行军休息时便拿出来看。从事戏曲工作后,早有改写《聊斋》故事为戏的想法。他选中的题材,第一个便是《小翠》,第二个是《婴宁》。

老薛想写《小翠》并不只是为了使戏曲舞台上增添一个戏,他是想恢复、尝试、提倡一种戏曲的"样式"——玩笑戏。玩笑戏本是戏曲一枝花,但解放后很少演,新写的玩笑戏更是几乎没有。在满台都是正剧的时刻,老薛有此想法,更愿身体力行,这是需要一点勇气的。

这个戏的许多设想都是老薛提出来的,比如让小翠扮演淮南王,皇帝用丑扮,最后结束在辨诬闹朝,小翠成人之美以后,飘然而去(删去原著中小翠因打坏花瓶受责,愤然出走等情节)。这些设想决定了这个戏现在的面目。

和老薛合作是非常愉快的。老薛的谦虚是真正的谦虚。我和老薛合作过几个戏。他是领导，但在写戏时他就是一个普通的创作人员。往往是他写初稿，用他的说法是"榜头遍"。别人修改时，容许人家放笔直干，任意驰骋。他在复看改稿时，有些地方要坚持，但态度却是心平气和，一同商量；并不居高临下，以势压人。这种平等待人的作风使人难忘。这说明他在艺术上的私有观念很淡薄。

《小翠》上演了，薛恩厚同志已经离开了我们，人琴之感，岂能或免。但是戏曲舞台上终于试演了一出新的玩笑戏，也许这可以告慰老薛的在天之灵罢。

注释

① 本篇原载1982年4月4日《戏剧电影报》。

一代才人未尽才[①]

——怀念裘盛戎同志

京剧真也好像有一种"气运"。和盛戎同时,中国出现了好些好演员,如:李少春、叶盛兰……他们岁数差不多,天赋、功夫、修养都是上乘。他们都很有创造性。他们是戏曲界的一些才子,京剧界的一代才人。但都因为身心受到长期摧残,过早的凋谢了。郭沫若同志曾借别人挽夏完淳的一句诗来挽闻一多先生:"千古文章未尽才"。我在《裘盛戎》剧本中曾通过盛戎的几个挚友之口,对京剧界的一代才人表示了悼念:"昨日的故人已不在,昨日的花还在开。……问大地怎把沉冤载,有多少,有多少才人未尽才!"有才未尽,宁非恨事!

我和盛戎相知不久。我们一共只合作过两个戏,一个《杜鹃山》、一个小戏《雪花飘》,都是现代戏。

盛戎是听党的话的。党号召演现代戏,他首先欣然响应。我和盛戎最初认识就是和他(还有几个别的人)到天津去看戏,——好像就是《杜鹃山》。演员知道裘盛戎来看戏,都"卯上"了。散了戏,我们到后台给演员道辛苦,盛戎拙于言词,但是他的态度是诚恳的、朴素的,他的谦虚是由衷的谦虚。他是真心实意地来向人家学习来了。回到旅馆的路上,他买了几套煎饼馃子摊鸡蛋,有滋有味地吃起来。他咬着煎饼馃子的样子,表现了很喜悦的怀旧之情和一种天真的童心。我一下子对这个京剧大演员产生了好感。一个搞艺术的人,没有一点童心是不行的。盛戎睡得很晚。晚上他一个人盘腿坐在床上抽烟,一边好像想着什么事,有点出神,有点迷迷糊糊的。不知是为什么,我以后总觉得盛戎的许多唱腔、唱法、身段,就是在这么盘腿坐着的时候想出来的。

盛戎的身体早就不大好。他曾经跟我说过:"老汪唉,你别看我外面还好,这里面,——都娄啦!"搞《雪花飘》的时候,他那几天不舒服,但还是跟着我们一同去体验生活。《雪花飘》是根据浩然同志的小说改编的,写的是一个送公用电话的老人的事。我们去访问了政协礼堂附近的一位送电话的老人。这家只有老两口。老头子六十大几了,一脸的白胡茬,还骑着自行车到处送电话。他的老伴很得意地说:"头两个月他还骑着二八的车哪,这最近才弄了一辆二六的!"这一家房子很仄逼,但是裱糊得四白落地,墙上贴了好些字条,都是打电话来的人留下的话和各种各样备忘性质的资料,如火车的时刻表、医院地址、二十四节气……两位老人有一个共同的嗜好:养花。那是"十一"前后,满地下摆的都是九花。盛戎在这间屋里坐了好大一会,还随着老头子送了一个电话。

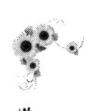

《雪花飘》排得很快,一个星期左右,戏就出来了。幕一打开,盛戎唱了四句带点马派味儿的〔散板〕:

打罢了新春六十七哟,
看了五年电话机。
传呼一千八百日,
舒筋活血,强似下棋!

我和导演刘雪涛一听,都觉得"真是这里的事儿!"

《杜鹃山》搞过两次。一次是六四年,一次是六九年。六九年那次我们到湘鄂赣体验了较长时期生活。我和盛戎那时都是"控制使用",他的心情自然不太好。那时强调军事化,大家穿了"价拨"的旧军大衣,背着行李,排着队。盛戎也一样,没有一点特殊。他总是默默地跟着队伍走,不大说话。但倒也不是整天愁眉苦脸的。我很能理解他的心情。虽然是"控制使用",但还能戴罪立功,可以工作,可以演戏,他在心里又是很感激的。我觉得从那时起,盛戎发生了一点变化,他变得深沉起来。盛戎平常也是个有说有笑的人,有时也爱逗个乐,但从那以后,我就很少见他有笑影了。他好像总是在想什么心事。用一句老戏词说:"满怀心腹事,尽在不言中。"他的这种神气,一直到他死,还深深地留在我的印象里。

那趟体验生活,是够苦的。南方的冬天比北方更难受。不生火,墙壁屋瓦都很单薄。那年的天气也特别,我们在安源过的春节,旧历大年三十,下大雪,同时却又还打雷,下雹子,下大雨,一块儿来!这种天气我还是头一次见哩。盛戎晚上不再穷聊了,他早早就进了被窝。这老兄!他连毛窝都不脱,就这样连着毛窝睡了。但他还是坚持下来了,没有叫一句苦。

和盛戎合作,是非常愉快的。盛戎很少对剧本提意见。他不是不当一回事,没有考虑过,或者提不出意见。盛戎文化不高,他读剧本是有点吃力的。但是他反复地读,盘着腿读。我记得他那读剧本的神气。他读着,微微地摇着脑袋。他的目光有时从老花镜上面射出框外。他摇晃着脑袋,有时轻轻地发出一声:"唔。"有时甚至拍着大腿,大声喊叫:"唔!"戏曲界有一个很通俗、很形象的说法,把演员"入了戏","进入了角色",叫做"附了体"。盛戎真是"附了体"。他对剧作者的尊重完全不是出于礼貌。他是真爱上了这个剧,也爱作者。

我和盛戎从未深谈,我们的素养、身世、经历都很不相同,但是我认为我和盛戎在艺术上是"莫逆"。我没有为任何戏曲演员哭过,但是想起盛戎,泪不能止。

盛戎的领悟、理解能力非常之高。他从来不挑"辙口",你写什么他唱什么。写《雪花飘》时,我跟他商量,这个戏准备让他唱"一七",他沉吟着说:"哎呀,花脸唱闭口字……"我知道他这是"放傻",就说:"你那《秦香莲》是什么辙?"他笑了:"'一七',好,唱'一七'!"盛戎十三道辙都响。有一出戏里有一个"灭"字,这是"乜斜","乜斜"是很不好唱的,他照样唱得很响,而且很好听。一个演员十三道辙都响,是很难得的。《杜鹃山》有一场"打长工",他看到被他当作地主奴才的长工身上的累累伤痕,唱道:"他遍体伤痕都是豪绅罪证,我怎能在他的旧伤痕上再加新伤痕?"这是一段〔二六〕转〔流水〕,创腔的时候,我在旁边,说:"老兄,这两句你不能就这样'数'了过去!唱到'旧伤痕上',得有个'过程',就像你当真看到,而且想到一样!"盛戎一听,说:"对!您听听,我再给您来来!"他唱到"旧伤痕上"时唱"散"了,下面加了一个弹拨乐器的单音重复的小"垫头","登、登登……",到"再加新伤痕"再归到原来的"尺寸",而且唱得很强烈。当时参加创腔的唐在炘、熊承旭同志都说:"好极了!"六九年本的《杜鹃山》原来有一大段《烤番薯》,写雷刚被困在山上断了粮,杜小山给他送来两个番薯。他把番薯放在篝火堆里烤着,番薯煳了,烤出了香气,他拾起了番薯,唱道:"手握番薯浑身暖,勾起我多少往事到眼前……"他想起"我从小父母双亡讨米要饭,多亏了街坊邻舍问暖嘘寒",他想起"大革命,造了反,几次遇险在深山,每到有急和有难,都是乡亲接济咱。一块番薯掰两半,曾受深恩三十年!……到如今,山下来了毒蛇胆,杀人放火把父老摧残,我稳坐高山不去管,隔岸观火心怎安!……"(这剧本已经写了十三年了,我手头无打印的剧本,词句全凭记忆追写,可能不尽准确。)创腔的同志对"一块番薯掰两半"不大理解,怕观众听不懂,盛戎说:"这有什么不好理解的?!'一块番薯掰两半',有他吃的就有我吃的!"他把这两句唱得非常感动人,头一句他"虚"着一点唱,在想象,"曾受深恩","深恩"用极其深沉浑厚的胸音唱出,"三十年"一泻无余、跌宕不已。盛戎的这两句唱到现在还是绕梁三日,使我一想起就激动。这一段在后台被称为"烤白薯",板式用的是〔反二黄〕。花脸唱〔反二黄〕虽非创举,当时还是很少见。老北京京剧团的同志对这段"烤白薯"是很少有人忘记的。

后来因为种种原因,台上不"用"裘盛戎了。但他也并不闲着。有人上他家学戏,他总是很认真地说。而且是有教无类,即使那个青年演员条件差,他也还是把着手教。他不上台了,还整天琢磨唱腔。不单花脸,老生、旦角他都研究。他跟我说过:《智取威虎山》的唱腔最好的一句是"支委会上同志们语重心长!"——"心——长!"就"搁"在那儿了,真好!李勇奇唱的"这些兵急人难治病救命"是一段沉思的唱,盛戎说这要用点"程"的唱法。有一长句,当中有几处演员没有唱出,"交"给胡琴了。他说:"要我唱,我全给它唱出来。"他给我一字一板地唱了一段"程派花脸"。他晚年特别精研气口安排,说:"唱花脸,得用多少气呀!我现在岁数大了,不能傻小子睡凉炕,得在气口上下功夫"。《威虎山》李勇奇唱"扫平那威虎山我一马当先",一般气口处理都是"一马

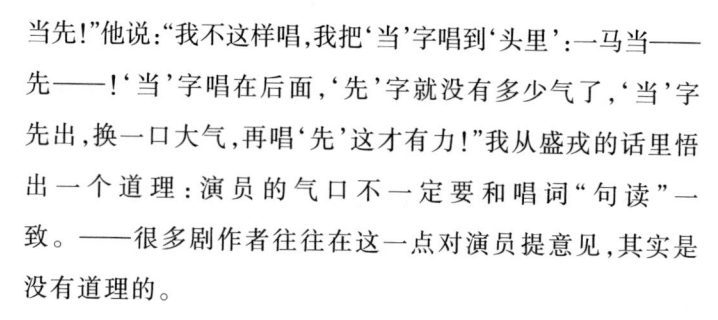

当先!"他说:"我不这样唱,我把'当'字唱到'头里':一马当——先——!'当'字唱在后面,'先'字就没有多少气了,'当'字先出,换一口大气,再唱'先'这才有力!"我从盛戎的话里悟出一个道理:演员的气口不一定要和唱词"句读"一致。——很多剧作者往往在这一点对演员提意见,其实是没有道理的。

盛戎得了病,他并不怎么悲观。他大概已经怀疑或者已经知道是癌症了,跟我说:"甭管它是什么,有病咱们瞧病!"他还想唱戏。有一度他的病好了一些,能出来走走了。有一天,他特别请我和唐在炘、熊承旭到他家里吃了一顿饭。那天的菜很精致而清淡,但他简直没有吃几筷子,话也不多,精神倒还是好的。他还是想和我们把《杜鹃山》再搞出来(《杜鹃山》后来又写了一稿)。他为了清静,一个人搬到厢房里住,好看剧本。这个剧本,他简直不离手,他死后,我才听他家里的人说,他夜里躺在床上看剧本,曾经两次把床头灯的罩子烤着了。他病得很沉重了,有一次还用手在床头到处摸,他的夫人知道他要剧本。剧本不在手边,他的夫人就用报纸卷了一个筒子放在他手里,他这才平静下来,安心了。然而有志未酬,他到了没有能再演《杜鹃山》!他临死前几天,我和在炘、承旭到肿瘤医院去看他,他的学生方荣翔把我们领到他的病床前。他的癌细胞已经扩散到脑子里,烤电把半拉脸都烤煳了。他正在昏昏沉沉地半睡着,荣翔轻轻地叫了他两声,他睁开了眼睛,荣翔指指我,问:"您还认得吗?"盛戎在枕上微微点了点头,说了一个字"汪",随即从眼角流出了一大滴眼泪。这一滴眼泪,我永远也忘不了啊。

什么时候才能再出一个裘盛戎呢?

一九八三年一月

注释

① 本篇原载《裘盛戎艺术评论集》,中国戏剧出版社,1984年。

老舍先生[1]

北京东城迺兹府丰盛胡同有一座小院。走进这座小院,就觉得特别安静、异常豁亮。这院子似乎经常布满阳光。院里有两棵不大的柿子树(现在大概已经很大了),到处是花,院里、廊下、屋里,摆得满满的。按季更换,都长得很精神,很滋润,叶子很绿,花开得很旺。这些花都是老舍先生和夫人胡絜青亲自莳弄的。天气晴和,他们把这些花一盆一盆抬到院子里,一身热汗。刮风下雨,又一盆一盆抬进屋,又是一身热汗。老舍先生曾说:"花在人养。"老舍先生爱花,真是到了爱花成性的地步,不是可有可无的了。汤显祖曾说他的词曲"俊得江山助"。老舍先生的文章也可以说是"俊得花枝助"。叶浅予曾用白描为老舍先生画像,四面都是花,老舍先生坐在百花丛中的藤椅里,微仰着头,意态悠远。这张画不是写实,意思恰好。

客人被让进了北屋当中的客厅,老舍先生就从西边的一间屋子走出来。这是老舍先生的书房兼卧室。里面陈设很简单,一桌、一椅、一榻。老舍先生腰不好,习惯睡硬床。老舍先生是文雅的、彬彬有礼的。他的握手是轻轻的,但是很亲切。茶已经沏出色了,老舍先生执壶为客人倒茶。据我的印象,老舍先生总是自己给客人倒茶的。

老舍先生爱喝茶,喝得很勤,而且很酽。他曾告诉我,到莫斯科去开会,旅馆里倒是为他特备了一只暖壶。可是他沏了茶,刚喝了几口,一转眼,服务员就给倒了。"他们不知道,中国人是一天到晚喝茶的!"

有时候,老舍先生正在工作,请客人稍候,你也不会觉得闷得慌。你可以看看花。如果是夏天,就可以闻到一阵一阵香白杏的甜香味儿。一大盘香白杏放在条案上,那是专门为了闻香而摆设的。你还可以站起来看看西壁上挂的画。

老舍先生藏画甚富,大都是精品。所藏齐白石的画可谓"绝品"。壁上所挂的画是时常更换的。挂的时间较久的,是白石老人应老舍点题而画的四幅屏。其中一幅是很多人在文章里提到过的"蛙声十里出山泉"。"蛙声"如何画?白石老人只画了一脉活泼的流泉,两旁是乌黑的石崖,画的下端画了几只摆尾的蝌蚪。画刚刚裱起来时,我上老舍先生家去,老舍先生对白石老人的设想赞叹不止。

老舍先生极其爱重齐白石,谈起来时总是充满感情。我所知道的一点白石老人的逸事,大都是从老舍先生那里听来的。老舍先生谈这四幅里原来点的题有一句是苏曼殊的诗(是哪一句我忘记了),要求画卷心的芭蕉。老人踌躇了很久,终于没有应命,因为他想不起芭蕉的心是左旋还是

右旋的了,不能胡画。老舍先生说:"老人是认真的。"老舍先生谈起过,有一次要拍齐白石的画的电影,想要他拿出几张得意的画来,老人说:"没有!"后来由他的学生再三说服动员,他才从画案的隙缝中取出一卷(他是木匠出身,他的画案有他自制的"消息"),外面裹着好几层报纸,写着四个大字:"此是废纸。"打开一看,都是惊人的杰作,——就是后来纪录片里所拍摄的。白石老人家里人口很多,每天煮饭的米都是老人亲自量,用一个香烟罐头。"一下、两下、三下……行了!"——"再添一点,再添一点!"——"吃那么多呀!"有人曾提出把老人接出来住,这么大岁数了,不要再操心这样的家庭琐事了。老舍先生知道了,给拦了,说:"别!他这么着惯了。不叫他干这些,他就活不成了。"老舍先生的意见表现了他对人的理解,对一个人生活习惯的尊重,同时也表现了对白石老人真正的关怀。

老舍先生很好客,每天下午,来访的客人不断。作家,画家,戏曲、曲艺演员……老舍先生都是以礼相待,谈得很投机。

每年,老舍先生要把市文联的同人约到家里聚两次。一次是菊花开的时候,赏菊。一次是他的生日,——我记得是腊月二十三。酒菜丰盛,而有特点。酒是"敞开供应",汾酒、竹叶青、伏特卡,愿意喝什么喝什么,能喝多少喝多少。有一次很郑重地拿出一瓶葡萄酒,说是毛主席送来的,让大家都喝一点。菜是老舍先生亲自掂配的。老舍先生有意叫大家尝尝地道的北京风味。我记得有次有一瓷钵芝麻酱炖黄花鱼。这道菜我从未吃过，以后也再没有吃过。老舍家的芥末墩是我吃过的最好的芥末墩！有一年，他特意订了两大盒"盒子菜"。直径三尺许的硃红扁圆漆盒，里面分开若干格，装的不过是火腿、腊鸭、小肚、口条之类的切片，但都很精致。熬白菜端上来了，老舍先生举起筷子："来来来！这才是真正的好东西！"

老舍先生对他下面的干部很了解，也很爱护。当时市文联的干部不多，老舍先生对每个人都相当清楚。他不看干部的档案，也从不找人"个别谈话"，只是从平常的谈吐中就了解一个人的水平和才气，那是比看档案要准确得多的。老舍先生爱才，对有才华的青年，常常在各种场合称道，"平生不解藏人善，到处逢人说项斯"。而且所用的语言在有些人听起来是有点过甚其词，不留余地的。老舍先生不是那种惯说模棱两可、含糊其词、温暾水一样的官话的人。我在市文联几年，始终感到领导我们的是一位作家。他和我们的关系是前辈与后辈的关系，不是上下级关系。老舍先生这样"作家领导"的作风在市文联留下很好的影响，大家都平等相处，开诚布公，说话很少顾虑，都有点书生气、书卷气。他的这种领导风格，正是我们今天很多文化单位的领导所缺少的。

老舍先生是市文联的主席，自然也要处理一些"公务"，看文件，开会，做报告（也是由别人起草的）……但是作为一

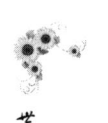

个北京市的文化工作的负责人,他常常想着一些别人没有想到或想不到的问题。

北京解放前有一些盲艺人,他们沿街卖艺,有时还兼带算命,生活很苦。他们的"玩意儿"和睁眼的艺人不全一样。老舍先生和一些盲艺人熟识,提议把这些盲艺人组织起来,使他们的生活有出路,别让他们的"玩意儿"绝了。为了引起各方面的重视,他把盲艺人请到市文联演唱了一次。老舍先生亲自主持,作了介绍,还特烦两位老艺人翟少平、王秀卿唱了一段《当皮箱》。这是一个喜剧性的牌子曲,里面有一个人物是当铺的掌柜,说山西话,有一个牌子叫"鹦哥调",句尾的和声用喉舌作出有点像母猪拱食的声音,很特别,很逗。这个段子和这个牌子,是睁眼艺人没有的。老舍先生那天显得很兴奋。

北京有一座智化寺,寺里的和尚作法事和别的庙里的不一样,演奏音乐。他们演奏的乐调不同凡响,很古。所用乐谱别人不能识,记谱的符号不是工尺,而是一些奇奇怪怪的笔道。乐器倒也和现在常见的差不多,但主要的乐器却是管。据说这是唐代的"燕乐"。解放后,寺里的和尚多半已经各谋生计了,但还能集拢在一起。老舍先生把他们请来,演奏了一次。音乐界的同志对这堂活着的古乐都很感兴趣。老舍先生为此也感到很兴奋。

《当皮箱》和"燕乐"的下文如何,我就不知道了。

老舍先生是历届北京市人民代表。当人民代表就要替人民说话。以前人民代表大会的文件汇编是把代表提案都印出来的。有一年老舍先生的提案是：希望政府解决芝麻酱的供应问题。那一年北京芝麻酱缺货。老舍先生说："北京人夏天离不开芝麻酱！"不久，北京的油盐店里有芝麻酱卖了，北京人又吃上了香喷喷的麻酱面。

老舍是属于全国人民的，首先是属于北京人的。

一九五四年，我调离北京市文联，以后就很少上老舍先生家里去了。听说他有时还提到我。

一九八四年三月二十日

注释

① 本篇原载《北京文学》1984年第五期；初收《蒲桥集》，作家出版社，1989年3月。

沈从文先生在西南联大[①]

沈先生在联大开过三门课:各体文习作、创作实习和中国小说史。三门课我都选了,——各体文习作是中文系二年级必修课,其余两门是选修。西南联大的课程分必修与选修两种。中文系的语言学概论、文字学概论、文学史(分段)……是必修课,其余大都是任凭学生自选。诗经、楚辞、庄子、昭明文选、唐诗、宋诗、词选、散曲、杂剧与传奇……选什么,选哪位教授的课都成。但要凑够一定的学分(这叫"学分制")。一学期我只选两门课,那不行。自由,也不能自由到这种地步。

创作能不能教?这是一个世界性的争论问题。很多人认为创作不能教。我们当时的系主任罗常培先生就说过:大学是不培养作家的,作家是社会培养的。这话有道理。沈先生自己就没有上过什么大学。他教的学生后来成为作家的,也极少。但是也不是绝对不能教。沈先生的学生现在能算是作家的,也还有那么几个。问题是由什么样的人来教,用什么方法教。现在的大学里很少开创作课的,原因是找不到合适的人来教。偶尔有大学开这门课的,收效甚微,原因是教得不甚得法。

教创作靠"讲"不成。如果在课堂上讲鲁迅先生所讥笑的"小说作法"之类,讲如何作人物肖像,如何描写环境,如何结构,结构有几种——攒珠式的、橘瓣式的……那是要误人子弟的。教创作主要是让学生自己"写"。沈先生把他的课叫做"习作"、"实习",很能说明问题。如果要讲,那"讲"要在"写"之后。就学生的作业,讲他的得失。教授先讲一套,让学生照猫画虎,那是行不通的。

沈先生是不赞成命题作文的,学生想写什么就写什么。但有时在课堂上也出两个题目。沈先生出的题目都非常具体。我记得他曾给我的上一班同学出过一个题目:"我们的小庭院有什么",有几个同学就这个题目写了相当不错的散文,都发表了。他给比我低一班的同学曾出过一个题目:"记一间屋子里的空气"!我的那一班出过些什么题目,我倒不记得了。沈先生为什么出这样的题目?他认为:先得学会车零件,然后才能学组装。我觉得先作一些这样的片段的习作,是有好处的,这可以锻炼基本功。现在有些青年文学爱好者,往往一上来就写大作品,篇幅很长,而功力不够,原因就在零件车得少了。

沈先生的讲课,可以说是毫无系统。前已说过,他大都是看了学生的作业,就这些作业讲一些问题。他是经过一番思考的,但并不去翻阅很多参考书。沈先生读很多书,但从不引经据典,他总是凭自己的直觉说话,从来不说阿里斯

多德怎么说、福楼拜怎么说、托尔斯泰怎么说、高尔基怎么说。他的湘西口音很重,声音又低,有些学生听了一堂课,往往觉得不知道听了一些什么。沈先生的讲课是非常谦抑,非常自制的。他不用手势,没有任何舞台道白式的腔调,没有一点哗众取宠的江湖气。他讲得很诚恳,甚至很天真。但是你要是真正听"懂"了他的话,——听"懂"了他的话里并未发挥罄尽的余意,你是会受益匪浅,而且会终生受用的。听沈先生的课,要像孔子的学生听孔子讲话一样:"举一隅而三隅反"。

沈先生讲课时所说的话我几乎全都忘了(我这人从来不记笔记)!我们有一个同学把闻一多先生讲唐诗课的笔记记得极详细,现已整理出版,书名就叫《闻一多论唐诗》,很有学术价值,就是不知道他把闻先生讲唐诗时的"神气"记下来了没有。我如果把沈先生讲课时的精辟见解记下来,也可以成为一本《沈从文论创作》。可惜我不是这样的有心人。

沈先生关于我的习作讲过的话我只记得一点了,是关于人物对话的。我写了一篇小说(内容早已忘记干净),有许多对话。我竭力把对话写得美一点,有诗意,有哲理。沈先生说:"你这不是对话,是两个聪明脑壳打架!"从此我知道对话就是人物所说的普普通通的话,要尽量写得朴素。不要哲理,不要诗意。这样才真实。

沈先生经常说的一句话是:"要贴到人物来写"。很多同学不懂他的这句话是什么意思。我以为这是小说学的精髓。据我的理解,沈先生这句极其简略的话包含这样几层意思:小说里,人物是主要的,主导的;其余部分都是派生的,次要的。环境描写、作者的主观抒情、议论,都只能附着于人物,不能和人物游离,作者要和人物同呼吸、共哀乐。作者的心要随时紧贴着人物。什么时候作者的心"贴"不住人物,笔下就会浮、泛、飘、滑,花里胡哨,故弄玄虚,失去了诚意。而且,作者的叙述语言要和人物相协调。写农民,叙述语言要接近农民;写市民,叙述语言要近似市民。小说要避免"学生腔"。

我以为沈先生这些话是浸透了淳朴的现实主义精神的。

沈先生教写作,写的比说的多,他常常在学生的作业后面写很长的读后感,有时会比原作还长。这些读后感有时评析本文得失,也有时从这篇习作说开去,谈及有关创作的问题。见解精到,文笔讲究。——一个作家应该不论写什么都写得讲究。这些读后感也都没有保存下来,否则是会比《废邮存底》还有看头的。可惜!

沈先生教创作还有一种方法,我以为是行之有效的,学生写了一个作品,他除了写很长的读后感之外,还会介绍你看一些与你这个作品写法相近似的中外名家的作品看。记得我写过一篇不成熟的小说《灯下》,记一个店铺里上灯以后各色人的活动,无主要人物、主要情节,散散漫漫。沈先

生就介绍我看了几篇这样的作品,包括他自己写的《腐烂》。学生看看别人是怎样写的,自己是怎样写的,对比借鉴,是会有长进的。这些书都是沈先生找来,带给学生的。因此他每次上课,走进教室里时总要夹着一大摞书。

沈先生就是这样教创作的。我不知道还有没有别的更好的方法教创作。我希望现在的大学里教创作的老师能用沈先生的方法试一试。

学生习作写得较好的,沈先生就作主寄到相熟的报刊上发表。这对学生是很大的鼓励。多年以来,沈先生就干着给别人的作品找地方发表这种事。经他的手介绍出去的稿子,可以说是不计其数了。我在一九四六年前写的作品,几乎全都是沈先生寄出去的。他这辈子为别人寄稿子用去的邮费也是一个相当可观的数目了。为了防止超重太多,节省邮费,他大都把原稿的纸边裁去,只剩下纸芯。这当然不大好看。但是抗战时期,百物昂贵,不能不打这点小算盘。

沈先生教书,但愿学生省点事,不怕自己麻烦。他讲《中国小说史》,有些资料不易找到,他就自己抄,用夺金标毛笔,筷子头大的小行书抄在云南竹纸上。这种竹纸高一尺,长四尺,并不裁断,抄得了,卷成一卷。上课时分发给学生。他上创作课夹了一摞书,上小说史时就夹了好些纸卷。沈先生做事,都是这样,一切自己动手,细心耐烦。他自己说他这种方式是"手工业方式"。他写了那么多作品,后来又写了很多大部头关于文物的著作，都是用这种手工业方式搞出来的。

沈先生对学生的影响，课外比课堂上要大得多。他后来为了躲避日本飞机空袭，全家移住到呈贡桃园，每星期上课，进城住两天。文林街二十号联大教职员宿舍有他一间屋子。他一进城，宿舍里几乎从早到晚都有客人。客人多半是同事和学生。客人来，大都是来借书，求字，看沈先生收到的宝贝，谈天。

沈先生有很多书，但他不是"藏书家"，他的书，除了自己看，是借给人看的，联大文学院的同学，多数手里都有一两本沈先生的书，扉页上用淡墨签了"上官碧"的名字。谁借了什么书，什么时候借的，沈先生是从来不记得的。直到联大"复员"，有些同学的行装里还带着沈先生的书，这些书也就随之而漂流到四面八方了。沈先生书多，而且很杂，除了一般的四部书、中国现代文学、外国文学的译本，社会学、人类学、黑格尔的《小逻辑》、弗洛伊德、亨利·詹姆斯、道教史、陶瓷史、《髹饰录》、《糖霜谱》……兼收并蓄，五花八门。这些书，沈先生大都认真读过。沈先生称自己的学问为"杂知识"。一个作家读书，是应该杂一点的。沈先生读过的书，往往在书后写两行题记。有的是记一个日期，那天天气如何，也有时发一点感慨。有一本书的后面写道："某月某日，见一大胖女人从桥上过，心中十分难过。"这两句话我一直记得，可是一直不知道是什么意思。大胖女人为什么使

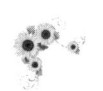

沈先生十分难过呢？

沈先生对打扑克简直是痛恨。他认为这样地消耗时间，是不可原谅的。他曾随几位作家到井冈山住了几天。这几位作家成天在宾馆里打扑克，沈先生说起来就很气愤："在这种地方，打扑克！"沈先生小小年纪就学会掷骰子，各种赌术他也都明白，但他后来不玩这些。沈先生的娱乐，除了看看电影，就是写字。他写章草，笔稍偃侧，起笔不用隶法，收笔稍尖，自成一格。他喜欢写窄长的直幅，纸长四尺，阔只三寸。他写字不择纸笔，常用糊窗的高丽纸。他说："我的字值三分钱！"从前要求他写字的，他几乎有求必应。近年有病，不能握管，沈先生的字变得很珍贵了。

沈先生后来不写小说，搞文物研究了，国外、国内，很多人都觉得很奇怪。熟悉沈先生的历史的人，觉得并不奇怪。沈先生年轻时就对文物有极其浓厚的兴趣。他对陶瓷的研究甚深，后来又对丝绸、刺绣、木雕、漆器……都有广博的知识。沈先生研究的文物基本上是手工艺制品。他从这些工艺品看到的是劳动者的创造性。他为这些优美的造型、不可思议的色彩、神奇精巧的技艺发出的惊叹，是对人的惊叹。他热爱的不是物，而是人。他对一件工艺品的孩子气的天真激情，使人感动。我曾戏称他搞的文物研究是"抒情考古学"。他八十岁生日，我曾写过一首诗送给他，中有一联："玩物从来非丧志，著书老去为抒情"，是记实。他有一阵在昆明收集了很多耿马漆盒。这种黑红两色刮花的圆形缅漆盒，昆明多的是，而且很便宜。沈先生一进城就到处逛地摊，选买这种漆盒。他屋里装甜食点心、装文具邮票……的，都是这种盒子。有一次买得一个直径一尺五寸的大漆盒，一再抚摩，说："这可以作一期《红黑》杂志的封面！"他买到的缅漆盒，除了自用，大多数都送人了。有一回，他不知从哪里弄到很多土家族的挑花布，摆得一屋子，这间宿舍成了一个展览室。来看的人很多，沈先生于是很快乐。这些挑花图案带天真稚气而秀雅生动，确实很美。

　　沈先生不长于讲课，而善于谈天。谈天的范围很广，时局、物价……谈得较多的是风景和人物。他几次谈及玉龙雪山的杜鹃花有多大，某处高山绝顶上有一户人家，——就是这样一户！他谈某一位老先生养了二十只猫。谈一位研究东方哲学的先生跑警报时带了一只小皮箱，皮箱里没有金银财宝，装的是一个聪明女人写给他的信。谈徐志摩上课时带了一个很大的烟台苹果，一边吃，一边讲，还说："中国东西并不都比外国的差，烟台苹果就很好！"谈梁思成在一座塔上测绘内部结构，差一点从塔上掉下去。谈林徽因发着高烧，还躺在客厅里和客人谈文艺。他谈得最多的大概是金岳霖。金先生终生未娶，长期独身。他养了一只大斗鸡，这鸡能把脖子伸到桌上来，和金先生一起吃饭。他到处搜罗大石榴、大梨。买到大的，就拿去和同事的孩子的比，比输了，就把大梨、大石榴送给小朋友,他再去买!……沈先生谈及的这些人有共同特点。一是都对工作、对学问热爱到了痴迷的程度;二是为人天真到像一个孩子,对生活充满兴趣,不管在什么环境下永远不消沉沮丧,无机心、少俗虑。这些人的气质也正是沈先生的气质。"闻多素心人,乐与数晨夕",沈先生谈及熟朋友时总是很有感情的。

文林街文林堂旁边有一条小巷,大概叫作金鸡巷,巷里的小院中有一座小楼。楼上住着联大的同学:王树藏、陈蕴珍(萧珊)、施载宣(萧荻)、刘北汜。当中有个小客厅。这小客厅常有熟同学来喝茶聊天,成了一个小小的沙龙。沈先生常来坐坐。有时还把他的朋友也拉来和大家谈谈。老舍先生从重庆过昆明时,沈先生曾拉他来谈过"小说和戏剧"。金岳霖先生也来过,谈的题目是"小说和哲学"。金先生是搞哲学的,主要是搞逻辑的,但是读很多小说,从普鲁斯特到《江湖奇侠传》。"小说和哲学"这题目是沈先生给他出的。不料金先生讲了半天,结论却是:小说和哲学没有关系。他说《红楼梦》里的哲学也不是哲学。他谈到兴浓处,忽然停下来,说:"对不起,我这里有个小动物!"说着把右手从后脖领伸进去,捉出了一只跳蚤,甚为得意。我们问金先生为什么搞逻辑,金先生说:"我觉得它很好玩"!

沈先生在生活上极不讲究。他进城没有正经吃过饭,大都是在文林街二十号对面一家米线铺吃一碗米线。有时加一个西红柿,打一个鸡蛋。有一次我和他上街闲逛,到玉溪街,他在一个米线摊上要了一盘凉鸡,还到附近茶馆里借了一个盖碗,打了一碗酒。他用盖碗盖子喝了一点,其余的都叫我一个人喝了。

沈先生在西南联大是一九三八年到一九四六年。一晃,四十多年了!

一九八六年一月二日上午

注释

① 本篇原载《人民文学》1986年第五期;初收《汪曾祺自选集》,漓江出版社,1987年10月。

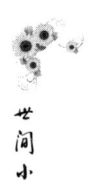

金岳霖先生[①]

西南联大有许多很有趣的教授,金岳霖先生是其中的一位。金先生是我的老师沈从文先生的好朋友。沈先生当面和背后都称他为"老金"。大概时常来往的熟朋友都这样称呼他。关于金先生的事,有一些是沈先生告诉我的。我在《沈从文先生在西南联大》一文中提到过金先生。有些事情在那篇文章里没有写进去,觉得还应该写一写。

金先生的样子有点怪。他常年戴着一顶呢帽,进教室也不脱下。每一学年开始,给新的一班学生上课,他的第一句话总是:"我的眼睛有毛病,不能摘帽子,并不是对你们不尊重,请原谅。"他的眼睛有什么病,我不知道,只知道怕阳光。因此他的呢帽的前檐压得比较低,脑袋总是微微地仰着。他后来配了一副眼镜。这副眼镜一只的镜片是白的,一只是黑的。这就更怪了。后来在美国讲学期间把眼睛治好了,——好一些了,眼镜也换了,但那微微仰着脑袋的姿态一直还没有改变。他身材相当高大,经常穿一件烟草黄色的麂皮夹克,天冷了就在里面围一条很长的驼色的羊绒围巾。联大的教授穿衣服是各色各样的。闻一多先生有一阵穿一件式样过时的灰色旧夹袍,是一个亲戚送给他的,领子很高,袖口极窄。联大有一次在龙云的长子,蒋介石的干儿子龙绳武家里开校友会,——龙云的长媳是清华校友,闻先生在会上大骂"蒋介石,王八蛋!混蛋!"那天穿的就是这件高领窄袖的旧夹袍。朱自清先生有一阵披着一件云南赶马人穿的蓝色毡子的一口钟。除了体育教员,教授里穿夹克的,好像只有金先生一个人。他的眼神即使是到美国治了后也还是不大好,走起路来有点深一脚浅一脚。他就这样穿着黄夹克,微仰着脑袋,深一脚浅一脚地在联大新校舍的一条土路上走着。

金先生教逻辑。逻辑是西南联大规定文学院一年级学生的必修课,班上学生很多,上课在大教室,坐得满满的。在中学里没有听说有逻辑这门学问,大一的学生对这课很有兴趣。金先生上课有时要提问,那么多的学生,他不能都叫得上名字来,——联大是没有点名册的,他有时一上课就宣布:"今天,穿红毛衣的女同学回答问题。"于是所有穿红衣的女同学就都有点紧张,又有点兴奋。那时联大女生在蓝阴丹士林旗袍外面套一件红毛衣成了一种风气。——穿蓝毛衣、黄毛衣的极少。问题回答得流利清楚,也是件出风头的事。金先生很注意地听着,完了,说:"yes!请坐!"

学生也可以提出问题,请金先生解答。学生提的问题深浅不一，金先生有问必答，很耐心。有一个华侨同学叫林国达，操广东普通话，最爱提问题，问题大都奇奇怪怪。他大概觉得逻辑这门学问是挺"玄"的，应该提点怪问题。有一次他又站起来提了一个怪问题，金先生想了一想，说："林国达同学，我问你一个问题：'Mr.林国达 is perpendicular to the blackboard（林国达君垂直于黑板）'这是什么意思？"林国达傻了。林国达当然无法垂直于黑板，但这句话在逻辑上没有错误。

林国达游泳淹死了。金先生上课，说："林国达死了，很不幸。"这一堂课，金先生一直没有笑容。

有一个同学，大概是陈蕴珍，即萧珊，曾问过金先生："您为什么要搞逻辑？"逻辑课的前一半讲三段论，大前提、小前提、结论、周延、不周延、归纳、演绎……还比较有意思。后半部全是符号，简直像高等数学。她的意思是：这种学问多么枯燥！金先生的回答是："我觉得它很好玩。"

除了文学院大一学生必修课逻辑，金先生还开了一门"符号逻辑"，是选修课。这门学问对我来说简直是天书。选这门课的人很少，教室里只有几个人。学生里最突出的是王浩。金先生讲着讲着，有时会停下来，问"王浩，你以为如何？"这堂课就成了他们师生二人的对话。王浩现在在美国。前些年写了一篇关于金先生的较长的文章，大概是论金先生之学的，我没有见到。

王浩和我是相当熟的。他有个要好的朋友王景鹤,和我同在昆明黄土坡一个中学教书,王浩常来玩。来了,常打篮球。大都是吃了午饭就打。王浩管吃了饭就打球叫"练盲肠"。王浩的相貌颇"土",脑袋很大,剪了一个光头,——联大同学剪光头的很少,说话带山东口音。他现在成了洋人——美籍华人,国际知名的学者,我实在想象不出他现在是什么样子。前年他回国讲学,托一个同学要我给他画一张画。我给他画了几个青头菌、牛肝菌,一根大葱,两头蒜,还有一块很大的宣威火腿。——火腿是很少入画的。我在画上题了几句话,有一句是"以慰王浩异国乡情"。王浩的学问,原来是师承金先生的。一个人一生哪怕只教出一个好学生,也值得了。当然,金先生的好学生不止一个人。

金先生是研究哲学的,但是他看了很多小说。从普鲁斯特到福尔摩斯,都看。听说他很爱看平江不肖生的《江湖奇侠传》。有几个联大同学住在金鸡巷。陈蕴珍、王树藏、刘北汜、施载宣(萧荻)。楼上有一间小客厅。沈先生有时拉一个熟人去给少数爱好文学,写写东西的同学讲一点什么。金先生有一次也被拉了去。他讲的题目是《小说和哲学》。题目是沈先生给他出的。大家以为金先生一定会讲出一番道理。不料金先生讲了半天,结论却是:小说和哲学没有关系。有人问:那么《红楼梦》呢?金先生说:"《红楼梦》里的哲学不是哲学。"他讲着讲着,忽然停下来:"对不

起,我这里有个小动物。"他把右手伸进后脖领,捉出了一个跳蚤,捏在手指里看看,甚为得意。

金先生是个单身汉(联大教授里不少光棍,杨振声先生曾写过一篇游戏文章《释鳏》,在教授间传阅),无儿无女,但是过得自得其乐。他养了一只很大的斗鸡(云南出斗鸡)。这只斗鸡能把脖子伸上来,和金先生一个桌子吃饭。他到处搜罗大梨、大石榴,拿去和别的教授的孩子比赛。比输了,就把梨或石榴送给他的小朋友,他再去买。

金先生朋友很多,除了哲学系的教授外,时常来往的,据我所知,有梁思成、林徽因夫妇,沈从文,张奚若……君子之交淡如水,坐定之后,清茶一杯,闲话片刻而已。金先生对林徽因的谈吐才华,十分欣赏。现在的年轻人多不知道林徽因。她是学建筑的,但是对文学的趣味极高,精于鉴赏,所写的诗和小说如《窗子以外》、《九十九度中》风格清新,一时无二。林徽因死后,有一年,金先生在北京饭店请了一次客,老朋友收到通知,都纳闷:老金为什么请客?到了之后,金先生才宣布:"今天是徽因的生日"。

金先生晚年深居简出。毛主席曾经对他说:"你要接触接触社会"。金先生已经八十岁了,怎么接触社会呢?他就和一个蹬平板三轮车的约好,每天蹬着他到王府井一带转一大圈。我想象金先生坐在平板三轮上东张西望,那情景一定非常有趣。王府井人挤人,熙熙攘攘,谁也不会知道这位东张西望的老人是一位一肚子学问,为人天真、热爱生活的大哲学家。

金先生治学精深,而著作不多。除了一本大学丛书里的《逻辑》,我所知道的,还有一本《论道》。其余还有什么,我不清楚,须问王浩。

我对金先生所知甚少。希望熟知金先生的人把金先生好好写一写。

联大的许多教授都应该有人好好地写一写。

一九八七年二月二十三日

注释

① 本篇原载《读书》1987年第五期;初收《蒲桥集》,作家出版社,1989年3月。

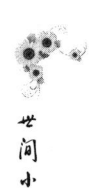

淡泊的消逝[1]

——悼吾师沈从文先生

开了一上午会,回家,妻子告诉我:"沈公去世了。"她说小龙(沈先生的大儿子)打电话来,说"爸爸昨天晚上去世了"。下午,我打电话到沈家,接电话的是三姐(沈师母,我们习惯上叫她三姐),她说:"昨天晚上八点钟心痛,——以前没有这样的症状,痛得很厉害,抢救了,没有用。"我问:"沈先生八十几了?"——"八十六。"我很遗憾,去年年底从美国回来后一直想去看沈先生,因为事忙,没有去成。妻子打电话给三姐,三姐说:"我们知道,曾祺忙。"我们和三姐都认为有的是时候,——沈先生这几年的病情是平稳的,而且渐有好转,没有想到突然恶化。三姐也说:"没有想到。"我问三姐:"你还好吗?"——"我挺好。"从电话里听起来,三姐的情绪很镇定,很平静,我说:"我新出了一本书《晚翠文谈》本想送给沈先生和你看看的",三姐说:"那就寄给我吧。"晚上,我又打了一个电话去,接电话的是小红(沈先生二儿子小虎的女儿),我问了沈先生临终的情况,小红说了一点,说:"我叫大伯(小龙)给您谈吧。"小龙接了电话,比较详细地说了沈先生的病情。小红、小龙的语调也很镇定,很平静。

晚上我有客人,不能到沈家去,明天我就要动身到浙江桐庐去,机票已经定好,想写一副挽联送去,妻子说:"不用了,沈先生有遗言,一切从简,不开追悼会……"我知道,沈先生一生最反对对个人的纪念活动。他八十岁那年,曾有少数作家想举办一个小小的庆典,他坚决拒绝,生日那天,到一个亲戚家"避寿",只吃了一顿面条算数。沈先生一生不慕荣利,他的全家都非常淡泊,他的丧事多半是会无声无息地了结的。

沈先生不要什么"哀荣",也不会有多么盛大的"哀荣"。但是他一生的工作会永远流传下去,他的作品在海内外已经产生越来越卓著,越来越深刻的影响。我们能够无视于这样的事实?"盖棺事则已",什么时候能够给沈从文一个公正的评价,在中国现代文学史上给他一个正确的位置!

一九八八年五月十一日

注释

① 本篇原载 1988 年 5 月 14 日台湾《中国时报》。

星斗其文　赤子其人[①]

——怀念沈从文老师

沈从文逝世后,傅汉斯、张充和从美国电传来一副挽辞。字是晋人小楷,一看就知道是张充和写的。词想必也是她拟的。只有四句:

不折不从　亦慈亦让
星斗其文　赤子其人

这是嵌字格,但是非常贴切,把沈先生的一生概括得很全面。这位四妹对三姐夫沈二哥真是非常了解。——荒芜同志编了一本《我所认识的沈从文》,写得最好的一篇,我以为也应该是张充和写的《三姐夫沈二哥》。

沈先生的血管里有少数民族的血液。他在填履历表时,"民族"一栏里填土家族或苗族都可以,可以由他自由选择。湘西有少数民族血统的人大都有一股蛮劲,狠劲,做什么都要做出一个名堂。黄永玉就是这样的人。沈先生瘦瘦小小(晚年发胖了),但是有用不完的精力。他小时是个顽童,爱游泳(他叫"游水")。进城后好像就不游了。三姐(师母张兆和)很想看他游一次泳,但是没有看到。我当然更没有看到过。他少年当兵,飘泊转徙,很少连续几晚睡在同一张床上。吃的东西,最好的不过是切成四方的大块猪肉(煮在豆芽菜汤里),行军、拉船,锻炼出一副极富耐力的体魄。二十岁冒冒失失地闯到北平来,举目无亲。连标点符号都不会用,就想用手中一支笔打出一个天下。经常为弄不到一点东西"消化消化"而发愁。冬天屋里生不起火,用被子围起来,还是不停地写。我一九四六年到上海,因为找不到职业,情绪很坏,他写信把我大骂了一顿,说:"为了一时的困难,就这样哭哭啼啼的,甚至想到要自杀,真是没出息!你手中有一支笔,怕什么!"他在信里说了一些他刚到北京时的情形,同时又叫三姐从苏州写了一封很长的信安慰我。他真的用一支笔打出了一个天下了。一个只读过小学的人,竟成了一个大作家,而且积累了那么多的学问,真是一个奇迹。

沈先生很爱用一个别人不常用的词:"耐烦"。他说自己不是天才(他应当算是个天才),只是耐烦。他对别人的称赞,也常说"要算耐烦"。看见儿子小虎搞机床设计时,说"要算耐烦"。看见孙女小红做作业时,也说"要算耐烦"。他的"耐烦",意思就是锲而不舍,不怕费劲。一个时期,沈先生每个月要发表几篇小说,每年都要出几本书,被称为"多产作家"。但他写东西不是很快的,从来不是一挥而就。他年轻时常常日以继夜地写。他常流鼻血。血液凝聚力差,一流起来不易止住,很怕人。有时夜间写作,竟致晕倒,伏在自己的一摊鼻血里,第二天才被人发现。我就亲眼看到过他的带有鼻血痕迹的手稿。他后来还常流鼻血,不过不那么厉害了。他自己知道,并不惊慌。他的作品看起来很轻松自如,若不经意,但都是苦心刻琢出来的。《边城》一共不到七万字,他告诉我,写了半年。他这篇小说是《国闻周报》上连载的,每期一章。小说共二十一章,21×7=147,我算了算,差不多正是半年。这篇东西是他新婚之后写的,那时他住在达子营。巴金住在他那里。他们每天写。巴老在屋里写,沈先生搬个小桌子,在院子里树荫下写。巴老写了一个长篇,沈先生写了《边城》。他称他的小说为"习作",并不完全是谦虚。有些小说是为了教创作课给学生示范而写的,因此试验了各种方法。为了教学生写对话,有的小说通篇都用对话组成,如《若墨医生》;有的,一句对话也没有。《月下小景》确是为了履行许给张家小五的诺言"写故事给你看"而写的。同时,当然是为了试验一下"讲故事"的方法(这一组"故事"明显地看得出受了《十日谈》和《一千零一夜》的影响)。同时,也为了试验一下把六朝译经和口语结合的文体。这种试验,后来形成一种他自己说是"文白夹杂"的独特的沈从文体,在四十年代的文字(如《烛虚》)中尤为成熟。他的亲戚,语言学家周有光曾说"你的语言是古英语",甚至是拉丁文。沈先生讲创作,不大爱说"结构",他说是"组织"。我也比较喜欢"组织"这个词。"结构"过于理智,"组织"更带感情,较多作者的主观。他曾把一篇小说一条一条地裁开,用不同方法组织,看看哪一种形式更为合适。沈先生爱改自己的文章。他的原稿,一改再改,天头地头页边,都是修改的字迹,蜘蛛网似的,这里牵出一条,那里牵出一条。作品发表了,改。成书了,改。看到自己的文章,总要改。有时改了多次,反而不如原来的,以至三姐后来不许他改了(三姐是沈先生文集的一个极其细心,极其认真的义务责任编辑)。沈先生的作品写得最快,最顺畅,改得最少的,只有一本《从文自传》。这本自传没有经过冥思苦想,只用了三个星期,一气呵成。他不大用稿纸写作。在昆明写东西,是用毛笔写在当地出产的竹纸上的,自己摺出印子。他也用钢笔,蘸水钢笔。他抓钢笔的手势有点像抓毛笔(这一点可以证明他不是洋学堂出身)。《长河》就是用钢笔写的,写在一个硬面的练习簿上,直行,两面写。他的原稿的字很清楚,不潦草,但写的是行书。不熟悉他的字体的排字工人是会感到困难的。他晚年写信写文章爱用秃笔淡墨。用秃笔写那样小的字,不但清楚,而且顿挫有致,真是一个功夫。

他很爱他的家乡。他的《湘西》、《湘行散记》和许多篇小说可以作证。他不止一次和我谈起棉花坡,谈起枫树坳,——一到秋天满城落了枫树的红叶。一说起来,不胜神往。黄永玉画过一张凤凰沈家门外的小巷,屋顶墙壁颇零乱,有大朵大朵的红花——不知是不是夹竹桃,画面颜色很浓,水气泱泱。沈先生很喜欢这张画,说:"就是这样!"八十岁那年,他和三姐一同回了一次凤凰,领着她看了他小说中所写的各处,都还没有大变样。家乡人闻知沈从文回来了,简直不知怎样招待才好。他说:"他们为我捉了一只锦鸡!"锦鸡毛羽很好看。他很爱那只锦鸡,还抱着它照了一张相,后来知道竟作了他的盘中餐,对三姐说"真煞风景!"他在家乡听了傩戏,这是一种古调犹存的很老的弋阳腔,打鼓的是一位七十多岁的老人,他对年轻人打鼓失去旧范很不以为然。沈先生听了,说:"这是楚声,楚声!"他动情地听着"楚声",泪流满面。沈先生八十岁生日,我曾写了一首诗送他,开头两句是:

犹及回乡听楚声,
此身虽在总堪惊。

端木蕻良看到这首诗,认为"犹及"二字很好。我写下来的时候就有点觉得这不大吉利,没想到沈先生再也不能回家乡听一次了!他的家乡每年有人来看他,沈先生非常亲切地和他们谈话,一坐半天。每有同乡人来了,原来在座的朋友或学生就只有退避在一边,听他们谈话。沈先生很好客,朋友很多。老一辈的有林宰平、徐志摩。沈先生提及他们时充满感情。没有他们的提挈,沈先生也许就会当了警察,或者在马路旁边"瘪了"。我认识他后,他经常来往的有杨振声、张奚若、金岳霖、朱光潜诸先生,梁思成林徽音夫妇。他们的交往真是君子之交,既无朋党色彩,也无酒食征逐。清茶一杯,闲谈片刻。杨先生有一次托沈先生带信,让我到南锣鼓巷他的住处去,我以为有什么事。去了,只是他亲自给我煮一杯咖啡,让我看一本他收藏的姚茫父的册页。这册页的芯子只有火柴盒那样大,横的,是山水,用极富金石味的墨线勾轮廓,设极重的青绿,真是妙品。杨先生对待我这个初露头角的学生如此,则其接待沈先生的情形可知。杨先生和沈先生夫妇曾在颐和园住过一个时期,想来也不过是清晨或黄昏到后山谐趣园一带走走,看看湖里的金丝莲,或写出一张得意的字来,互相欣赏欣赏,其余时间各自在屋里读书做事,如此而已。沈先生对青年的帮助真是不遗余力。他曾经自己出钱为一个诗人出了第一本诗集。一九四七年,诗人柯原的父亲故去,家中拉了一笔债,沈先生提出卖字来帮助他。《益世报》登出了沈从文卖字的启事,买字的可定出规格,而将价款直接寄给诗人。柯原一九八〇年去看沈先生,沈先生才记起有这回事。他对学生的作品细心修改,寄给相熟的报刊,尽量争取发表。他这辈子为学生寄稿的邮费,加起来是一个相当可观的数字。抗战时期,通货膨胀,邮费也不断涨,往往寄一封信,信封正面反面都得贴满邮票。为了省一点邮费,沈先生总是把稿纸的天头地头页边都裁去,只留一

个稿芯,这样分量轻一点。我在昆明写的稿子,几乎无一篇不是他寄出去的。一九四六年,郑振铎、李健吾先生在上海创办《文艺复兴》,沈先生把我的《小学校的钟声》和《复仇》寄去。这两篇稿子写出已经有几年,当时无地方可发表。稿子是用毛笔楷书写在学生作文的绿格本上的,郑先生收到,发现稿纸上已经叫蠹虫蛀了好些洞,使他大为激动。沈先生对我这个学生是很喜欢的。为了躲避日本飞机空袭,他们全家有一阵住在呈贡新街后迁跑马山桃源新村。沈先生有课时进城住两三天。他进城时,我都去看他。交稿子,看他收藏的宝贝,借书。沈先生的书是为了自己看,也为了借给别人看的。"借书一痴,还书一痴",借书的痴子不少,还书的痴子可不多。有些书借出去一去无踪。有一次,晚上,我喝得烂醉,坐在路边,沈先生到一处演讲回来,以为是一个难民,生了病,走近看看,是我!他和两个同学把我扶到他住处,灌了好些酽茶,我才醒过来。有一回我去看他,牙疼,腮帮子肿得老高。沈先生开了门,一看,一句话没说,出去买了几个大橘子抱着回来了。沈先生的家庭是我见到的最好的家庭,随时都在亲切和谐气氛中,两个儿子,小龙小虎,兄弟怡怡。他们都很高尚清白,无丝毫庸俗习气,无一句粗鄙言语,——他们都很幽默,但幽默得很温雅。一家人于钱上都看得很淡。《沈从文文集》的稿费寄到,九千多元,大概开过家庭会议,又从存款中取出几百元,凑成一万,寄到家乡办学。沈先生也有生气的时候,也有极度烦恼痛苦的时候,在昆明,在北京,我都见到过,但多数时候都是笑眯眯的。他总是用一种善意的、含情的微笑,来看这个世界的一切。到了晚年,喜欢放声大笑,笑得合不拢嘴,且摆动双手作势,真像一个孩子。只有看破一切人事乘除,得失荣辱全置度外,心地明净无渣滓的人,才能这样畅快地大笑。

沈先生五十年代后放下写小说散文的笔(偶然还写一点,笔下仍极活泼,如写纪念陈翔鹤文章,实写得极好),改业钻研文物,而且钻出了很大的名堂,不少中国人、外国人都很奇怪。实不奇怪。沈先生很早就对历史文物有很大兴趣。他写的关于展子虔游春图的文章,我以为是一篇重要文章,从人物服装颜色式样考订图画的年代和真伪,是别的鉴赏家所未注意的方法。他关于书法的文章,特别是对宋四家的看法,很有见地。在昆明,我陪他去遛街,总要看看市招,到裱画店看看字画。昆明市政府对面有一堵大照壁,写满了一壁字(内容已不记得,大概不外是总理遗训),字有七八寸见方大,用二爨掺一点北魏造象题记笔意,白墙蓝字,是一位无名书家写的,写得实在好。我们每次经过,都要去看看。昆明碰碰撞撞都可见到黑漆金字抱柱楹联上钱南园的四方大颜字,也还值得一看。沈先生到北京后即喜欢搜集瓷器。有一个时期,他家用的餐具都是很名贵的旧瓷器,只是不配套,因为是一件一件买回来的。他一度专门搜集青花瓷。买到手,过一阵就送人。西南联大好几位助教、研究生结婚时都收到沈先生送的雍正青花的茶杯或酒杯。沈先生对陶瓷赏鉴极精,一眼就知是什么朝代的。一个朋友送我一个梨皮色釉的粗瓷盒子,我拿去给他看,他说:"元朝东西,民间窑!"有一阵搜集旧纸,大都是乾隆以前的。多是染过色的、瓷青的、豆绿的、水红的,触手细腻到像煮熟的鸡蛋白外的薄皮,真是美极了。至于茧纸、高丽发笺,那是凡品了。(他搜集旧纸,但自己舍不得用来写字,晚年写字用糊窗户的高丽纸,他说:"我的字值三分钱"。)在昆明,搜集了一阵耿马漆盒。这种漆盒昆明的地摊上很容易买到,且不贵。沈先生搜集器物的原则是"人弃我取"。其实这种竹胎的,涂红黑两色漆,刮出极繁复而奇异的花纹的圆盒是很美的。装点心,装花生米,装邮票杂物均合适,放在桌上也是个摆设。这种漆盒也都陆续送人了。客人来,坐一阵,临走时大都能带走一个漆盒。有一阵研究中国丝绸,弄到许多大藏经的封面,各种颜色都有:宝蓝的、茶褐的、肉色的;花纹也是各式各样。沈先生后来写了一本《中国丝绸图案》。有一阵研究刺绣。除了衣服、裙子,弄了好多扇套、眼镜盒、香袋。不知他是从哪里"寻摸"来的。这些绣品的针法真是多种多样。我只记得有一种绣法叫"打子",是用一个一个丝线疙瘩缀出来的。他给我看一种绣品,叫"七色晕",用七种颜色的绒绣成一个团花,看了真叫人发晕。他搜集、研究这些东西,不是为了消遣,是从中发现,证实中国历史文化的优越这个

角度出发的,研究时充满感情。我在他八十岁生日写给他的诗里有一联:

玩物从来非丧志,
著书老去为抒情。

这全是纪实。沈先生提及某种文物时常是赞叹不已。马王堆那副不到一两重的纱衣,他不知说了多少次。刺绣用的金线原来是盲人用一把刀,全凭手感,就金箔上切割出来的。他说起时非常感动。有一个木俑(大概是楚俑)一尺多高,衣服非常特别:上衣的一半(连同袖子)是黑色,一半是红的;下裳正好相反,一半是红的,一半是黑的。沈先生说:"这真是现代派!"如果照这样式(一点不用修改)做一件时装,拿到巴黎去,由一个长身细腰的模特儿穿起来,到表演台上转那么一转,准能把全巴黎都"镇"了!他平生搜集的文物,在他生前全都分别捐给了几个博物馆、工艺美术院校和工艺美术工厂,连收条都不要一个。

沈先生自奉甚薄。穿衣服从不讲究。他在《湘行散记》里说他穿了一件细毛料的长衫,这件长衫我可没见过。我见他时总是一件洗得褪了色的蓝布长衫,夹着一摞书,匆匆忙忙地走。解放后是蓝卡其布或涤卡的干部服,黑灯芯绒的"懒汉鞋"。有一年做了一件皮大衣(我记得是从房东手里买得的一件旧皮袍改制的,灰色粗线呢面),他穿在身上,说是很暖和,高兴得像一个孩子。吃得很清淡。我没见他下过一次馆子。在昆明,我到文林街20号他的宿舍去看他,到吃饭时总是到对面米线铺吃一碗一角三分钱的米线。有时加一个西红柿,打一个鸡蛋,超不过两角五分。三姐是会做菜的,会做八宝糯米鸭,炖在一个大砂锅里。但不常做。他们住在中老胡同时,有时张充和骑自行车到前门月盛斋买一包烧羊肉回来,就算加了菜了。在小羊宜宾胡同时,常吃的不外是炒四川的菜头,炒茨菰。沈先生爱吃茨菰,说"这个好,比土豆'格'高"。他在《自传》里说他很会炖狗肉,我在昆明,在北京都没见他炖过一次。有一次他到他的助手王亚蓉家去,先来看看我(王亚蓉住在我们家马路对面,——他七十多了,血压高到二百多,还常为了一点研究资料上的小事到处跑),我让他过一会来吃饭。他带来一卷画,是古代马戏图的摹本,实在是很精彩。他非常得意地问我的女儿:"精彩吧?"那天我给他做了一只烧羊腿,一条鱼。他回家一再向三姐称道:"真好吃"。他经常吃的荤菜,是:猪头肉。

他的丧事十分简单。他凡事不喜张扬,最反对搞个人的纪念活动,反对"办生做寿"。他生前屡次嘱咐家人,他死后,不开追悼会,不举行遗体告别。但火化之前,总要有一点仪式。新华社消息的标题是沈从文告别亲友和读者,是合适的,只通知少数亲友。——有一些景仰他的人是未接通知自己去的。不收花圈,只有约二十多个布满鲜花的花篮,很大的白色的百合花、康乃馨、菊花、莒兰。参加仪式的人也不戴纸制的白花,但每人发给一枝半开的月季,行礼后放在遗体边。不放哀乐,放沈先生生前喜爱的音乐,如贝多芬的"悲怆"奏鸣曲等。沈先生面色如生,很安详地躺着。我走近他身边,看着他,久久不能离开。这样一个人,就这样地去了。我看他一眼,又看一眼,我哭了。

沈先生家有一盆虎耳草,种在一个椭圆形的小小钧窑盆里。很多人不认识这种草。这就是《边城》里翠翠在梦里采摘的那种草,沈先生喜欢的草。

一九八八年五月二十六日

注释

① 本篇原载《人民文学》1988年第七期;初收《蒲桥集》,作家出版社,1989年3月。

吴雨僧先生二三事①

吴宓(雨僧)先生相貌奇古。头顶微尖,面色苍黑,满脸刮得铁青的胡子,有学生形容他的胡子之盛,说是他两边脸上的胡子永远不能一样:刚刮了左边,等刮右边的时候,左边又长出来了。他走路很快,总是提了一根很粗的黄藤手杖。这根手杖不是为了助行,而是为了矫正学生的步态。有的学生走路忽东忽西,挡在吴先生的前面,吴先生就用手杖把他拨正。吴先生走路是笔直的,总是匆匆忙忙的。他似乎没有逍遥闲步的时候。

吴先生是西语系的教授。他在西语系开了什么课我不知道。他开的两门课是外系学生都可以选读或自由旁听的。一门是"中西诗之比较",一门是"红楼梦"。

"中西诗之比较"第一课我去旁听了。不料他讲的第一首诗却是:

一去二三里,烟村四五家,楼台六七座,八九十枝花。

吴先生认为这种数字的排列是西洋诗所没有的。我大失所望了，认为这讲得未免太浅了，以后就没有再去听，其实讲诗正应该这样：由浅入深。数字入诗，确也算得是中国诗的一个特点。骆宾王被人称为"算博士"。杜甫也常以数字为对，如"两个黄鹂鸣翠柳，一行白鹭上青天"，"窗含西岭千秋雪，门泊东吴万里船"。吴先生讲课这样的"卑之无甚高论"，说明他治学的朴实。

"红楼梦"是很"叫座"的，听课的学生很多，女生尤其多。我没有去听过，但知道一件事。他一进教室，看到有些女生站着，就马上出门，到别的教室去搬椅子。——联大教室的椅子是不固定的，可以搬来搬去。吴先生以身作则，听课的男士也急忙蜂拥出门去搬椅子。到所有女生都已坐下，吴先生才开讲。吴先生讲课内容如何，不得而知。但是他的行动，很能体现"贾宝玉精神"。

文林街和府甬道拐角处新开了一家饭馆，是几个湖南学生集资开的，取名"潇湘馆"，挂了一个招牌。吴先生见了很生气，上门向开馆子的同学抗议：林妹妹的香闺怎么可以作为一个饭馆的名字呢！开饭馆的同学尊重吴先生的感情，也很知道他的执拗的脾气，就提出一个折中的方案，加一个字，叫做"潇湘饭馆"。吴先生勉强同意了。

听说陈寅恪先生曾说吴先生是《红楼梦》里的妙玉，吴先生以为知己。这个传说未必可靠，也许是哪位同学编出来的。但编造得颇为合理，这样的编造安在陈先生和吴先

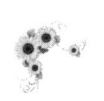

生的头上,都很合适。

吴先生长期过着独身生活,吃饭是"打游击"。他经常到文林街一家小饭馆去吃牛肉面。这家饭馆只有一间门脸,卖的也只是牛肉面。小饭馆的老板很尊重吴先生。抗战期间,物价飞涨,小饭馆随时要调整价目。每次涨价,都要征得吴先生同意。吴先生听了老板说明涨价的理由,把老的价目表撤下,在一张红纸上毛笔正楷写一张新的价目表贴在墙上:炖牛肉多少钱一碗,牛肉面多少钱一碗,净面多少钱一碗。

抗战胜利,三校(西南联大是清华、北大、南开联合起来的)复员,不知道为什么吴先生没有回清华(他是老清华了),我就没有再见到吴先生。有一阵谣传他在四川出了家,大概是因为他字"雨僧"而附会出来的。后来打听到他辗转在武汉大学、香港大学教书,最后落到北碚师范学院。"文化大革命"中挨斗得很厉害。罪名之一,是他曾是"学衡派",被鲁迅骂过。这是一篇老账了,不知道造反派怎么翻了出来。他在挨斗中跌断了腿。他不能再教书,一个月只能领五十元生活费。他花三十七块钱雇了一个保姆,只剩十三块钱,实在是难以度日。后来他回到陕西,死在老家。吴先生可以说是穷困而死。一个老教授,落得如此下场,哀哉!

一九八九年一月七日

注释

① 本篇原载《今古传奇》1989年第三期,系"早茶笔记"系列中的第二篇;初收《汪曾祺全集》第四卷,北京师范大学出版社,1998年8月。

赵树理同志二三事[①]

——《早茶笔记》之四

赵树理同志身高而瘦。面长鼻直，额头很高。眉细而微弯，眼狭长，与人相对，特别是倾听别人说话时，眼角常若含笑。听到什么有趣的事，也会咕咕地笑出声来。有时他自己想到什么有趣的事，也会咕咕地笑起来。赵树理是个非常富于幽默感的人。他的幽默是农民式的幽默，聪明，精细而含蓄，不是存心逗乐，也不带尖刻伤人的芒刺，温和而有善意。他只是随时觉得生活很好玩，某人某事很有意思，可发一笑，不禁莞尔。他的幽默感在他的作品里和他的脸上随时可见（我很希望有人写一篇文章，专谈赵树理小说中的幽默感，我以为这是他的小说的一个很大的特点）。赵树理走路比较快（他的腿长；他的身体各部分都偏长，手指也长），总好像在侧着身子往前走，像是穿行在热闹的集市的人丛中，怕碰着别人，给别人让路。赵树理同志是我见到过的最没有架子的作家，一个让人感到亲切的、妩媚的作家。

树理同志衣著朴素，一年四季，总是一身蓝咔叽布的制服。但是他有一件很豪华的"行头"，一件水獭皮领子、礼服呢面的狐皮大衣。他身体不好，怕冷，冬天出门就穿起这件大衣来。那是刚"进城"的时候买的。那时这样的大衣很便宜，拍卖行里总挂着几件。奇怪的是他下乡体验生活，回到上党农村，也是穿了这件大衣去。那时作家下乡，总得穿得像个农民，至少像个村干部，哪有穿了水獭领子狐皮大衣下去的？可是家乡的农民并不因为这件大衣就和他疏远隔阂起来，赵树理还是他们的"老赵"，老老少少，还是跟他无话不谈。看来，能否接近农民，不在衣裳。但是敢于穿了狐皮大衣而不怕农民见外的，恐怕也只有赵树理同志一人而已。——他根本就没有考虑穿什么衣服"下去"的问题。

他吃得很随便。家眷未到之前，他每天出去"打游击"。他总是吃最小的饭馆。霞公府（他在霞公府市文联宿舍住了几年）附近有几家小饭馆，树理同志是常客。这种小饭馆只有几个菜。最贵的菜是小碗坛子肉，最便宜的菜是"炒和菜盖被窝"——菠菜炒粉条，上面盖一层薄薄的摊鸡蛋。树理同志常吃的菜便是炒和菜盖被窝。他工作得很晚，每天十点多钟要出去吃夜宵。和霞公府相平行的一个胡同里有一溜卖夜宵的摊子。树理同志往长板凳上一坐，要一碗馄饨，两个烧饼夹猪头肉，喝二两酒，自得其乐。

喝了酒，不即回宿舍，坐在传达室，用两个指头当鼓箭，在一张三屉桌上打鼓。他打的是上党梆子的鼓。上党梆子

的锣经和京剧不一样,很特别。如果有外人来,看到一个长长脸的中年人,在那里如醉如痴地打鼓,绝不会想到这就是作家赵树理。

赵树理是一个多才多艺的农村才子。王春同志在一篇文章中提到过树理同志曾在一个集上一个人唱了一台戏:口念锣经过门,手脚并用作身段,还误不了唱。这是可信的。我就亲眼见过树理同志在市文联内部晚会上表演过起霸。见过高盛麟、孙毓堃起霸的同志,对他的上党起霸不是那么欣赏,他还是口念锣经,一丝不苟地起了一趟"全霸",并不是比划两下就算完事。虽是逢场作戏,但是也像他写小说、编刊物一样地认真。

赵树理同志很能喝酒,而且善于划拳。他的划拳是一绝:两只手同时用,一会儿出右手,一会儿出左手。老舍先生那几年每年要请两次客,把市文联的同志约去喝酒。一次是秋天,菊花盛开的时候,赏菊(老舍先生家的菊花养得很好,他有个哥哥,精于艺菊,称得起是个"花把式");一次是腊月二十三,那天是老舍先生的生日。酒、菜,都很丰盛而有北京特点。老舍先生豪饮(后来因血压高戒了酒),而且划拳极精。老舍先生划拳打通关,很少输的时候。划拳是个斗心眼的事,要捉摸对方的拳路,判定他会出什么拳。年轻人斗不过他,常常是第一个"俩好"就把小伙子"一板打死"。对赵树理,他可没有办法,树理同志这种左右开弓的拳法,他大概还没有见过,很不适应,结果往往败北。

赵树理同志讲话很"随便"。那一阵很多人把中国农村说得过于美好,文艺作品尤多粉饰,他很有意见。他经常回家乡,回来总要做一次报告,说说农村见闻。他认为农民还是很穷,日子过得很艰难。他戏称他戴的一块表为"五驴表",说这块表的钱在农村可以买五头毛驴。——那时候谁家能买五头毛驴,算是了不起的富户了。他的这些话是不合时宜的,后来挨了批评,以后说话就谨慎一点了。

赵树理同志抽烟抽得很凶。据王春同志的文章说,在农村的时候,嫌烟袋锅子抽了不过瘾,用一个山药蛋挖空了,插一根小竹管,装了一"蛋"烟,狂抽几口,才算解气。进城后,他抽烟卷,但总是抽最次的烟。他抽的是什么牌子的烟,我不记得了,只记得是棕黄的皮儿,烟味极辛辣。他逢人介绍这种牌子的烟,说是价廉物美。

赵树理同志担任《说说唱唱》的副主编,不是挂一个名,他每期都亲自看稿,改稿。常常到了快该发稿的日期,还没有合用的稿子,他就把经过初、二审的稿子抱到屋里去,一篇一篇地看,差一点的,就丢在一边,弄得满室狼藉。忽然发现一篇好稿,就欣喜若狂,即交编辑部发出。他把这种编辑方法叫做"绝处逢生法"。有时实在没有较好的稿子,就由编委之一,自己动手写一篇。有一次没有像样的稿子,大概是康濯同志说:"老赵,你自己搞一篇!"老赵于是关起门来炮制。《登记》(即《罗汉钱》)就是在这种等米下锅的情况下急就出来的。

赵树理同志的稿子写得很干净清楚,几乎不改一个字。他对文字有"洁癖",容不得一个看了不舒服的字。有一个时候,有人爱用"妳"字。有的编辑也喜欢把作者原来用的"你"改"妳"。树理同志为此极为生气。两个人对面说话,本无需标明对方是不是女性。世界语言中第二人称代名词也极少分性别的。"妳"字读"奶",不读"你"。有一次树理同志在他的原稿第 页页边写了几句话:"编辑、排版、校对同志注意:文中所有'你'字一律不得改为'妳'字,否则要负法律责任。"

树理同志的字写得很好。他写稿一般都用红格直行的稿纸,钢笔。字体略长,如其人,看得出是欧字、柳字的底子。他平常不大用毛笔。他的毛笔字我只见过一幅,字极潇洒,而有功力。是在劳动人民文化宫见到的。劳动人民文化宫刚成立,负责"宫务"的同志请十几位作家用宣纸毛笔题词,嵌以镜框,挂在会议室里。也请树理同志写了一幅。树理同志写了六句李有才体的通俗诗:

古来数谁大
皇帝老祖宗
今天数谁大
劳动众弟兄

还是这座庙②
换了主人翁

一九九〇年六月八日

注释

① 本篇原载《今古传奇》1990年第五期；初收《汪曾祺全集》第五卷，北京师范大学出版社，1998年8月。

② 劳动人民文化宫原是太庙。

李琪同志印象①

李琪同志的办公室像一个书斋。靠墙几橱书,茶几上放着一副围棋子,一个棋盘。简简单单,清清爽爽,让人感觉到这位部长的书生本色。

李琪同志曾在1966年初和这年的春节,两次带我们剧团的编剧到上海去见江青。第一次去之前,正值邯郸地震②过后不久,他领着我们去看了地震的资料影片。他的旅行箱里装了好多本线装二十四史的灾异卷,这当然不是为了旅途消遣。我们深深感到他的忧国忧民之思,同时也觉得这位宣传部长是一位学者型的部长。

李琪同志是研究《矛盾论》《实践论》的,但是他并不把毛主席当作神看,他对毛主席的著作是有很客观、很清醒的评价的。这在60年代,个人迷信高涨的时候,是很难得的。

李琪同志对江青是决不低声下气的。江青这个人,"见官大一级",李琪同志不承认她这种未经任命的、非法的特殊地位。我们第一次到上海,他给江青写了一个四指宽的便条:"我们已到上海,何时接见?此问近祺。"稍为知道一点传统文牍习惯的人,都知道"近祺"不是个恭敬的问候。

江青对李琪同志说:"对于他们的戏,我希望你了解情况,但不要过问。"这是什么话呢?北京京剧团是市委领导的剧团,一个宣传部长却不得过问剧团剧本创作!李琪同志没有表示什么。在我们到江青那里讨论剧本时,他就一个人出去散步,买了一包上海老城隍庙的五香豆,一边走,一边吃,看来好像很悠闲,心里自然是不痛快的。

江青忽然改变了主意,把原来写的剧本推翻了,要另外写一个:从军队党派一个女干部到重庆,不通过地方党,通过一个社会关系,发动兵工厂的工人护厂,迎接解放。不通过地方党,通过社会关系开展工作,这根本不符合党的地下工作原则。我们都没有这方面的生活——谁也不可能有这样的生活,只好按江青的意思瞎编。我们向李琪同志汇报了剧本提纲,李琪同志只说了一句话:"看来没有生活也是可以搞创作的噢?"这句不凉不酸的话对江青的全凭主观意念,无视生活真实的"创作方法"是极其尖锐的批评。

第二次到上海,形势已经很严峻。有一天,江青叫我们到"康办"(张春桥在康平路的办公室)去见她。李琪同志不愿去,说:"他找你们谈剧本,我不去了。"我说:"不去不好吧。"汽车已经开到门外等着,李琪同志在室内徘徊很久,最后说:"去吧!"到了那里,江青要剧团,指名调演员,要剧场……提了许多无理要求,并摆出一副上海人所谓"白相人"(流氓)架势,向北京市委摊了牌:"叫老子在这儿试验(她要指所谓试验田),老子就在这儿试验,不叫老子在这儿试验,老子到别处去试验!"李琪同志回到东湖饭店,在沙发上坐了很久,一句话不说。

李琪同志知道一场恶战迫在眉睫,情绪是很紧张的,夜里做噩梦,甚至于梦中惊呼。

李琪同志是个外貌温和儒雅,内心却非常倔强的革命者,他的这种"宁折不弯"的性格,是为"四人帮"所不能容的。当我们知道他玉碎的消息时,觉得是可以理解的。他是不能与邪恶的势力共存的!

1990年12月15日

注释

① 本篇收入李莉主编《忆李琪》,九州出版社2017年12月。
② 应为邢台地震。

修髯飘飘①

——记西南联大的几位教授

在留胡子的教授里,年龄最长,胡子也最旺盛的,大概要算戴修瓒先生。我在校时,戴先生已有六十多岁。戴先生是法律系的。听说他在北洋政府时期曾任最高法院(那时应该叫做大理院)的大法官,因为对段祺瑞之所为不满,一怒辞职,到大学教书。戴先生身体很好。他身材不高,但很敦实,面色红润,两眼有光。他蓄着满腮胡子,已经近乎全白,但是通气透风,根根发亮。我没有听过戴先生的课,只在教室外经过时,听到过他讲课的声音,真是底气充足,声若洪钟。听到他的声音,看到他稳健的步履、飘动的银髯,想到他从执政府拂袖而去,总会生出一种敬意。戴先生是湘西人,湘西人大都很倔。

很多人都知道闻一多先生是留胡子的。报刊上发表他的照片,大都有胡子。那张流传很广的木刻像(记得是个姓夏的木刻家所刻),闻先生口噙烟斗,回头凝视,目光炯炯,而又深沉,是很传神的。这张木刻像上,闻先生是有胡子的。但是闻先生原来并未留胡子,他的胡子是抗战爆发那一天留起来的。当时发誓:抗战不胜,誓不剃须。

闻先生原来并不热衷于政治。他潜心治学,用功甚笃。他的治学,考证精严,而又极富想象。他是个诗人学者,一个艺术家。他的讲课很有号召力,许多工学院的学生会从拓东路(工学院在昆明东南角的拓东路)步行穿过全城,来听闻先生的课。闻先生讲课,真是"神采奕奕"。他很会讲课(有的教授很有学问,但不会讲课),能把本来是很枯燥的考证,讲得层次分明,引人入胜,逻辑性很强,而又文词生动。他讲话很有节奏,顿挫铿锵,有"穿透力",如同第一流的演员。他教过我们楚辞、唐诗、古代神话。好几篇文章说过,闻先生讲楚辞,第一句话是:"痛饮酒,熟读离骚,乃可以为名士",是这样的。我上闻先生的楚辞课,他就是这样开头的。他讲唐诗,把晚唐诗和后期印象派的画放在一起讲。我记得他讲李贺诗,同时讲了法国的点画派(pointism),这样的中西比较的研究方法,当时运用的人还很少。他讲古代神话,在黑板上钉满了用毛边纸墨笔手摹的大幅伏羲女娲的石刻画像(这本身是珍贵的艺术品)。昆中北院的大教室里各院系学生坐得满满的,鸦雀无声。听这样的课,真是超高级的艺术享受。

闻先生个性很强,处处可以看出。他用的笔记本是特制的,毛边纸,红格,宽一尺,高一尺有半,天头约高四寸,是离京时带出来的。他上课就带了这样的笔记,外面用一块蓝布包着。闻先生写笔记用的是正楷,一笔不苟,字兼欧柳字体稍长。他爱用秃笔。用的笔都是从别人笔筒中搜来的废笔。秃笔写蝇头小字，字字都像刻出来的，真是见功夫。他原是学画的。他和几位教授带领一群学生从北京步行到长沙，一路上画了许多铅笔速写（多半是风景）。他的铅笔速写另具一格，他以中国的书法入铅笔画，笔触肯定，有金石味。他治印，朱白布置很讲究，奏刀有力。连他的吃菜口味也是这样，口重。在蒙自住了半年，深以食堂菜淡为苦。

闻先生的胡子不是络腮胡子，只下巴下长髯一绺，但上髭浓黑，衬出他的轮廓分明，稍稍扁阔的嘴唇，显得潇洒而又坚毅。

闻先生后来走下"楼"来（他在蒙自，整天钻在图书馆楼上，同事曾戏称之为"何妨一下楼主人"），拍案而起，献身民主运动，原因很多，我只想说，这和他的刚强的个性是很有关系的。一是一，二是二，想怎么样，就怎么样，心口如一，义无反顾。闻先生是中国现代史上一个无半点渣滓的、完整的、真实的浪漫主义者。他的人格，是一首诗。

能为闻先生塑像的理想人物，是罗丹。可惜罗丹早就死了。

在西南联大旧址，现在的西南师范学院的校园中有闻先生的全身石像，长髯飘飘，很有神采。

闻先生遇难时，已经剃了胡子（抗战已经胜利）。我建议在闻先生牺牲的西仓坡另立一个胸像（现在有一块碑），最好是铜像。这个胸像可以没有胡子。

冯友兰先生面色苍黑，头发黑，胡子也黑。他是个高度近视眼,戴一副黑边眼镜,眼镜片很厚,迎面看去,只见一圈又一圈,看不清他的眼睛是什么样子。他常年穿着黑色的马褂,夹着一个包袱,里面装着他的讲稿。这包袱的颜色是杏黄的,上面还印着八卦五毒。这本是云南人包小孩子用的包被(襁褓),不知道冯先生怎么会随手拿来包讲稿了。有时,身后还跟着一条狗。这条狗不知道是不是宗璞的小说里所写的鲁鲁,看它是纯白的,而且四条腿很短,大概就是的。

我在联大时,冯先生的《贞元三书》(《新原人》、《新道学》、《新世训》)都已经出版,我看过,已经没有印象,只有总序里的一句话却至今记得:"今当贞下起元之时,好学深思之士,乌能已于言哉。"冯先生的治哲学,是要经世致用的,和金岳霖、沈有鼎等先生只是当作一门纯学术来研究不一样。

唐兰(立厂)先生的胡子不是有意留起来的,而是"自然"长长了的。唐先生很少理发,据说一年只理两次。他的头发有点鬈曲,满头带鬈的乌发,从后面看,像石狮子(狻猊)脑袋。头发长了,胡子也就长了。胡子,也有点鬈,但不利害,没有到成为虬髯公的地步。他理了发,头发短了,胡子也剃掉了,好像换了一个人。

唐先生治文字学,教"说文解字",我没有选过这门课。但他有一年忽然开了词选,这是必修课。原来教词选的教授请假,他就自告奋勇来教了。他教词选,基本上不怎么讲。有时甚至只是打起无锡腔,曼声吟诵(其实是唱)了一遍:"双鬟隔香红啊,玉钗头上凤……"——"好,真好!"这首词就算讲完了。班上学生词选课的最大收获,大概就是学会了唐先生吟词的腔调。似乎这样吟唱一遍,这首词也就懂了。这不是夸张,因为唐先生吟诵得很有感情,很陶醉,这首词的好处也就表达出来了。诗词本不宜多讲。讲多了,就容易把这首诗词讲死。像现在电视台的《唐诗撷英》就讲得太多了。一首七言绝句,哪有那么多的话好说呢。

不应该把胡子留起来,却留起来的,是生物系教授赵以炳。他要算西南联大教授中最年轻的,至少是最年轻的之一。当时他大概只有三十来岁。三十来岁而当了教授,可谓少年得志。赵先生长得很漂亮,但这种漂亮不是奶油小生或电影明星那样漂亮得浅薄无聊,他还是一个教授,一个学者,很有书卷气,很潇洒,或如北京人所说:很"帅"。在我所认识的教授中,当得起"风度翩翩"四个字的,唯赵先生一人。然而他却留了胡子。他为什么要留胡子呢?这有个故事。他只身在联大教书,夫人不在身边,蓄须是为了明志,让夫人放心,保证不会三心二意。他的夫人我们当然没有见过,但想象起来一定也是一位美人。没想到,他的下巴下一把黑黑的胡子更增加了他的风度,使男学生羡慕,女学生倾心。然而没有听说过赵先生另外有什么罗曼史。

赵先生是生理学专家,专门研究刺猬。我离开联大后,就没有再见过赵先生,听说他后来的遭遇很坎坷,详情不得而知。

可以,甚至应该把胡子留起来而不留的,是吴宓(雨僧)先生。吴先生的胡子很密,而且长得很快,经常刮,刮得两颊都是铁青的。有一位外语系的助教形容吴先生胡子生长之快,说吴先生的胡子,两边永远不能一样,刮了左边,再刮右边的时候,左边的就又长出来了。吴先生相貌奇古,自号"雨僧",有几分像。

吴先生的结局很惨。"文化大革命"中穷困潦倒(每月只发生活费30元),最后孤寂地死在家乡。

或问:你为什么要写这些胡子教授?没有什么,偶然想起而已。为什么要想起?这怎么说呢,只能说:这样的教授现在已经不多了。

注释

① 本篇原载1991年4月7日、14日《中国教育报》。

遥寄爱荷华[①]

——怀念聂华苓和保罗·安格尔

1987年9月,我应安格尔和聂华苓之邀,到爱荷华去参加爱荷华大学"国际写作计划",认识了他们夫妇,成了好朋友。

安格尔是爱荷华人。他是爱荷华城的骄傲。爱荷华的第一国家银行是本城最大的银行,和"写作计划"的关系很密切("国际写作计划"作家的存款都在第一银行开户),每一届"国际写作计划",第一银行都要举行一次盛大的招待酒会。第一银行的墙壁上挂了一些美国伟人的照片或画像。酒会那天,银行特意把安格尔的巨幅淡彩铅笔画像也摆了出来。画像画得很像,很能表现安格尔的神情:爽朗,幽默,机智。安格尔拉了我站在这张画像的两边拍了一张照片。可惜我没有拿到照相人给我加印的一张。

江迪尔是一家很大的农机厂。这家厂里请亨利·摩尔做了一个很大的抽象的铜像,特意在一口湖当中造了一个小岛,把铜像放在岛上。江迪尔农机厂是"国际写作计划"的赞助者之一,每年要招待国际作家一次午宴。在宴会上,经理致辞,说安格尔是美国文学的巨人。

我不熟悉美国文学的情况，尤其是诗，不能评价安格尔在美国当代文学中的位置。我只读过一本他的诗集《中国印象》，是他在中国旅行之后写的，很有感情。他的诗是平易的，好懂的，是自由诗。有一首诗的最后一段只有一行：

中国也有萤火虫吗？

我忽然非常感动。

我真想给他捉两个中国的萤火虫带到美国去。

我三天两头就要上聂华苓家里去，有时甚至天天去。有两天没有去，聂华苓估计我大概一个人在屋里，就会打电话来。我们住在五月花公寓，离聂华苓家很近，5分钟就到了。

聂华苓家在爱荷华河边的一座小山半麓。门口有一块铜牌，竖写了两个隶书："安寓"。这大概是聂华苓的主意。这是一所比较大的美国中产阶级的房子，买了已经有些年了。木结构。美国的民居很多是木结构，没有围墙，一家一家不挨着。这种木结构的房子也是不能挨着，挨在一起，一家着火，会烧成一片。我在美国看了几处遭了火灾的房子，都不殃及邻舍。和邻舍保持一段距离，这也反映出美国人的以个人主义为基础的文化心理。美国人不愿意别人干扰他们的生活，不讲什么"处街坊"，不讲"闻多素心人，乐与数晨夕"。除非得到邀请，美国人不随便上人家"串门儿"。

是一座两层的房子。楼下是聂华苓的书房,有几张中国字画。我给她带去一个我自己画的小条幅,画的是一丛秋海棠,一个草虫,题了两句朱自清先生的诗:"解得夕阳无限好,不须怅惘近黄昏"。第二天她就挂在书桌的左侧,以示对我的尊重。

楼上是卧室、厨房、客厅。一上楼梯,对面的墙上在一块很大的印第安人的壁衣上挂满了各个民族、各个地区、各色各样的面具,是安格尔搜集来的。安格尔特别喜爱这些玩意。他的书架上、壁炉上,到处都是这一类东西(包括一个黄铜敲成的狗头鸟脚的非洲神像,一些东南亚的皮影戏人形……)。

餐厅的一壁横挂了一柄船桨,上面写满了字。想是安格尔在大学划船比赛获奖的纪念。

一个书柜里放了一张安格尔的照片,坐在一块石头上,很英俊,一个典型的美国年轻绅士。聂华苓说:"我认识他的时候,他就是这个样子!"

南面和西面的墙顶牵满了绿萝。美国很多人家都种这种植物,有的店铺里也种。这玩意只要一点土,一点水,就能陆续抽出很长的条,不断生出心脏形的浓绿肥厚的叶子。

白色羊皮面的大沙发是可以移动的。一般是西面、北面各一列,成直角。有时也可以拉过来,在小圆桌周围围成一圈。人多了,可以坐在地毯上。台湾诗人蒋勋好像特爱坐在地毯上。

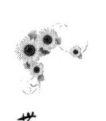

客厅的一角散放着报纸、刊物、画册。

这是一个舒适、随便的环境,谁到这里都会觉得无拘无束。美国有的人家过于整洁,进门就要脱鞋,又不能抽烟,真是别扭。

安格尔和聂华苓都非常好客。他们家几乎每个晚上都是座上客常满,杯中酒不空。爱荷华是个安静、古板的城市(城市人口6万,其中3万是大学生),没有夜生活。有一个晚上,台湾诗人郑愁予喝了不少酒,说他知道有一家表演脱衣舞的地方,要带几个男女青年去看看。不大一会,回来了!这家早就关闭了。爱荷华原来有一家放色情片子的电影院,让一些老头儿、老太太轰跑了。夜间无事,因此,家庭聚会就比较多。

"国际写作计划"会期3个月,聂华苓星期六大都要举行晚宴,招待各国作家。分拨邀请。这一拨请哪些位,那一拨请哪些位,是用心安排的。她邀请中国作家(包括大陆的、台湾的、香港的,和在美国的华人作家)次数最多。有些外国作家(主要是说西班牙语的南美作家)有点吃醋,说聂华苓对中国作家偏心。聂华苓听到了,说:"那是!"我跟她说:"我们是你的娘家人。"——"没错!"

美国的习惯是先喝酒,后吃饭。大概6点来钟,就开始喝。安格尔很爱喝酒,喝威士忌。我去了,也都是喝苏格兰威士忌或伯尔本(美国威士忌)。伯尔本有一点苦味,别具特色。每次都是吃开心果就酒。聂华苓不知买了多少开心果,随时待客,源源不断。有时我去早了,安格尔在他自己屋里,聂华苓在厨房忙着,我就自己动手,倒一杯先喝起来。他们家放酒和冰块的地方我都知道。一边喝加了冰的威士忌,一边翻阅一大摞华文报纸,蛮惬意。我在安格尔家喝威士忌加在一起,大概不止一箱。我一辈子没有喝过那样多威士忌。有两次,聂华苓说我喝得说话舌头都直了!临离爱荷华前一晚,聂华苓还在我的外面包着羊皮的不锈钢扁酒壶里灌了一壶酒。

晚饭烤牛排的时候多。我爱吃烤得很嫩的牛排。聂华苓说:"下次来,我给你一块生牛排你自己切了吃!"

吃过一次核桃树枝烤的牛肉。核桃树枝是从后面小山上捡的。

美国火锅吃起来很简便。一个长方形的锅子,各人自己涮鸡片、鱼片、肉片……

聂华苓表演了一次豆腐丸子。这是湖北菜。

聂华苓在美国二十多年了,但从里到外,都还是一个中国人。

她有个弟弟也在美国,我听到她和弟弟打电话,说的是地地道道的湖北话!

有一次中国作家聚会,合唱了一支歌"我的家在东北松花江上"。聂华苓是抗战后到台湾的,她会唱相当多这样的救亡歌曲。台湾小说家陈映真、诗人蒋勋,包括年轻的小说家李昂也会唱这支歌。唱得大家心里酸酸的。聂华苓热泪

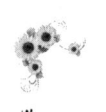

盈眶。

聂华苓是个很容易动感情的人。有一次她和在美的华人友好欢聚,在将近酒阑人散(有人已经穿好外衣)的时候,她忽然感伤起来,失声痛哭,招得几位女士陪她哭了一气。

有一次陈映真的父亲坐一天的汽车,特意到爱荷华来看望中国作家。老先生年轻时在台湾教学,曾把鲁迅的小说改成戏剧在台演出,大概是在台湾最早介绍鲁迅的学人之一。老先生对祖国怀了极深的感情。陈映真之成为台湾"统派"的代表人物之一,与幼承庭训有关。陈老先生在席间作了热情洋溢的讲话。我听了,一时非常激动,不禁和老先生抱在一起,哭了。聂华苓陪着我们流泪,一面攥着我的手说:"你真好!你真好!你真可爱!"

我跟聂华苓说:"我已经好多年没有哭过了。"

聂华苓原来叫我"汪老",有一天,对我说:"我以后不叫你'汪老'了,把你都叫老了!我叫你汪大哥!"我说:"好!"不过似乎以后她还是一直叫我"汪老"。

中国人在客厅里高谈阔论,安格尔是不参加的,他不会汉语。他会说的中国话大概只有一句:"够了!太够了!"一有机会,在给他分菜或倒酒时,他就爱露一露这一句。但我们在聊天时,他有时也在一边听着,而且好像很有兴趣。我跟他不能交谈,但彼此似乎很能交流感情,能够互相欣赏。有一天我去得稍早,用英语跟他说了一句极其普通的问候的话:"你今天看上去气色很好",他大叫:"华苓!他能说完整的英语!"

安格尔在家时衣著很随便,总是穿一件宽大的紫色睡袍,软底的便鞋,跑来跑去,一会儿回他的卧室,一会儿又到客厅里来。我说他是个无事忙。聂华苓说:"就是,就是!整天忙忙叨叨,busy! busy! 不知道他忙什么!"

他忙活的事情之一,是伺候他的那群鹿和浣熊。有一群鹿和浣熊住在"安寓"后山的杂木林里,是野生的,经常到他的后窗外来做客。鹿有时两三只,有时七八只;浣熊一来十好几只,他得为它们准备吃的。鹿吃玉米粒。爱荷华是产玉米的州,玉米粒多的是。鹿都站在较高的山坡上,低头吃玉米粒,忽然又扬起头来很警惕地向窗户里看一眼。浣熊吃面包。浣熊憨头憨脑,长得有点像熊猫,胆小。但是在它们专心吃面包片时,就不顾一切了。美国面包隔了夜,就会降价处理,很便宜。聂华苓隔一两天就要开车去买面包。"浣熊吃,我们也吃!"鹿和浣熊光临,便是神圣的时刻。安格尔深情地注视窗外,一面伸出指头示意:不许作声!鄂温克族作家乌热尔图是猎人,看着窗外的鹿,说:"我要是有一杆枪,一枪就能打倒一只。"安格尔瞪着灰蓝色的眼睛说:"你要是拿枪打它,我就拿枪打你!"

安格尔是个心地善良,脾气很好,快乐的老人,是个老天真。他爱大笑,大喊大叫,一边叫着笑着,一边还要用两只手拍着桌子。

他很爱聂华苓,老是爱说他和聂华苓恋爱的经过:他在台北举行酒会,聂华苓在酒会上没有和他说话。聂华苓要走了,安格尔问她:"你为什么不理我?"聂华苓说:"你是主人,你不主动找我说话,我怎么理你?"后来,安格尔约聂华苓一同到日本去,聂华苓心想:一个外国人,约我到日本去?她还是同意了。到了日本,又到了新加坡、菲律宾……后来呢?后来他们就结婚了。他大概忘了,他已经跟我说过一次他的罗曼史。我告诉蒋勋,我已经听他说过了,蒋勋说:"我已经听过五次!"他一说起这一段,聂华苓就制止他:"No more! No more!"

聂华苓从客厅走回她的卧室,安格尔指指她的背影,悄悄地跟我说:

"她是一个了不起的女人!"

12月中旬,我到纽约、华盛顿、费城、波士顿走了一圈。走的时候正是爱荷华的红叶最好的时候,橡树、元宝树、日本枫……层层叠叠,如火如荼。

回到爱荷华,红叶已经落光,这么快!

我是年底回国的。离开爱荷华那天下了大雪,爱荷华一点声音没有。

1988年,安格尔和聂华苓访问了大陆一次。作协外联部不知道是哪位出了一个主意,不在外面宴请他们,让我在家里亲手给他们做一顿饭,我说:"行!"聂华苓在美国时就一直希望吃到我做的菜(我在她家里只做过一次炸酱面),这回如愿以偿了。我给他们做了几个什么菜,已经记不清了,只记得有一碗扬州煮干丝、一个炝瓜皮,大概还有一盘干煸牛肉丝,其余的,想不起来了。那天是蒋勋和他们一起来的。聂华苓吃得很开心,最后端起大碗,连煮干丝的汤也喝得光光的。安格尔那天也很高兴,因为我还有一瓶伯尔本,他到大陆,老是茅台酒、五粮液,他喝不惯。我给他斟酒时,他又找到机会亮了他的唯一的一句中国话:

"够了!太够了!"

1990年初秋,我有个亲戚到爱荷华去(他在爱荷华大学读书),我和老伴请他带两件礼物给聂华苓,一个仿楚器云纹朱红漆盒,一件彩色扎花印染的纯棉衣料。她非常喜欢,对安格尔说:"这真是汪曾祺!"

安格尔因心脏病突发,在芝加哥去世。大概是1991年初。

安格尔去世后,我和聂华苓没有通过信。她现在怎么生活呢?前天给她寄去一张贺年卡,写了几句话,信封上写的是她原来的地址,也不知道她能不能收到。

一九九一年十二月二十日

注释

① 本篇原载《中华儿女》1992年第二期;初收《汪曾祺散文随笔选集》,沈阳出版社,1993年6月。

未尽才①
——故人偶记

陶 光

陶光字重华,但我们背后都只叫他陶光。他是我的大一国文教作文的老师。西南联大大一教课文和教作文的是两个人。教课文的是教授、副教授,教作文的一般是讲师、助教。陶光当时是助教。陶光面白皙,风度翩翩。他有个特点,上课穿了两件长衫来,都是毛料的,外面一件是铁灰色的,里面一件是咖啡色的。进了教室就把外面一件脱了,挂在墙上的钉子上。外面一件就成了夹大衣。教作文,主要是修改学生的作文,评讲。他有时评讲到得意处,就把眼睛闭起来,很陶醉。有一个也是姓陶的女同学写了一篇抒情散文,记下雨天听一盲人拉二胡的感受,陶先生在一段的末尾给她加了一句:"那湿冷的声音湿冷了我的心。"当时我就记住了。也许是因为第二个"湿冷"是形容词作动词用,有点新鲜。也许是这一句的感伤主义情绪。

他后来转到云南大学教书去了,好像升了讲师。

后来我跟他熟起来是因为唱昆曲。云南大学中文系成立了一个曲社,教学生拍曲子的,主要的教师是陶光。吹笛子的是历史系教员张宗和。陶先生的曲子唱得很好,是跟红豆馆主学过的。他是唱冠生的,嗓子很好,高亮圆厚,底气很足。《拾画叫画》、《八阳》、《三醉》、《琵琶记·辞朝》、《迎像哭像》……都唱得慷慨淋漓,非常有感情。用现在的说法,他唱曲子是很"投入"的。

他主攻的学问是什么,我不了解。他是刘文典的学生,好像研究过《淮南子》。据说他的旧诗写得很好,我没有见过。他的字写得很好,是写二王的。我见过他为刘文典的《〈淮南子〉校注》石印本写的扉页的书题,极有功力。还见过他为一个同学写的小条幅,是写在桃红地子的冷金笺上的,三行:

故园东望路漫漫,
双袖龙钟泪不干。
马上相逢无纸笔,
凭君传语报平安。

字有《圣教序》笔意。选了这首唐诗,大概是有所感的,那时已是抗战胜利,联大的老师、同学都作北归之计,他还要滞留云南。他常有感伤主义的气质,触景生情是很自然的。

他留在云南大学教书。我们北上后不大知道他的消息。听说经刘文典作媒，和一个唱滇戏的女演员结了婚。后来好像又离了。滇戏演员大概很难欣赏这位才子。

全国解放前他去了台湾，大概还是教书。后在台湾客死，遗诗一卷。我总觉得他在台湾是寂寞的。

陆

真抱歉，我连他的真名都想不起来了。和他同时期的研究生都叫他"小陆克"。陆克是30年代美国滑稽电影明星。叫他小陆克是没有道理的。他没有哪一点像陆克，只是因为他姓陆。长脸，个儿很高。两腿甚长，走起路来有点打晃。这个人物有点传奇性，他曾经徒步旅行了大半个中国。所以能完成这一壮举，大概是因为他腿长。

他在云南大学附近的一所中学——南英中学兼一点课，我也在南英中学教一班国文，联大同学在中学兼课的很多，这样我们就比较熟了。他的特点是一天到晚泡茶馆，可称为联大泡茶馆的冠军。他把脸盆、毛巾、牙刷都放在南英中学下坡对面的一家茶馆里，早起到茶馆洗脸，然后泡一碗茶，吃两个烧饼。他的手指特别长，拿烧饼的姿势是兰花手。吃了烧饼就喝茶看书。他好像是历史系的研究生，所看的大都是很厚的外文书。中午，出去随便吃点东西，回来重要一碗茶，接着泡，看书，整个下午。晚上出去吃点东西，回来接着泡。一直到灯火阑珊,才挟了厚书回南英中学睡觉。他看了那么多书,可是一直没见他写过什么东西。联大的研究生、高年级的学生,在茶馆里喜欢高谈阔论,他只是在一边听着,不发表他的见解。他到底有没有才华?我想是有的。也许他眼高手低?也许天性羞涩,不爱表现?

他后来到了重庆,听说生活很潦倒,到了吃不上饭。终于死在重庆。

朱南铣

朱南铣是个怪人。我是通过朱德熙和他认识的。德熙和他是中学同学。他个子不高,长得很清秀,一脸聪明相,一看就是江南人。研究生都很佩服他,因为他外文、古文都很好,很渊博。他和另外几个研究生被人称为"无锡学派",无锡学派即钱钟书学派,其特点是学贯中西,博闻强记。他是念哲学的,可是花了很长时间钻研滇西地理。

他家在上海开钱庄,他有点"小开"脾气。我们几个人:朱德熙、王逊、徐孝通常和他一起喝酒。昆明的小酒铺都是窄长的小桌子,盛酒的是莲蓬大的绿陶小碗,一碗一两。朱南铣进门,就叫"摆满",排得一桌酒碗。他最讨厌在吃饭时有人在后面等座。有一天,他和几个人快吃完了,后面的人以为这张桌子就要空出来了,不料他把堂倌叫来:"再来一遍。"——把刚才上过的菜原样再上一次。

他只看外文和古文的书,对时人著作一概不看。我和德熙到他家开的钱庄去看他,他正躺在藤椅上看方块报。说:"我不看那些学术文章,有时间还不如看看方块报。"

他请我们几个人到老正兴吃螃蟹喝绍兴酒。那天他和我都喝得大醉,回不了家,德熙等人把我们两人送到附近一家小旅馆睡了一夜。德熙后来跟我说:"你和他喝酒不能和他喝得一样多。如果跟他喝得一样多,他一定还要再喝。"这人非常好胜。

他后来在人民文学出版社当编辑,研究《红楼梦》。

听说他在咸宁干校,有一天喝醉酒,掉到河里淹死了。

他没有留下什么著作。他把关于《红楼梦》的独创性的见解都随手记在一些香烟盒上。据说有人根据他在香烟盒子上写的一两句话写成了很重要的论文。

注释

① 本篇原载《三月风》1992年第九期;初收《汪曾祺散文随笔选集》,沈阳出版社,1993年6月。

怀念德熙[1]

德熙原来是念物理系的,大学二年级,才转到中文系来。他的数学底子很好。这样,他才能和王竹溪先生合作,测定一件青铜器的容积。

我和德熙在大学一年级时就认识。我们的认识是因为在一起唱京剧。有时也一同去看厉家班的戏。后来云南大学组织了一个曲社,我们一起去拍曲子,做"同期",几乎一次不落。我后来不唱昆曲了,德熙是一直唱着的。他的爱好影响了他的夫人何孔敬。他们到美国去,我想是会带了一枝笛子去的。

德熙不藏字画。他家里挂着的只有一条齐白石的水印木刻梨花,和我给他画的墨菊横幅。他家里没有什么贵重的摆设,但是窗明几净,一尘不染,瓶花灯罩朴朴素素,位置得宜,表现出德熙一家的审美趣味。

同时具备科学头脑和艺术家的气质,我以为是德熙能在语言学、古文字学上取得很大成绩的优越条件。也许这是治人文科学的学者都需要具备的条件。

德熙的治学,完全是超功利的。在大学读书时,他生活清贫，但是每日孜孜，手不释卷。后来在大学教书，还兼了行政职务，往来的国际、国内学者又多，很忙，但还是不知疲倦地从事研究、写作。我每次到他家里去，总看到他的书桌上有一篇没有写完的论文，摊着好些参考资料和工具书。研究工作，在他，是辛苦的劳动，但也是一种超级的享受。他所以乐此不倦，我觉得，是因为他随时感受到语言和古文字的美。一切科学，到了最后，都是美学。德熙上课，是很能吸引学生的。我听过不止一个他的学生说过：语法，本来是很枯燥的，朱先生却能讲得很有趣味，常常到了吃饭的钟声响了，学生还舍不得离开。为什么能这样？我想是德熙把他对于语言，对于古文字的美感传染给了学生。一个人感受到工作中的美，这样活着，才有意思。

德熙是个感情不甚外露的人，但是是一个很有感情的人。他对家人子女，第三代，都怀有一种含蓄，温和，但是很深的爱。对青年学者也是这样。我不止一次听他谈起过裘锡圭先生，语气中充满感情，好像他发现了一个天才。

德熙对师长是很尊敬的，对唐立厂先生、王了一先生、吕叔湘先生，都是如此，他后来是国际知名的学者了，但没有一般的"后起之秀"的傲气。我没有听他说过一句关于前辈的刻薄话。

德熙乐于助人，师友中遇有困难，德熙总设法帮助他"解决问题"。因此他的人缘很好。不少人提起德熙，都说"朱德熙人很好"。一个人被人说是"人很好"并不容易。我以为这是最高的称赞。

德熙今年72岁(他、李荣和我是同年),按说寿数也不算短,但是他还有许多工作可以做,他应该再过几年清闲安静的日子,遽然离去,叫人不得不感到非常遗憾。

注释

① 本篇原载1992年10月29日《人民日报》海外版,又载《方言》1992年第四期(11月24日出版,文字略有不同);原为1992年9月20日在北京大学举办的"朱德熙教授追思会"上的发言。初收《汪曾祺散文随笔选集》,沈阳出版社,1993年6月。

地质系同学[1]

西南联大各系的学生各有特点,中文系的不衫不履,带点名士气。工学院的同学挟着画图板、丁字尺,一个个全像候补工程师。从法律系二三年级的学生身上已经可以看出一位名律师或大法官的影子。商学系的同学很实际,他们不爱幻想。从举止、动作、谈吐上,大体上可以勾画出我们的同学可能经历的人生道路。但这只是相对而言,比较而言,不能像矿物一样可以用光谱测定。比如,有一个比我高两班的同学,读了四年工学院,毕业后又考进文学研究所作哲学研究生由实入虚,你说他该是什么风度呢?不过地质系的学生身上共同的特点是比较显著的。

首先,他们的身体都很好。学地质的没有好身体是不行的。学校对报考地质系的考生的体检要求特别严格。搞地质不能只在实验室里搞,大部分时间要从事野外作业,走长路,登高山(据我所知现在的中国登山队的运动员有两位原来是读地质的),还要背很重的矿石,经常要风餐露宿,生活条件很艰苦,身体差一点是吃不消的。地质系的男同学大都身材较高,挺拔英俊,女同学身体也很好。他们大都是运动员,打篮球、排球,是系队、校队的代表。从仪表上说,他们都有当电影明星的资格。

他们的价值观念是清楚的。他们对自己所选择的学业和事业的道路是肯定的。他们没有徬徨、犹豫、困惑。从一开头就有一种奉献精神。——学地质是不可能升官发财的。他们充分认识到他们的工作对于国家的意义,一般说来,他们的祖国意识比别的系的同学更强烈,更实在。

他们都很用功。学地质,理科的底子,数学、物理、化学都要比较好。但是比较特别的是,他们除了本门科学,对一般文化,包括文学艺术,也有广泛的兴趣。因此地质系的同学大都文质彬彬,气度潇洒,毫无鄙俗之气,是一些名副其实的"知识分子"。地质系同学在学校时就作出了很大成绩。云南地方曾出了厚厚的一本《云南矿产调查》,就是西南联大地质系师生合作搞出来的。

在他们野外作业列队归来,穿着夹克,背着厚帆布背包,足登厚底翻皮长靴,或是平常穿了干净的蓝布长衫(地质系的学生都爱干净),在学校的土路从容走着,我都有好感,对他们很欣赏。

其实我所认识的地质系的同学不多,一共只有四个,都是1939年入学,43班的,和我一个班级。

比较熟识的是马杏垣。我对马杏垣有较深的印象不是由于对他的专业学识有所了解，而是因为他会刻木刻。联大当时没有人刻木刻，一个学地质的刻木刻尤其稀罕。马杏垣曾参加曾昭抡先生所率领的康藏考察团到过一趟西藏，回来在壁报上发表了他的一系列铅笔速写和木刻。他发表木刻用的笔名是"马蹄"，有时用两个英文省写字母"M.T."。他的木刻作品偶尔在昆明的报刊上也发表过。据我看，他的木刻是很有风格，很不错的。如果他不学地质而学美术，我相信也会成为一个优秀的画家、木刻家的。多才多艺，是联大许多搞自然科学的教授、学生的一个共同的特点。

马杏垣毕业后到美国留学。

1948年，我在北京午门的历史博物馆工作，有一天来了一位参观的上岁数的人，河北丰润一带的口音，他不知怎么知道我是西南联大的，问我认识不认识马杏垣，我说认识。他说他是马杏垣的父亲。于是跟我滔滔不绝地谈起马杏垣，他说了些什么，我已经不记得，只记得老人家很为他这个现在美国的儿子感到骄傲。是呀，有这样的儿子，是值得骄傲。

马杏垣回国后在地质研究所工作，曾任所长，后来听说担任名誉所长。木刻，我想，大概是不刻了。

第二个是杨起。他是杨振声先生的儿子。杨先生是我的老师。我在杨先生处见过他。他长得很像杨先生。他是蓬莱人，个头很高，一个典型的山东大汉，文雅的、谦虚的山东大汉。他给我的印象是非常谦虚,一种从里到外的谦虚。他知道我是杨先生比较喜欢的学生,因此在校舍的土路上相逢,都很亲切地点头招呼。

还有一个是欧大澄。我不知道怎么和他认识的,可能是由于我的一个同系同班的同学和他中学同学,他和这个同学常相过从,我和他也就熟识了。在我的印象里他是喜爱音乐的。我不能确记着他是会拉提琴,弹吉他,或吹口琴。但是他很能欣赏西洋古典音乐,这一印象我想没有错。即使记错了,我觉得他身上有一种古典音乐熏陶出来的气质,这一点不会错。

杨起、欧大澄,现在都不知道在哪里。

因为认识欧大澄,这样也就对郝贻纯有些印象。因为她常和欧大澄在一起走。郝贻纯在女同学里是长得好看的,但是她从来不施脂粉(我们的女同学有一些是非常"捯饬"的,每天涂了很重的口红去听课),淡雅素朴,落落大方。她好像也是打排球的。

郝贻纯这几年参与了一些政治活动。我不知道她是人大代表还是全国政协委员,好像还是全国妇联的委员。人大、政协、妇联有这样的委员,似乎这些会还有点开头。郝贻纯是彻底"从政"了,还是还没有放弃她的本行?

我的地质系的同学,年龄和我不相上下,都已经过了七十了。他们大概是离、退休了。但是我很知道,他们会是离而不休、退而不休的。他们大概都还在查资料、写论文,在培养博士生、研究生,不会是听鸟养花,优游终老的。

中国的知识分子是多好的知识分子呀!

注释

① 本篇原载《新生界》1993年第二期;初收《汪曾祺全集》第六卷,北京师范大学出版社,1998年8月。

裘盛戎二三事①

裘盛戎把花脸艺术推到了一个新的阶段。以前的花脸大都以实大声宏，粗犷霸悍取胜，盛戎开始演唱得很讲究，很细，很有韵味，很美。盛戎初露头角时，有人对他的演唱看不惯，嘲笑他是"妹妹花脸"。这些人说对了！盛戎即便是演粗豪人物也带有几分妩媚。粗豪和妩媚是辩证的统一。男性美中必须有一点女性美。

盛戎非常注意宏细、收放、虚实，不是一味在台上喊叫。这样才有对比，有映照，有起伏。他在《铫期》中打的虎头引子，"终朝边塞"几乎是念出来的，而且是轻轻地念出来的，下边"征胡房"才用深厚的胸音高唱，这样才有大将风度。如果上来就卯足了劲，就不像个元老重臣，像个山大王了。《雪花飘》开场四句："打罢了新春六十七（哟），看了五年电话机。传呼一千八百日，舒筋活血强似下棋。"盛戎也是轻唱，在叙述中带点抒情，很潇洒。这四句散板简直有点像马派老生。旧本《杜鹃山》有一场"烤番薯"。毒蛇胆在山下烧杀乡亲，雷刚不能下山搭救。他在篝火中烤一块番薯，番薯的糊香使他想起乡亲们往日待他的恩情，唱道："一块番薯掰两半,曾受深恩三十年……""一块番薯掰两半"是虚着唱的,轻轻地,他在回忆。"深恩"用足胸腔共鸣,深沉浑厚,感情很浓重。

盛戎高音很好,但不滥用,用则如奇峰突起,极其提神。《连环套》"饮罢了杯中酒",一般花脸"杯"字多平唱,盛戎拔了一个高。《群英会》黄盖只有四句散板,盛戎能要下三个"好"。"俺黄盖受东吴三世厚恩","三"字拔高,非常突出。我问过盛戎的琴师汪本贞:"'三'字高唱是不是盛戎的创造?"汪本贞说:"是的。"我说:"'三'字高唱,表现出黄盖受东吴之恩不止一世,因此才愿冒极大风险,诈降曹营。"汪本贞说:"就是!就是!"盛戎在香港告别演出的剧目是《锁五龙》,那天他不知怎么来了劲,"二十年投胎某再来","投胎"使了个嘎调——高八度,台底下炸了窝。连汪本贞都没有想到,说:"我给他拉了一辈子胡琴,从来没有听他这么唱过。"

花脸有"炸音",有"鼻音"。一般花脸演员能"炸"就"炸",有eng的字很早就归入鼻音,听起来"嗯嗯"作响。这是架子花脸的唱法,不是铜锤的唱法。这是唱"花脸",不是唱人物。盛戎很少使"炸音"、"鼻音"。他唱《盗御马》"自有那黄三泰与你们抵偿","泰"字稍用"炸音",但不过分。《铡美案》"包龙图打坐在开封府","封"字只略带鼻音,盛戎的鼻腔共鸣极好,可以说是举世无双。一个耳鼻喉科的苏联专家对盛戎的鼻腔构造发生很大兴趣。但是盛戎字字有鼻腔共鸣,而无字着意用鼻音,只是自自然然地唱。盛戎演的是人物,不是行当。此盛戎超出于侪辈,以至造成"无净不裘"的秘密所在。

盛戎善于用气,晚年在研究气口上下了很大功夫。他跟我说:"老汪,花脸唱一场戏,得用多少气呀!我现在岁数大了,不研究气口怎么行?"他在气口运用上有很多独到之处。《智取威虎山》李勇奇的独唱有一句大腔,一般花脸都只是唱半句,后面就交给了胡琴,盛戎说:"要叫我唱,我就唱全了,用程派,声音控制得很'小'。"盛戎的唱法有许多地方确实从程派受到启发。李勇奇唱腔的最后一句:"扫平那威虎山我一马当先",按花脸惯例,都是在"一马"后面换气,"当先"一口气唱出,盛戎不这样,他在"当"字后换气,唱成"一马当——先……"。他说"当"字唱在后面,"先"字就没有多少气了,不"足"。

盛戎的表演能够扬长避短,不拘成法。他的腿不太好,踢得不高,他就把《盗御马》的踢腿改成了大跨步,很美,台下一片掌声。他"四记头"亮相,髯口甩在哪边,没准谱。到他快亮相的时候,后台的青年演员就在边幕后等着:"瞧着瞧着!看他今天甩在左边,还是右边!"——"怪!甭管甩在哪边,都挺好看!"《除三害》的周处,把开氅一甩,往肩上一搭,迆里歪斜的就下场了,完全是一个天桥杂巴地!这个身段的设计是从生活来的,周处本来是个痞子。

盛戎许多表演都是从生活中来,借鉴了话剧,借鉴了周

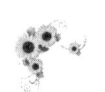

信芳。铫刚压死国丈,家院一报,铫期一惊,差一点落马,是有名的例子。见到铫刚,问了一句:"儿是铫刚?"随即一串冷笑。我问过盛戎,这时候为什么冷笑,盛戎说:"你真是好样儿的,你给我闯了这么大的祸!"戏曲演员运用潜台词的不多,盛戎的戏常有丰富的潜台词。《万花亭》郭妃给铫期敬酒,盛戎接杯,口中连说:"不敢!不敢!"声音很小,又是背着身,台下是根本听不见的,但是盛戎每次演到这里,从来都是一丝不苟。

盛戎文化不高,但是理解能力很强,而且表现得出。《杜鹃山·打长工》有两句唱:"他遍体伤痕都是豪绅罪证,我怎能在他的旧伤痕上再加新伤痕?"是流水板,原来设计的唱腔是"数"过去的。我跟盛戎说:"老兄,这可不成!你得真看到伤痕,而且要想一想。"盛戎立刻理解:"我再来来,您看成不成?"他把"旧伤痕上"唱"散"了,放慢了速度,加一个弹拨乐的单音小执头"登登登登……"然后回到原节奏,"再加新伤痕"一泻无余。设计唱腔的唐在炘、熊承旭齐声叫"好!"《烤番薯》里的一句唱词"一块番薯掰两半",设计唱腔的同志不明白这是什么意思,盛戎说:"这有什么不明白的!一块番薯掰两半,有他吃的就有我吃的。"基于这种理解,盛戎才能把这一句唱词唱得那样感情深厚。

盛戎一直想重演《杜鹃山》,愿意和我、唐在炘、熊承旭再合作一次。为此曾特意请我和老唐、老熊上家里吃过一次饭。

这时盛戎身体已经不行了,可是不死心。他一个人睡在小屋里,夜里看剧本,两次把床头灯的灯罩烤着了。

盛戎大概已经知道自己得的是癌症,肺癌。他跟我说:"甭管它是什么,有病咱们治病!"他并未丧失信心。

盛戎住进了肿瘤医院,癌细胞已经扩散到脑子,不治了。但还想着演《杜鹃山》,枕边放着剧本。有一次剧本被人挪开,他在枕边乱摸。他的夫人用报纸卷了个纸筒放在他手里,他才算安心。他临终前两三天,我和在炘、承旭到医院去看他。他的学生方荣翔领我们到盛戎的病房。盛戎的半拉脸烤电都烤糊了,正在昏睡。荣翔叫他:"先生先生,有人来看您。"盛戎微微睁眼。荣翔指指我,问盛戎:"您还认识吗?"盛戎在枕上点点头,说了一个字:"汪"。随即流下一大滴眼泪。

千古文章未尽才,悲夫!

一九九三年七月二十八日

注释

① 本篇原载《汪曾祺全集》第六卷,北京师范大学出版社,1998年8月。

晚翠园曲会①

云南大学西北角有一所花园,园内栽种了很多枇杷树,"晚翠"是从千字文"枇杷晚翠"摘下来的。月亮门的门额上刻了"晚翠园"三个大字,是胡小石写的,很苍劲。胡小石当时在重庆中央大学教书。云大校长熊庆来和他是至交,把他请到昆明来,在云大住了一些时。胡小石在云大、昆明写了不少字。当时正值昆明开展捕鼠运动,胡小石请有关当局给他拔了很多老鼠胡子,做了一束鼠须笔,准备带到重庆去,自用、送人。鼠须笔我从书上看到过,不想有人真用鼠须为笔。这三个字不知是不是鼠须笔所书。晚翠园除枇杷外,其他花木少,很幽静。云大中文系有几个同学搞了一个曲社,活动(拍曲子、开曲会)多半在这里借用一个小教室,摆两张乒乓球桌,二三十张椅子,曲友毕集,就拍起曲子来。

曲社的策划人实为陶光(字重华),有两个云大中文系同学为其助手,管石印曲谱,借教室,打开水等杂务。陶光是西南联大中文系教员,教"大一国文"的作文。大一国文是各系大一学生必修。联大的大一国文课有一些和别的大学不同的特点。一是课文的选择。《诗经》选了"关关雎鸠",好像是照顾面子。楚辞选《九歌》,不选《离骚》,大概因为《离骚》太长了。《论语》选"冉有公西华侍坐","暮春者,春服既成,冠者五六人,童子六七人,浴乎沂,风乎舞雩,咏而归",这不仅是训练学生的文字表达能力,这种重个性、轻利禄,潇洒自如的人生态度,对于联大学生的思想素质的形成,有很大的关系,这段文章的影响是很深远的。联大学生为人处世不俗,夸大一点说,是因为读了这样的文章。这是真正的教育作用,也是选文的教授的用心所在。

魏晋不选庾信、鲍照,除了陶渊明,用相当多篇幅选了《世说新语》,这和选"冉有公西华侍坐",其用意有相通处。唐人文选柳宗元《永州八记》而舍韩愈。宋文突出地全录了李易安的《金石录后序》。这实在是一篇极好的文章,声情并茂。到现在为止,对李清照,她的词,她的这篇《金石录后序》还没有给予应有的重视,她在文学史上的位置还没有摆准,偏低了。这是不公平的。古人的作品也和今人的作品一样,其遭际有幸有不幸,说不清是什么原故。白话文部分的特点就更鲜明了。鲁迅当然是要选的,哪一派也得承认鲁迅,但选的不是《阿Q正传》而是《示众》,可谓独具只眼。选了林徽因的《窗子以外》、丁西林的《一只马蜂》(也许是《压迫》)。林徽因的小说进入大学国文课本,不但当时有人议论纷纷,直到今天,接近二十一世纪了,恐怕仍为一些铁杆左派(也可称之为"左霸",现在不是什么最好的东西都称为"霸"么)所反对,所不容。但我却从这一篇小说知道小说有这种写法,知道什么是"意识流",扩大了我的文学视野。"大一国文"课的另一个特点是教课文和教作文的是两个人。教课文的是教授、副教授,教作文的是讲师、教员、助教。为什么要这样分开,我至今不知道是什么道理。我的作文课是陶重华先生教的。他当时大概是教员。

陶光(我们背后都称之为陶光,没有人叫他陶重华),面白皙,风神朗朗。他有一个特别的地方,是同时穿两件长衫。里面是一件咖啡色的夹袍,外面是一件罩衫,银灰色。都是细毛料的。于此可见他的生活一直不很拮据——当时教员、助教大都穿布长衫,有家累的更是衣履敝旧。他走进教室,脱下外衣,搭在椅背上,就把作文分发给学生,摘其佳处,很"投入"地(那时还没有这个词)评讲起来。

陶光的曲子唱得很好。他是唱冠生的,在清华大学时曾受红豆馆主(溥侗)亲授。他嗓子好,宽、圆、亮、足,有力度。他常唱的是《三醉》、《迎像》、《哭像》,唱得苍苍莽莽,淋漓尽致。

不知道为什么,我觉得陶光在气质上有点感伤主义。

有一个女同学交了一篇作文,写的是下雨天,一个人在弹三弦。有几句,不知道这位女同学的原文是怎样的,经陶先生润改后成了这样：

"那湿冷的声音，湿冷了我的心。"这两句未见得怎么好，只是"湿冷了"以形容词作动词用，在当时是颇为新鲜的。我一直不忘这件事。我认为这其实是陶光的感觉，并且由此觉得他有点感伤主义。

说陶光是寂寞的，常有孤独感，当非误识。他的朋友不多，很少像某些教员、助教常到有权势的教授家走动问候，也没有哪个教授特别赏识他，只有一个刘文典（叔雅）和他关系不错。刘叔雅目空一切，谁也看不起。他抽鸦片，又嗜食宣威火腿，被称为"二云居士"——云土、云腿。他教《文选》，一个学期只讲了多半篇木玄虚的《海赋》，他倒认为陶光很有才。他的《淮南子校注》是陶光编辑的，扉页的"淮南子校注"也是陶光题署的。从扉页题署，我才知道他的字写得很好。

他是写二王的，临《圣教序》功力甚深。他曾把张充和送他的一本影印的《圣教序》给我看，字帖的缺字处有张充和题的字：

　　以此赠别　充和

陶光对张充和是倾慕的，但张充和似只把陶光看作一般的朋友，并不特别垂青。

陶光不大为人写字，书名不著。我曾看到他为一个女

同学写的小条幅，字较寸楷稍大，写在冷金笺上，气韵流转，无一败笔。写的是唐人诗：

> 故园东望路漫漫，
> 双袖龙钟泪不干。
> 马上相逢无纸笔，
> 凭君传语报平安。

这条字反映了陶光的心情。"炮仗响了"（日本投降那天，昆明到处放鞭炮，云南把这天叫做"炮仗响"的那天）后，联大三校准备北返，三校人事也基本定了，清华、北大都没有聘陶光，他只好滞留昆明。后不久，受聘云大，对"洛阳亲友"，只能"凭君传语"了。

我们回北平，听到一点陶光的消息。经刘文典撮合，他和一个唱滇戏的演员结了婚。

后来听说和滇剧女演员离婚了。

又听说他到台湾教了书。悒郁潦倒，竟至客死台北街头。遗诗一卷，嘱人转交张充和。

正晚上拍着曲子，从窗外飞进一只奇怪的昆虫，不像是动物，像植物，体细长，约有三寸，完全像一截青翠的竹枝。大家觉得很稀罕，吴征镒控在手里看了看，说这是竹节虫。吴征镒是读生物系的，故能认识这只怪虫，但他并不研究昆虫,竹节虫在他只是常识而已,他钻研的是植物学,特别是植物分类学。他记性极好,"文化大革命"被关在牛棚里,一个看守他的学生给了他一个小笔记本,一枝铅笔,他竟能在一个小笔记本上完成一部著作,天头地脚满满地写了蠓虫大的字,有些资料不在手边,他凭记忆引用。出牛棚后,找出资料核对,基本准确;他是学自然科学的,但对文学很有兴趣,写了好些何其芳体的诗,厚厚的一册。他很早就会唱昆曲,——吴家是扬州文史世家。唱老生。他身体好,中气足,能把《弹词》的"九转货郎儿"一气唱到底,这在专业的演员都办不到,——戏曲演员有个说法:"男怕弹词"。他常唱的还有《疯僧扫秦》。

每次做"同期"(唱昆爱好者约期集会唱曲,叫做同期)必到的是崔芝兰先生。她是联大为数不多的女教授之一,多年来研究蝌蚪的尾巴,运动中因此被斗,资料标本均被毁尽。崔先生几乎每次都唱《西楼记》。女教授,举止自然很端重,但是唱起曲子来却很"嗲"。

崔先生的丈夫张先生也是教授,每次都陪崔先生一起来。张先生不唱,只是端坐着听,听得很入神。

除了联大、云大师生,还有一些外来的客人来参加同期。

有一个女士大概是某个学院的教授的或某个高级职员

的夫人。她身材匀称,小小巧巧,穿浅色旗袍,眼睛很大,眉毛的弧线异常清楚,神气有点天真,不作态,整个脸明明朗朗。我给她起了个外号:"简单明了",朱德熙说:"很准确。"她一定还要操持家务,照料孩子,但只要接到同期通知,就一定放下这些,欣然而来。

有一位先生,大概是襄理一级的职员,我们叫他"聋山门"。他是唱大花面的,而且总是唱《山门》,他是个聋子,——并不是板聋,只是耳音不准,总是跑调。真也亏给他撅笛的张宗和先生,能随着他高低上下来回跑。聋子不知道他跑调,还是气势磅礴地高唱:

"树木叉桠,峰峦如画,堪潇洒,喂呀,闷煞洒家,烦恼天来大!"

给大家吹笛子的是张宗和,几乎所有人唱的时候笛子都由他包了。他笛风圆满,唱起来很舒服。夫人孙凤竹也善唱曲,常唱的是《折柳·阳关》,唱得很宛转。"教他关河到处休离剑,驿路逢人数寄书",闻之使人欲涕。她身弱多病,不常唱。张宗和温文尔雅,孙凤竹风致楚楚,有时在晚翠园(他们就住在晚翠园一角)并肩散步,让人想起"拣名门一例一例里神仙眷"(《惊梦》)。他们有一个女儿,美得像一块玉。张宗和后调往贵州大学,教中国通史。孙凤竹死于病。不久,听说宗和也在贵阳病殁。他们岁数都不大,宗和只三十左右②。

有一个人,没有跟我们一起拍过曲子,也没有参加过同期,但是她的唱法却在曲社中产生很大的影响,张充和。她那时好像不在昆明。

张家姊妹都会唱曲。大姐因为爱唱曲,嫁给了昆曲传习所的顾传玠。张家是合肥望族,大小姐却和一个昆曲演员结了婚,门不当,户不对,张家在儿女婚姻问题上可真算是自由解放,突破了常规。二姐是个无事忙,她不大唱,只是对张罗办曲会之类的事非常热心。三姐兆和即我的师母,沈从文先生的夫人。她不太爱唱,但我却听过她唱《扫花》,是由我给她吹的笛子。四妹充和小时没有进过学校,只是在家里延师教诗词,拍曲子。她考北大,数学是零分,国文是100分。北大还是录取了她。她在北大很活跃,爱戴一顶红帽子,北大学生都叫她"小红帽"。

她能戏很多,唱得非常讲究,运字行腔,精微细致,真是"水磨腔"。我们唱的《思凡》、《学堂》、《瑶台》,都是用的她的唱法(她灌过几张唱片)。她唱的《受吐》,娇慵醉媚,若不胜情,难可比拟。

张充和兼擅书法,结体用笔似晋朝人。

许宝騄先生是数论专家。但是曲子唱得很好。许家是昆曲大家,会唱曲子的人很多。俞平伯先生的夫人许宝驯就是许先生的姐姐。许先生听过我唱的一支曲子,跟我们的系主任罗常培(莘田)说,他想教我一出《刺虎》。罗先生告诉了我,我自然是愿意的,但稍感意外。我不知道许先生会唱曲子,更没想到他为什么主动提出要教我一出戏。我按时候去了,没有说多少话,就拍起曲子来:

"银台上晃晃的凤烛燋,金猊内袅袅的香烟喷……"

许先生的曲子唱得很大方,《刺虎》完全是正旦唱法。他的"擞"特别好,摇曳生姿而又清清楚楚。

许茹香是每次同期必到的。他在昆明航空公司供职,是经理查阜西的秘书。查先生有时也来参加同期,他不唱曲子,是来试吹他所创制的十二平均律的无缝钢管的笛子的(查先生是"国民政府"的官员,但是雅善音乐,除了研究曲律,还搜集琴谱,解放后曾任中国音协副主席)。许茹香,同期的日子他是不会记错的,因为同期的帖子是他用欧底赵面的馆阁体小楷亲笔书写的。许茹香是个戏篓子,什么戏都会唱,包括《花判》(《牡丹亭》)这样的专业演员都不会的戏。他上了岁数,吹笛子气不够,就带了一枝"老人笛",吹着玩玩。

这是一个非常有趣的老人。他做过很多事,走过很多地方,会说好几种地方的话。有一次说了一个小笑话。有四个人,苏州人、绍兴人、宁波人、扬州人,一同到一个庙里,看到四大金刚,苏州人、绍兴人、宁波人各人说了几句话,都

有地方特点。轮到扬州人,扬州人赋诗一首:

四大金刚不出奇,
里头是草外头是泥。
你不要夸你个子大,
你敢跟我洗澡去!

扬州人好洗澡。早上皮包水,晚上水包皮。"去"读"kì",正是扬州口音。

同期只供茶水。偶在拍曲后亦作小聚。大馆子吃不起,只能吃花不了多少钱的小馆。是"打平伙",——北京人谓之"吃公墩",各人自己出钱。翠湖西路有一家北京人开的小馆,卖馅儿饼,大米粥,我们去吃了几次。吃完了结账,掌柜的还在低头扒算盘,许宝䯄先生已经把钱敛齐了交到柜上。掌柜的诧异:怎么算得那么快?他不知道算账的是一位数论专家,这点小九九还在话下吗?

参加同期、曲会的,多半生活清贫,然而在百物飞腾,人心浮躁之际,他们还能平平静静地做学问,并能在高吟浅唱、曲声笛韵中自得其乐,对复兴民族大业不失信心,不颓唐,不沮丧,他们是浊世中的清流,旋涡中的砥柱。他们中不少人对文化、科学做出了很大的成绩。安贫乐道,恬淡冲

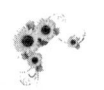

和，是中国的知识分子优良的传统。这个传统应该得到继承，得到扶植发扬。

审如此，则曲社同期无可非议。晚翠园是可怀念的。

一九九六年春节

注释

① 本篇原载《当代人》1996年第五期；初收《汪曾祺全集》第六卷，北京师范大学出版社，1998年8月。

② 此处作者记忆有误。张宗和1977年去世。——编者注

哲人其萎[1]

——悼端木蕻良同志

端木蕻良真是一位才子。二十来岁,就写出了《科尔沁旗草原》。稿子寄到上海,因为气魄苍莽,风格清新,深为王统照、郑振铎诸先生所激赏,当时就认为这是一部划时代的大小说,应该尽快发表,出版。原著署名"端木红粮",王统照说"红粮"这个名字不好,亲笔改为"端木蕻良"。从此端木发表作品就用了这个名字。他后在上海等地发表了一些短篇小说,其中《鹭鹭湖的忧郁》最受注意。这篇小说发散着东北黑土的浓郁的芳香,我觉得可以和梭罗古柏比美。端木后将短篇小说结集,即以此篇为书名。

端木多才多艺。他从上海转到四川,曾写过一些歌词,影响最大的是由张定和谱曲的《嘉陵江上》。这首歌不像"我的家在东北松花江上"那样过于哀伤,也不像"大刀向鬼子们的头上砍去"那样直白,而是婉转深挚,有一种"端木蕻良式"的忧郁,又不失"我必须回去"的信念,因此在大后方的流亡青年中传唱甚广。他和马思聪好像合作写过一首大合唱,我于音乐较为隔膜,记不真切了。他善写旧体诗,由重庆到桂林后常与柳亚子、陈迩冬等人唱和。他的旧诗间有拗句,但俊逸潇洒,每出专业诗人之上。他和萧红到香港后,曾两个人合编了一种文学杂志,那上面发表了一些端木的旧体诗。我只记得一句:

落花无语对萧红

我觉得这颇似李商隐,在可解不可解之间。端木的字很清秀,宗法二王。他的文稿都很干净。端木写过戏曲剧本。他写戏曲唱词,是要唱着写的。唱的不是京剧,却是桂剧。端木能画。和萧红在香港合编的杂志中有的小说插图即是端木手笔。不知以何缘由,他和王梦白有很深的交情。我见过他一篇写王梦白的文章,似传记性的散文,又有小说味道,是一篇好文章!王梦白在北京的画家中是最为萧疏淡雅的,结构重留白,用笔如流水行云,可惜死得太早了。一个人能对王梦白情有独钟,此人的艺术欣赏品位可知矣!

端木到北京市文联后,没有得到应有的重视,不知是什么原因。他被任为创研部主任,这是一个闲职。以端木的名声、资历,只在一个市级文联当一个创研部主任,未免委屈了他。然而端木无所谓。

关于端木的为人,有些议论。不外是两个字,一是冷,二是傲。端木交游不广,没有多少人来探望他,他也很少到显赫的高门大宅人家走动,既不拉帮结伙,也无酒食征逐,随时可以看到他在单身宿舍里伏案临帖,——他写"玉版十三行洛神赋";看书;哼桂剧。他对同人疾苦,并非无动于衷,只是不善于逢年过节,"代表组织"到各家循例作礼节性的关怀。这种"关怀"也实在没有多大意思。至于"傲",那是有的。他曾在武汉呆过一些时。武汉文化人不多,而门户之见颇深,他也不愿自竖大旗希望别人奉为宗师。他和王采比较接近。王采即因酒后鼓腹说醉话:"我是王采,王采是我。王采好快活!"而被划为右派的王采。王采告诉我,端木曾经写过一首诗,有句云:

赖有天南春一树,
不负长江长大潮……

这可真是狂得可以!然而端木不慕荣利,无求于人,"帝力于我何有哉",酒店偶露轻狂,有何不可,何必"世人皆欲杀"!

真知道端木的"实力"的,是老舍。老舍先生当时是市文联主席,见端木总是客客气气的(不像一些从解放区来的中青年作家不知道端木这位马王爷有"三只眼")。老舍先生在一次大家检查思想的生活会上说:"我在市文联只'怕'两个人,一个是端木,一个是汪曾祺。端木书读得比我多,学问比我大。今天听了他们的发言,我放心了。"老舍先生说话有时是非常坦率的。

端木晚年主要力量放在写《曹雪芹》上。有人说端木这一着是失算。因为材料很少,近乎是无米之炊。我于此稍有不同看法。一是作为小说的背景材料是不少的。端木对北京的礼俗,节令,吃食,赛会,搜集了很多,编组织绘,使这大部头小说充满历史生活色彩,人物的活动便有了广宽天地,此亦曹雪芹写《红楼梦》之一法。有些对人物的设计,诚然虚构的成分过大。如小说开头写曹雪芹小时候是当女孩子养活的。有评论家云"这个端木蕻良真是异想天开!说曹雪芹打扮成丫头,有何根据?!"没有根据!然而何必要有根据?这是小说,是充满浪漫主义色彩的小说,不是传记,不是言必有据的纪实文学。是想象,不是考证。我觉得治"红学"的专家缺少的正是想象。没有想象,是书呆子。

端木的身体一直不好。我认识他时他就直不起腰来,天还不怎么冷就穿起貂绒的皮裤,他能"对付"到八十五岁,而且一直还不放笔,写出不少东西,真是不容易。只是我还是有些惋惜,如果他能再"对付"几年,把《曹雪芹》写完,甚至写出《科尔沁旗草原》第二部,那多好!

一九九六年十一月二十八日

注释

① 本篇原载《北京文学》1997年第三期;初收《汪曾祺全集》第六卷,北京师范大学出版社,1998年8月。

梨园古道[①]

郝寿臣

郝寿臣被任命为北京市戏校校长,就任那天,要和学生讲话,由我书写一个讲稿,大意谓:旧社会艺人很苦,戏班不养老,不养小,有人一辈子挣大钱,临了却冻饿而死,倒卧街头,现在你们有这样好的条件,这样好的教室,这样好的宿舍,练功有地毯,教戏有那么好的老师,你们应该感谢党,好好练功,好好学戏。郝老讲到这儿,情绪激动,把讲稿举起,一手指着讲稿,说:"他说得真对呀!"台下学生噗哧一声,都笑了。

赞曰:

人代立言,
己不居功,
老老实实,
古道可风。

姜妙香

姜妙香人称姜圣人。

在北京,有一天晚上,姜先生赶了两包②坐洋车回家。冬天,洋车上遮了棉帘子。到西琉璃厂,黑影里蹿出一个人来,对拉车的喝叫一声:"停!"洋车停了,又向车里喝了一声:"下来!"姜先生下车。"把身上的钱都拿出来!"姜妙香从怀里掏出两个纸包,说:"这是我今天挣的戏份③。这一包是长安的,这一包是华乐的,您点点。"

另一次,在上海,姜先生遇见了"抄靶子(即劫道)"的,"站住!——把身浪厢值钱个物事才拿出来!④"姜先生把东西都交了出来,"抄靶子"的走了,姜先生在后面叫他:"回来回来!"——"……?"——"我这儿还有一块表,你要不要?"

事后,他的学生问他:"姜先生,您真是!他都走了,你还叫他回来,您这是干什么!"姜先生说:"他也不容易呀!"

赞曰:

时时处处,
为人着想。
如此古风,
谁能摹仿?

萧长华

萧先生从不坐车,到哪里都是地下走。年轻时到颐和园当差,也都是走了去,走回来。他的儿子萧盛轩有一次坐了洋车回家,一看老爷子在前面走,赶快叫洋车停下。"还没有到呢!""给你钱,给你钱!"他自奉甚薄。到了儿子家,问"今儿吃什么?"——"芝麻酱拌面,浇点花椒油。"——"芝麻酱拌面,还要浇花椒油哇?"到天津演戏,自己开伙。一棵白菜,一切四瓣,一顿吃一瓣。他不是吝啬,有时花钱很大方。他买了块"义地",以安葬孤苦艺人。有演员的老人死了,办不了后事,到萧先生家磕一个头。"你估摸着得多少钱才能把事办了?"来人说了得多少,萧先生当即取钥匙开柜门,把钱如数给他。三反五反时,一个演员成了"老虎",在台上被斗得不可开交,非得叫他承认贪污了一个很大的数目不可,他就是不承认,于是棍棒交加,口号迭起。萧先生见了不忍,在台下大声说:"×××,你就承认了得了,——这钱我给你拿!"

赞曰:

> 巡步当车,菜根可咬,
> 鹤发童颜,古心古貌。

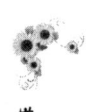

赵喇嘛

赵喇嘛给谭富英拉过胡琴,他拉胡琴有个特点:他是个左撇子,拉琴时左手执弓,右手摁弦。他不识字。解放初期,剧团组学习,学文化,学政治,各团都有辅导员。有一天,辅导员讲:"列宁说过……"赵喇嘛问:"列宁是谁?唱什么的?"——"列宁不是唱戏的。"——"不是唱戏的,那咱不知道!"

赞曰:

列宁虽大,于我何有!
卤煮小肠,天福酱肘。

贯盛吉

贯盛吉的念白很特别,一句的前几个字高念,越往下念得越低,最后像是很不情愿似的嘟囔了。这样高起低收的念白,人称"贯派"。他的表演有一种冷隽的美,程砚秋说他是"冷面小丑",内行谓之"绷着脸儿逗"。他有严重的心脏病,家里早给他准备下寿衣了。有一天,他叫拿出来,穿上。拿镜子照照,说:"就这德性呀?"他让家里请了和尚,在他床前放焰口,说:"活着听焰口,你们谁干过?"有一天,他的病急剧发作,家里忙着准备后事了,他说:"你们别忙活,今儿我不走,外头下雨,我没有伞。"

赞曰:

无伞不走,拿死开逗。

妙法莲华,玲珑剔透。

一九九七年一月二十日

注释

① 本篇原载《南方周末》"四时佳兴"栏目,其中"郝寿臣"、"姜妙香"以《梨园古道》为题刊于1997年3月14日,"萧长华"、"赵喇嘛"以《梨园古道(续)》为题于1997年6月20日刊登,"贯盛吉"以《梨园古道(之三)》为题于1997年7月11日刊登。"郝寿臣"、"姜妙香"又以《梨园古道——郝寿臣、姜妙香、谭富英》为题初收《去年属马》,北京燕山出版社,1997年8月。

② 一个晚上在两个以上剧场参加演出,谓之"赶包"。

③ 以前唱戏,都是当晚分发应得的报酬,即"戏份"。

④ 这是上海话,译为普通话,即:"把身上值钱的东西都拿出来。"

潘天寿的倔脾气[①]

潘天寿曾到北京开画展,《光明日报》出了一版特刊,刊头由康生题了两行字:

画师魁首

艺苑班头

这使得很多画家不服。

过了几年,"文革"开始,"金棍子"姚文元对潘天寿进行了大批判,称之为"反革命画家"。

康生和姚文元都是"无产阶级司令部"管意识形态的,一前一后,对潘天寿的评价竟然如此悬殊,实在令人难解。康生后来有没有改口,没听说,不过此人善于翻云覆雨,对他说过的话常会赖账,姑且不去管他。姚文元只凭一个画家的画就定人为"反革命",下手实在太狠了。姚文元的批判文章很长,不能悉记,只约略记得说从潘天寿的画来看,他对现实不满,对新社会有刻骨的仇恨等等。

姚文元的话不是一点"道理"没有,潘天寿很少画过歌功颂德的画(偶尔也有,如《运粮图》)。他的画有些是"有情绪"的,他用笔很硬,构图也常反常规,他的名作《雁荡山花》用平行构图,各种山花,排队似的站着,不敢侧取势;用墨也一律是浓墨勾勒,不以浓淡分远近,这些都是画家之大忌。山花茎叶瘦硬,真是"山花",是在少雨露、多沙砾的恶劣环境的石缝中挣扎出来的。然而这些花还是火一样、靛一样使劲地开着,显出顽强坚挺的生命力,这样的山花使一些人得到鼓舞,也使一些人觉得不舒服,——如姚文元。

潘天寿画鸟有个特点。一般画鸟,鸟的头大都是朝着画里,对娇艳的花叶流露出欣喜和感激;潘天寿的鸟都是眼朝画外,似乎愤愤不平,对画里的花花世界不屑一顾。

在展览会上见过他的一幅雏鸡图,题曰"××农场所见"。这是一只半大的雏公鸡,背身,羽毛未丰,肌肉鼓突,一只腿上拖了一只烂草鞋。看了,使人感到这一只小公鸡非常别扭。说潘天寿此画是有感而发,感同身受,我想这不为过分。

姚文元对这样的画恨之入骨,必欲置潘天寿于死地,说明这个既残忍又懦弱的阴谋家还是敏感的。

问题是在画里略抒愤懑,稍发不平之气,可以不可以?不要使画家都变成如意馆的待诏。②

注释

① 本篇原载1997年2月14日《南方周末》"四时佳兴"专栏；初收《汪曾祺全集》第六卷，北京师范大学出版社，1998年8月。

② 清代御用画家的一种名称。

谭富英佚事①

谭富英有时很"逗",有意见不说,却用行动表示。他嫌谭小培给他的零花钱太少了,走到父亲跟前,摔了个硬抢背。谭小培明白,富英的意思是说:你给我的钱太少,我就摔你的儿子!五爷(谭小培行五,梨园行都称之为五爷)连忙说:"哎呀儿子!有话你说!有话说!别这样!"梨园行都说谭小培是个"有福之人"。谭鑫培活着时,他花老爷子的钱;老爷子死了,儿子富英唱红了,他把富英挣的钱全管起来,每月只给富英有数的零花。富英这一抢背,使他觉得对儿子剋扣得太紧,是得给长长份儿。

有一年,在哈尔滨唱。第二天谭富英要唱的是重头戏,心里有负担,早早就上了床,可老睡不着。同去的有裘盛戎。他第二天的戏是一出"歇工戏"。盛戎晚上弄了好些人在屋里吃涮羊肉,猜拳对酒,喊叫喧哗,闹到半夜。谭富英这个烦呀!他站到当院唱了一句倒板:"听谯楼打九更……""打九更"? 大伙一愣,盛戎明白,意思是都这会儿了,你们还这么吵嚷!忙说:"谭团长有意见了,咱们小点儿声,小点儿声!"

有一个演员，练功不使劲，谭富英看了摇头。这个演员说："我老了，翻不动了！"谭富英说："对！人生三十古来稀，你是老了！"

谭富英一辈子没少挣钱，但是生活清简。一天就是蜷在沙发里看书，看历史（据说他能把二十四史看下来，恐不可靠），看困了就打个盹，醒来接茬再看，一天不离开他那张沙发。他爱吃油炸的东西，炸油条、炸油饼、炸卷果，都欢喜（谭富英不说"喜欢"，而说"欢喜"）。爱吃鸡蛋，炒鸡蛋、煎荷包蛋、煮鸡蛋，都行。抗美援朝时，他到过朝鲜，部队首长问他们生活上有什么要求？他说想吃一碗蛋炒饭。那时朝鲜没有鸡蛋，部队派吉普车冒着炮火开车到丹东，才弄到几个鸡蛋。为此，有人在"文革"中又提起这事。谭富英跟我小声说："我哪儿知道几个鸡蛋要冒这样的危险呀！知道，我就不吃了！"谭富英有个"三不主义"：不娶小、不收徒、不做官。他的为人，梨园行都知道。反党野心家江青对此也了解，但在"文革"中，她却要谭富英退党（谭富英是老党员了）。江青劝退，能够不退吗？谭富英把退党是很当回事的。他生性平和恬淡，宠辱不惊，那一阵可变得少言寡语，闷闷不乐，很久很久，都没有缓过来。

谭富英病重住院。他原有心脏病，这回大概还有其他病并发，已经报了"病危"，服药注射，都不见效。谭富英知道给他开的都是进口药，很贵，就对医生说："这药留给别人用吧！我用不着了！"终于与世长辞,死得很安静。

赞曰：

生老病死,全无所谓。

抱恨终生,无端"劝退"。

注释

① 本篇原载1997年3月5日《北京晚报》,又加副题"梨园古道之四"载于1997年8月8日《南方周末》"四时佳兴"专栏；以《梨园古道——郝寿臣、姜妙香、谭富英》为题,初收《去年属马》,北京燕山出版社,1997年8月。

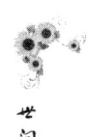

才子赵树理[①]

赵树理是个高个子。长脸。眉眼也细长。看人看事,常常微笑。

他是个农村才子。有时赶集,他一个人能唱一台戏。口念锣鼓,拉过门,走身段,夹白带做还误不了唱。他是长治人,唱的当然是上党梆子。他在单位晚会上曾表演过。下班后他常一个人坐在传达室里,用两个指头当鼓筒,敲打锣鼓,如醉如痴,非常"投入"。严文井说赵树理五音不全。其实赵树理的音准是好的,恐怕倒是严文井有点五音不全,听不准。不过是他的高亢的上党腔实在有点吃他不消?他爱"起霸",也是揸手舞脚,看过北京的武生起霸,再看赵树理的,觉得有点像螳螂。

他能弹三弦,不常弹。他会刻图章,我没有见过。他的字写得很好,是我见过的作家字里最好的,他的小说《金字》写的大概是他自己的真事。字是欧字底子,结体稍长,字如其人。他的稿子非常干净,极少涂改。他写稿大概不起草。我曾见过他的底稿,只是一些人物名姓,东一个西一个,姓名之间牵出一些细线,这便是原稿了,考虑成熟,一气呵成。赵树理衣着不讲究,但对写稿有洁癖。他痛恨人把他文章中的"你"字改成"妳"字(有一个时期有些人爱写"妳"字,这是一种时髦),说:"当面说话,第二人称,为什么要分性别?——'妳'也不读'你'!"他在一篇稿子的页边批了一行字:"排版校对同志请注意,文内所有'你'字,一律不准改为'妳',否则要负法律责任。"这篇稿子是经我手发的,故记得很清楚。

赵树理是《说说唱唱》副主编,实际上是执行主编。他是负责发稿的。有时没有好稿,稿发不出,他就从编辑部抱了一堆稿子回屋里去看,不好,就丢在一边,弄得一地都是废稿。有时忽然发现一篇好稿,就欣喜若狂。他说这种编辑方法是"绝处逢生"。陈登科的《活人塘》就是这样发现的。这篇作品能够发表也真有些偶然,因为稿子有许多空缺的字和陈登科自造的字,有一个"馬"字,大家都猜不出,后来是康濯猜出来了,是"趴",馬(马的繁体字)没有四条腿,可不是趴下了?写信去问陈登科,果然!

有时实在没有好稿,康濯就说:"老赵,你自己来一篇吧!"赵树理关上门,写出了一篇名著《登记》(即《罗汉钱》)。

赵树理吃食很随便,随便看到路边的一个小饭摊,坐下来就吃。后来是胡乔木同志跟他说:"你这么乱吃,不安全,也不卫生。"他才有点选择。他爱喝酒。每天晚上要到霞公府间壁一条胡同的馄饨摊上,来二三两酒,一碟猪头肉,吃两个芝麻烧饼,喝一碗馄饨。他和老舍感情很好。每年老舍要在家里请市文联的干部两次客,一次是菊花开的时候,赏菊;一次是腊月二十三,老舍的生日。赵树理必到,喝酒,划拳。老赵划拳与众不同,两只手出拳,左右开弓,一会儿用左手,一会儿用右手。老舍摸不清老赵的拳路,常常败北。

赵树理很有幽默感。赵树理的幽默和老舍的幽默不同。老舍的幽默是市民式的幽默,赵树理的幽默是农民式的幽默。他常常想到一点什么事,独自咕咕地笑起来,谁也不知道他笑的什么。他爱给他的小说里的人起外号:翻得高、糊涂涂(均见《三里湾》)……他写的散文中有一个国民党小军官爱训话,训话中爱用"所以",而把"所以"联读成为"水",于是农民听起来很奇怪:他干嘛老说"水"呀?他写的"催租吏"为了"显派",戴了一副红玻璃的眼镜,眼镜度数不对,他就这样深一脚浅一脚地在农村的土路上走。

他抨击时事,也往往以幽默的语言出之。有一个时期,很多作品对农村情况多粉饰夸张,他回乡住了一阵,回来作报告,说农村情况不像许多作品那样好,农民还很苦,城乡差别还很大,说,我这块表,在农村可以买五头毛驴,这是块"五驴表!"他因此受到批评。

赵树理的小说有其独特的抒情诗意。他善于写农村的爱情,农村的女性,她们都很美,小飞蛾(《登记》)是这样,小芹(《小二黑结婚》)也是这样,甚至三仙姑(《小二黑结婚》)也是这样。这些,当然有赵树理自己的感情生活的忆念,是赵树理的初恋感情的折射。但是赵树理对爱情的态度是纯真的,圣洁的。

×× 市文联有一个干部×××是一个一贯专搞男女关系的淫棍。他的乱搞简直到了不可想象的地步。他很注意保养,每天喝一大碗牛奶。看传达室的老田在他的背后说:"你还喝牛奶,你每天吃一条牛也不顶!"×××和一个女的胡搞,用赵树理的大衣垫在下面,把赵树理的一件貂皮领子礼服呢面的狐皮大衣也弄脏了。赵树理气极了,拿了这件大衣去找文联副主席李伯钊,说:"这是怎么回事!"事隔多日,老赵调回山西,大家送他出门,老赵和大家一一握手。×××也来了,老赵趴在地下给×××磕了一个头,说:"×××我可不跟你在一起了!"

注释

① 本篇原载1997年5月9日《南方周末》"四时佳兴"专栏;初收《汪曾祺全集》第六卷,北京师范大学出版社,1998年8月。

唐立厂先生①

唐立厂先生名兰,"立厂"是兰的反切。离名之反切为字,西南联大教授中有好几位。如王力——了一。这大概也是一时风气。

唐先生没有读过正式的大学,只在唐文治办的无锡国学馆读过,但因为他的文章为王国维、罗振玉所欣赏,一夜之间,名满京师。王国维称他为"青年文字学家"。王国维岂是随便"逢人说项"者乎?这样,他年轻轻地就在北京、辽宁(唐先生谓之奉天)等大学教了书。他在西南联大时已经是教授。他讲"说文解字"时,有几位已经很有名的教授都规规矩矩坐在教室里听。西南联大有这样一个好学风:你有学问,我就听你的课,不觉得这有什么丢人。唐先生对金文甲骨都有很深的研究。尤其是甲骨文。当时治甲骨文的学者号称有"四堂":观堂(王国维)、雪堂(罗振玉)、彦堂(董作宾)、鼎堂(郭沫若),其实应该加上一厂(唐立厂)。难得的是他治学无门户之见。郭沫若研究古文字是自学,无师承,有些右派学者看不起他,唐立厂独不然,他对郭沫若很推崇,在一篇文章中说过:"鼎堂导夫先路",把郭置于诸家之前。他提起郭沫若总是读其本字"郭沫若",沫音妹,不读泡沫的沫。唐先生是无锡人,说话用吴语,"郭"、"若"都是入声,听起来有一种特殊的味道,让人觉得亲切。唐先生说诸家治古文字是手工业,一个字一个字地认,他是小机器工业。他认出一个"斤"字,于是凡带斤字偏旁的字便都迎刃而解,一认一大批。在当时认古文字数量最多的应推唐立厂。

唐先生兴趣甚广,于学无所不窥。有一年教词选的教授休假,他自告奋勇,开了词选课。他的教词选实在有点特别。他主要讲《花间集》,《花间集》以下不讲。其实他讲词并不讲,只是打起无锡腔,把这首词高声吟唱一遍,然后加一句短到不能再短的评语。

"双鬓隔香红啊,
玉钗头上风。"
——好!真好!

这首词就算讲完了。学生听懂了没有?听懂了!从他的做梦一样的声音神情中,体会到了温飞卿此词之美了。讲是不讲,不讲是讲。

唐先生脑袋稍大,一年只理两次发,头发很长,他又是个鬈发,从后面看像一只狻猊,——就是卢沟桥上的石狮子,也即是耍狮子舞的那种狮子,不是非洲狮子。他有一阵

住在大观楼附近的乡下。请了一个本地的女孩子照料生活,洗洗衣裳,做饭。唐先生爱吃干巴菌,女孩子常给他炒青辣椒干巴菌。有时请几个学生上家里吃饭,必有这一道菜。

唐先生有过一段 Romance,他和照料他生活的女孩子有了感情,为她写了好些首词。他也并不讳言,反而抄出来请中文系的教授、讲师传看。都是"花间体"。据我们系主任罗常培说:"写得很艳!"

唐先生说话无拘束,想到什么就说。有一次在系办公室说起闻一多、罗膺中(庸),这是两个中文系上课最"叫座"的教授。闻先生教楚辞、唐诗、古代神话,罗先生讲杜诗。他们上课,教室里座无虚席,有一些工学院学生会从拓东路到大西门,穿过整个昆明城赶来听课。唐立厂当着系里很多教员、助教,大声评论他们二位:"闻一多集穿凿附会之大成;罗膺中集啰唆之大成!"他的无锡语音使他的评论更富力度。教员、助教互相看看,不赞一词。"处世无奇但率真",唐立厂先生是一个胸无渣滓的率真的人。他的评论并无恶意,也绝无"打击别人,抬高自己"的用心。他没有想到这句话传到闻先生、罗先生耳中会不会使他们生气。也没有无聊的人会搬弄是非,传小话。即使闻先生、罗先生听到,也不会生气的。西南联大就是这样一所大学,这样的一种学风:宽容、坦荡、率真。

一九九七年三月十一日

注释

① 本篇原载1997年8月15日《安徽青年报》,又载1997年9月19日《南方周末》"四时佳兴"专栏;初收《汪曾祺全集》第六卷,北京师范大学出版社,1998年8月。"厂"读"庵"(an)。

闻一多先生上课[①]

闻先生性格强烈坚毅。日寇南侵,清华、北大、南开合成临时大学,在长沙少驻,后改为西南联合大学,将往云南。一部分师生组成步行团,闻先生参加步行,万里长征,他把胡子留了起来,声言:抗战不胜,誓不剃须。他的胡子只有下巴上有,是所谓"山羊胡子",而上髭浓黑,近似一字。他的嘴唇稍薄微扁,目光灼灼。有一张闻先生的木刻像,回头侧身,口衔烟斗,用炽热而又严冷的目光审视着现实,很能表达闻先生的内心世界。

联大到云南后,先在蒙自呆了一年。闻先生还在专心治学,把自己整天关在图书馆里。图书馆在楼上。那时不少教授爱起斋名,如朱自清先生的斋名叫"贤于博弈斋",魏建功先生的书斋叫"学无不暇簃",有一位教授戏赠闻先生一个斋主的名称:"何妨一下楼主人"。因为闻先生总不下楼。

西南联大校舍安排停当,学校即迁至昆明。

我在读西南联大时,闻先生先后开过三门课:楚辞、唐诗、古代神话。

楚辞班人不多。闻先生点燃烟斗,我们能抽烟也点着了烟(闻先生的课可以抽烟的),闻先生打开笔记,开讲:"痛饮酒,熟读《离骚》,乃可以为名士。"闻先生的笔记本很大,长一尺有半,宽近一尺,是写在特制的毛边纸稿纸上的。字是正楷,字体略长,一笔不苟。他写字有一特点,是爱用秃笔。别人用过的废笔,他都收集起来。秃笔写篆楷蝇头小字,真是一个功夫。我跟闻先生读一年楚辞,真读懂的只有两句"嫋嫋兮秋风,洞庭波兮木叶下"。也许还可加上几句:"成礼兮会鼓,传葩兮代舞,春兰兮秋菊,长毋绝兮终古。"

闻先生教古代神话,非常"叫座"。不单是中文系的、文学院的学生来听讲,连理学院、工学院的同学也来听。工学院在拓东路、文学院在大西门,听一堂课得穿过整整一座昆明城。闻先生讲课"图文并茂"。他用整张的毛边纸墨画出伏羲、女娲的各种画像,用按钉钉在黑板上,口讲指画,有声有色,条理严密,文采斐然,高低抑扬,引人入胜。闻先生是一个好演员。伏羲女娲,本来是相当枯燥的课题,但听闻先生讲课让人感到一种美,思想的美,逻辑的美,才华的美。听这样的课,穿一座城,也值得。

能够像闻先生那样讲唐诗的,并世无第二人。他也讲初唐四杰、大历十才子、《河岳英灵集》,但是讲得最多,也讲得最好的,是晚唐。他把晚唐诗和后期印象派的画联系起来。讲李贺,同时讲到印象派里的pointilism(点画派)。说点画看起来只是不同颜色的点,这些点似乎不相连属,但凝

视之，则可感觉到点与点之间的内在联系。这样讲唐诗，必须本人既是诗人，也是画家，有谁能办到？闻先生讲唐诗的妙悟，应该记录下来。我是个大大咧咧的人，上课从不记笔记。听说比我高一班的同学郑临川记录了，而且整理成一本《闻一多论唐诗》，出版了，这是大好事。

我颇具歪才，善能胡诌，闻先生很欣赏我。我曾替一个比我低一班的同学代笔写了一篇关于李贺的读书报告，——西南联大一般课程都不考试，只于学期终了时交一篇读书报告即可给学分。闻先生看了这篇读书报告后，对那位同学说："你的报告写得很好，比汪曾祺写得还好！"其实我写李贺，只写了一点：别人的诗都是画在白底子上的画，李贺的诗是画在黑底子上的画，故颜色特别浓烈。这也是西南联大许多教授对学生鉴别的标准：不怕新，不怕怪，而不尚平庸，不喜欢人云亦云，只抄书，无创见。

一九九七年三月十二日

注释

① 本篇原载1997年5月30日《南方周末》"四时佳兴"专栏；初收《汪曾祺全集》第六卷，北京师范大学出版社，1998年8月。

林斤澜！哈哈哈哈……①

林斤澜这个名字很怪。他原名庆澜，意思是庆祝河水安澜，大概生他那年他们家乡曾遭过一次水灾，后来水退了。不知从哪年，他自己改名"斤澜"。我跟他说过，"斤澜"没讲，他也说：没讲！他们家的人名字都有点怪。夫人叫"古叶"，女儿叫"布谷"。大概都是他给起的。斤澜好怪，好与众不同。他的《矮凳桥风情》里有三个女孩子，三姐妹叫笑翼、笑耳、笑杉。小城镇哪里会有这样的名字呢？我捉摸了很久，才恍然大悟：原来只是小一、小二、小三。笑翼的妈妈给儿女起名字时不会起这样的怪名字的，这都是林斤澜搞的鬼。夏尚质，周尚文，林尚怪。林斤澜被称为"怪味胡豆"，罪有应得。

斤澜曾患心脏病，三十岁就得过一次心肌梗死。后来又得过一次，但都活下来了。六十岁时他就说过他活得已经够了本，再活就是白饶。斤澜的身体不算好，但他不在乎。我这些年出外旅游，总是"逢高不上，遇山而止"，斤澜则是有山就爬。他慢条斯理的，一步一步地走，还误不了看山看水，结果总是他头一个到山顶。一览众山小，笑看众头

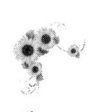

低。他应该节制饮食,但是他不,每有小聚,他都是谈笑风生,饮啖自若。不论是黄酒、白酒、葡萄酒、啤酒,全都招呼。最近有一次,他同时喝了三种酒。人常说酒喝杂了不好,斤澜说:"没事!"斤澜爱吃肉。"三天不吃肉就觉得难受。"他吃肉不讲究部位,冰糖肘子、腌笃鲜、蒜泥白肉,都行。他爱吃猪头肉,尤其爱吃"拱嘴"——猪鼻子,以为乃人间之"大美"。他是温州人,说起生吃海鲜,眉飞色舞。吃海鲜,喝黄酒,嘿!不过温州的"老酒汗"(黄酒再蒸一次)我实在喝不出好来。温州人还有一种喝法,在黄酒里加鸡蛋,煮热,这算什么酒!斤澜的吃喝是很平民化的。我和他曾在屯溪街头一小吃店的檐下,就一盘煮螺蛳,一人喝了两瓶加饭。他爱吃豆腐,老豆腐、嫩豆腐、毛豆腐、臭豆腐,都好。煎炒煮炸,都好。我陪他在乐山小饭馆吃了乡坝头上的菜豆花,好!

斤澜的生活是很平民化的。他不爱洗什么桑那浴,愿意在澡塘的大池子里(水很烫)泡一泡,泡得大汗淋漓,浑身作嫩红色。他大概是有几身西服的,但我从未见过他穿了整齐的套服,打了领带。他爱穿夹克,里面是条纹格子衬衫。衬衫就是街上买的,棉料的多,颜色倒是不怕花哨。

斤澜的平民化生活习惯来自于他对生活的平民意识。这种平民意识当然会渗入他的作品。

斤澜的哈哈笑是很有名的。这是他的保护色。斤澜每遇有人提到某人、某事,不想表态,就把提问者的原话重复一次,然后就殿以哈哈的笑声。"×××,哈哈哈哈……""这件事,哈哈哈哈……"把想要从口中掏出他的真实看法的新闻记者之类的人弄得莫名其妙,斤澜这种使人摸不着头脑抓不住尾巴的笑声,使他摆脱了尴尬,而且得到一层安全的甲壳。在反右派运动中,他就是这样应付过来的。林斤澜不被打成右派,是无天理,因此我说他是"漏网右派",他也欣然接受。

斤澜极少臧否人物,但是是非清楚,爱憎分明。他一直在北京市文联工作,对市文联的领导,一般干部的遗闻佚事了如指掌。比如他对老舍挨斗,是他亲眼所见,亲耳所闻,揭发批判老舍的人是赖也赖不掉的。他觉得萧军有骨头有侠气,真是一条汉子。红卫兵想要萧军低头认罪,萧军就是不低头,两腿直立,如同生了根。萧军没有动手,他说:"我要是一动手,七八个小青年就得趴下。"红卫兵斗骆宾基,萧军说:"你们谁敢动骆宾基一根毫毛!"京剧演员荀慧生病重,是萧军背着他上车的。"文革"后,文联作协批斗浩然,斤澜听着,忽然大叫:"浩然是好人哪!"当场昏厥。斤澜平时似很温和,总是含笑看世界,但他的感情是非常强烈的。

斤澜对青年作家(现在都已是中年了)是很关心的。对他们的作品几乎一篇不落地都看了,包括一些评论家的不断花样翻新,用一种不中不西希里古怪的语言所写的论文。他看得很仔细,能用这种古怪语言和他们对话。这一点,他比我强得多。

林斤澜!哈哈哈哈……

注释

① 本篇原载《时代文学》1997年第二期;初收《汪曾祺全集》第六卷,北京师范大学出版社,1998年8月。

梦见沈从文先生[①]

夜梦沈从文先生。

梦见《人民文学》改了版,成了综合性的文学刊物。除整块整块的作品外,也发一些文学的随笔、杂记、评论。主编崔道怡。我到编辑部小坐。屋里无人。桌上有一份校样,是沈先生的一篇小说的续篇。拿起来看了一遍,写得还是很好。有几处我觉得还可再稍稍增饰发挥,就拿起笔来添改了一下。拿了校样,想找沈先生看一看,是否妥当。沈先生正在隔壁北京市文联开会(沈先生很少到市文联开会)。一出门,见沈先生迎面走来,就把校样交给他。沈先生看了,说:"改得好!我多时不写小说,笔有点僵了,不那么灵活了。笔这个东西,放不得。"

"……文字,还是得贴紧生活。用写评论的语言写小说,不成。"

我说现在的年轻作家喜欢在小说里掺进论文成份,以为这样才深刻。

"那不成。小说是小说,论文是论文。"

沈先生还是那样,瘦瘦的,穿一件灰色的长衫,走路很快,匆匆忙忙的,挟着一摞书,神情温和而执着。

在梦中我没有想到他已经死了。我觉得他依然温和执着,一如既往。

我很少做这样有条有理的梦(我的梦总是飘飘忽忽,乱糟糟的),并且醒后还能记得清清楚楚(一些情节,我在梦中常自以为记住了,醒来却忘得一干二净)。醒来看表,四点二十分,怎么会做这样的梦呢?

沈先生在我的梦里说的话并无多少深文大义,但是很中肯。

(一九九七年四月三日清晨)

注释

① 本篇与《句读·气口》一并以《句读·气口(外一章)》为题原载1997年5月28日《文汇报》;初收《汪曾祺全集》第六卷,北京师范大学出版社,1998年8月。

世间小儿女

理发师[1]

我有个长辈,每剪一次指甲,总好好的保存起来。我于是总怕他死。人死了,留下一堆指甲,多恶心的事!这种心理真是难于了解。人为甚么对自己身上长出来的东西那么爱惜呢?也真是怪,说起鬼物来,尤其是书上,都有极长的指甲。这大概中外都差不多。同样也是长的,是头发。头发指甲之所以可怕,大概正因为是表示生命的(有人告诉我,死了之后指甲头发都还能长)。人大概隐隐中有一种对生命的恐惧。于是我想起自己的不爱理发。我一觉察我的思想要引到一个方向去,且将得到一个甚么不通的结论,我就赶紧把它叫回来。没有那个事,我之不理发与生啊死的都无关系。

也不知是谁给理发店订了那么个特别标记,一根圆柱上画出红蓝白三色相间的旋纹。这给人一种眩晕感觉。若是通上电,不歇的转,那就更教人不舒服。这自然让你想起生活的纷扰来。但有一次我真教这东西给了我欢喜。一天晚上,铺子都关了,街上已断行人,路灯照着空荡荡的马路,而远远的一个理发店标记,在冷静之中孤伶伶地动。这一下子把你跟世界拉得很近,犹如大漠孤烟。理发店的标记与理发店是一个巧合。这个东西的来源如何,与其问一个社会人类学专家,不如请一个诗人把他的想像告诉我们。这个东西很能说明理发店的意义,不论那一方面的。我大概不能住在木桶里晒太阳,我不想建议把天下理发店都取消。

理发这一行,大概由来颇久,是一种很古的职业。我颇欲知道他们的祖师是谁,打听迄今,尚未明白。他们的社会地位,本来似乎不大高。凡理发师,多世代相承,很少改业出头的。这是一种注定的卑微了。所以一到过年,他们门楣上多贴"顶上生涯"四字,这是一种消极反抗,也正宣说出他们的委曲。别的地方怎样的,我不清楚,我们那里理发师大都兼做吹鼓手。凡剃头人家子弟必先练习敲铜锣手鼓,跟在喜丧阵仗中走个几年,到会吹唢呐笛子时,剃头手艺也同时学成了。吹鼓手呢,更是一种供驱走人物了,是姑娘们所不愿嫁的。故乡童谣唱道:

姑娘姑娘真不丑,
一嫁嫁个吹鼓手:
吃人家饭,喝人家酒,
坐人家大门口!

其中"吃人家饭,喝人家酒",也有唱为"吃冷饭,吃冷酒"的,我无从辨订到底该怎样的。且刻划各有尖刻辛酸,亦难以评其优劣,自然理发师(即吹鼓手)老婆总会娶到一个的,而且常常年轻好看。原因是理发师都干干净净,会打扮收拾;知音识曲,懂得风情;且因生活磨练,脾性柔和;谨谨慎慎的,穿吃不会成大问题,聪明的女孩子愿意嫁这么一个男人的也有。并多能敬重丈夫,不以坐人家大门口为意。若在大街上听着他在队伍中滴溜溜吹得精熟出色,心里可能还极感激快慰。事实上这个职业被目为低贱,全是一个错误制度所产生的荒谬看法。一个职业,都有它的高贵。理发店的春联"走进来乌纱宰相,摇出去白面书生",文雅一点的则是"不教白发催人老,更喜春风满面生",说得切当。小时候我极高兴到一个理发店里坐坐,他们忙碌时我还为拉那种纸糊的风扇。小时候我对理发店是喜欢的。

等我岁数稍大,世界变了,各种行业也跟着变。社会已不复是原来的社会。差异虽不太大,亦不为小。其间有些行业升腾了,有些低落下来。有些名目虽一般,性质却已改换。始终依父兄门风、师傅传授,照老法子工作,老法子生活的,大概已颇不多。一个内地小城中也只有铜匠的、锡匠的特别响器,瞎子的铛,阉鸡阉猪人的糖锣,带给人一分悠远从容感觉。走在路上,间或也能见一个钉碗的,之故之故拉他的金钢钻;一个补锅的,用一个布卷在灰上一揉,托起一小勺殷红的熔铁,嗤的一声焊在一口三眼灶大衰锅上;一个皮匠,把刀在他的脑后头发桩子上光一光,这可以让你看半天。你看他们工作,也看他们人。他们是一种"遗民",永远固执而沉默的慢慢的走,让你觉得许多事情值得深思。这好像扯得有点嫌远了。我只是想变动得失于调节,是不是一个问题。自然医治失调症的药,也只有继续听他变。这问题不简单,不是我们这个常识脑子弄得清楚的。遗憾的是,卷在那个波浪里,似乎所有理发师都变了气质,即使在小城里,理发师早已不是那种谦抑的,带一点悲哀的人物了。理发店也不复是笼布温和的,在黄昏中照着一块阳光的地方了。这见仁见智,不妨各有看法。而我私人有时是颇为不甘心的。

现在的理发师,虽仍是老理发师后代,但这个职业已经"革新"过了。现在的理发业,跟那个特别标记一样是外国来的。这些理发店与"摩登"这个名词不可分,且俨然是构成"摩登"的一部分,是"摩登"本身。在一个都市里,他们的势力很大,他们可以随便教整个都市改观,只要在那里多绕一个圈子,把那里的一卷翻得更高些。嗜,理发店里玩意儿真多,日新月异,愈出愈奇。这些东西,不但形状不凡,发出来的声音也十分复杂,营营扎扎,呜呜拉拉。前前后后,镜子一层又一层反射,愈益加重其紧张与一种恐怖。许多摩登人坐在里面,或搔首弄姿,顾盼自怜,越看越美;或小不如意,怒形于色,脸色铁青;焦躁,疲倦,不安,装模作样。理发师呢,把两个嘴角向上拉,拉,唉,不行,又落下去了!他四处找剪子,找呀找,剪子明明在手边小几上,他可茫茫然,已经忘记他找的是甚么东西了,这时他不像个理发师。而忽然醒来了,操起剪子克叉克叉动作起来。他面前一个一个头,这个头有几根白发,那个秃了一块,嗨,这光得像个枣核儿,那一个,怎么回事,他像是才理了出去的?克叉克叉,他耍着剪子,忽然,他停住了,他努目而看着那个头,且用手拨弄拨弄,仿佛那个头上有个大蚂蚁窝,成千成万蚂蚁爬出来!

于是我总不大愿意上理发店。但还不是真正原因。怕上理发店是"逃避现实",逃避现实不好。我相信我神经还不衰落,很可以"面对"。而且你不见我还能在理发店里看风景么?我至少比那些理发师耐得住。不想理发的最大原因,真正原因,是他们不会理发,理得不好。我有时落落拓拓,容易为人误认为是一个不爱惜自己形容的人,实在我可比许多人更讲究。这些理发师既不能发挥自己才能,运巧思;也不善利用材料,不爱我的头。他们只是一种器具使用者,而我们的头便不论生张熟李,弄成一式一样,完全机器出品。一经理发,回来照照镜子,我已不复是我,认不得自己了,镜子里是一个浮滑恶俗的人。每一次,我都愤恼十分,心里充满诅咒,到稍稍平息时,觉得我当初实在应当学理发去,我可以做得很好,至少比我写文章有把握得多。不过假使我真是理发师……会有人来理发,我会为他们理发?

人不可以太倔强,活在世界上,一方面须要认真,有时候只能无所谓。悲哉。所以我常常妥协,随便一个甚么理

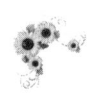

发店，钻进去就是。理发师问我这个那个，我只说"随你！"忍心把一个头交给他了。

我一生有一次理了一个极好的发。在昆明一个小理发店。店里有五个座位，师傅只有一个。不是时候，别的出去了。这师傅相貌极好。他的手艺与任何人相似，也与任何人有不同处：每一剪子都有说不出来的好处，不夸张（这是一般理发师习气），不苟且（这是一般理发师根性），真是奏刀骤然，音节轻快悦耳。他自己也流溢一种得意快乐。我心想，这是个天才。那是一个秋天，理发店窗前一盆蟹爪菊花，黄灿灿的。好天气。

卅五年十月十四日写成，上海。

注释

① 本篇原载 1946 年 10 月 25 日、26 日《文汇报》，是《风景》中一篇；初收《汪曾祺全集》第三卷，北京师范大学出版社，1998 年 8 月。

蔡德惠[①]

我与蔡德惠君说不上甚么交情,只是我很喜欢他这个人。同在联大新校舍住了几年,彼此似乎是毫无往来。他不大声说话,也没有引人注意的举动,除了他系里学术上的集会,他大概很少参加人多的场合,(我印象如此,许是错了,也未可知,)我们那个时候认得他的人恐怕不多。我只记得有一次,一个假日,人多出去了,新校舍显得空空的,树木特别的绿,他一个人在井边草地上洗衣服,一脸平静自然,样子非常的好。自此他成为我一个不能忘去的人。他仿佛一直是如此。既是一个人,照理都有忧苦激愤,感情失常的时候,蔡君短短一生之中自必也见过遇过若干足以搅乱他的事情,我与他相知甚浅,不能接触到他生活全面,无由知道。凡我历次所见,他都是那么对世界充满温情,平静而自然的样子。我相信他这样的时候最多。也不知怎么一来,彼此知道名字,路上见到也点点头。他人颇瘦小,精神还不错。

我离开联大到昆明乡下一个中学去教书,就不大再看到他。学校同事中也有熟识他的人,可是谈话中未听见提过他名字。想是他们以为我不认得他。再者他人极含蓄，一身也无甚"故事"可以作谈话资料，或说无甚可以作为谈话资料的故事。我就知道他在生物系书读得极好，毕业后研究植物分类学，很有希望，研究室在甚么地方，我亦熟悉，他大概经常在里面工作。有一次学校里教生物的两个先生告诉我要带学生出去看一次，问我高兴不高兴一起去走走，说："蔡德惠也来的。"果然没有几天他就来了。带了一大队学生出去，大家都围着他，随便掐一片叶子，找一朵花，问他，他都娓娓的说出这东西叫甚么，生活情形，分布情形如何，有个甚么故事与这有关，那一篇诗里提到过它。说话还是轻轻的，温和清楚。现在想起来，当时不觉得，他似乎比以前更瘦了些。是秋天，野地里开了许多红白蓼花。他好像是穿了一件灰色长衫。

后来，有一次，雨季，我到联大去。太阳一收，雨忽然来了，相当的大，当时正走过他的研究室，心想何不看看他去。一推门就进去了，我来，他毫不觉得突兀。稍为客气的接待我。仿佛谁都可以推开他的门进去的一样。一进门我就看见他墙上一只蛾子，颜色如红宝石，略有黑色斑纹。他指点给我看，说了一些关于蛾蝶的事。他四壁都是植物标本，层层叠叠，尚待整理。他说有好些都是从滇西采集来的，拿出好些东西给我看，都极其特别。他让我拣两样带回去玩，我挑了几片木瑚蝶。这几片东西一直夹在我一本达尔文的书里。到他死后，有一天还翻出来过。现在那本书丢在昆明,若有人翻出,大概会不知道它是甚么玩意,更无从想象是如何得来的了。那天他说话依然极其平和,如说家常,无一分讲堂气。但有一种隐隐的热烈,他把感情都倾注在工作上了,真是一宗爱的事业。

天晴了,我们出来,在他手营的小花圃里看了看,花圃里最亮的一块是金蝶花,正在盛开,黄闪闪的。几丛石竹,则在深深的绿叶之中郁郁的红。新雨之后,草头全是水珠。我停步于土墙上一方白色之前,他说,"是个日规"。所谓日规,是方方的涂了一块石灰,大小一手可掩,正中垂直于墙面插了一支竹丁。看那根竹丁的影子,知道是甚么时候了。不知甚么道理,这东西叫人感动,蔡君平日在室内工作,大概常常要出来看一看墙上的影子的吧。我离开那间绿阴深蔽的房子不到几步,已经听到打字机答答的响起来。

这以后我就一直没有看见过他。偶然因为一件小事,想起这么一个沈默的谦和的人品,那么庄严认真的工作,觉得人世甚不寂寞,大有意思。

忽然有一天,朋友告诉我,"蔡德惠进了医院,已经不行了,肺差不多烂完了,一点办法都没有,明天,最多是后天的事情。"

"以前没有听说他有病呀?"

"是呢。一直也没有发现。一定很久了,不知道他自己怎么没觉得。一来就吐了血,送医院一检查。……"

当时我竟未到医院里去看看他。过两天,有人通知我

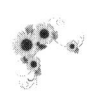

甚么时候在联大新校舍后面坟场上火化,我又糊里糊涂没有去参加。现在人死了已近半年,大家都离开云南,我不知道他孤坟何处,在上海这个人海之中,却又因为一件小事而想起他来,因而写了这篇短文,遥示悼念,希望他生前朋友能够见到。

我离开昆明较晚,走之前曾到联大看过几次。那间研究室锁着锁,外面藤萝密密缠满木窗,小花圃已经零落,犹有几枝残花在寂静中开放,草长得非常非常高。那个日规还好好的在,雪白,竹丁影子斜斜的落在右边。——这样的结尾,不免俗套,近乎完成一个文章格局,谁如此说,只好由他了。原说过,是想给德惠生前朋友看看的。

注释

① 本篇原载1946年10月29日上海《大公报》;又载1947年3月7日天津《大公报》;初收《汪曾祺全集》第三卷,北京师范大学出版社,1998年8月。

书《寂寞》后[①]

深宵读《寂寞》,心情紧恻,四边一点声音都没有,想起瑞娟的许多事情,想起她的死,想起她住过的屋子,就离这里不远,渐渐有点不能自持起来。人在过度疲倦中,一切状态每有与白日不同者。骤然而来的一阵神经紧张过去,我拿起原稿,这才发现,刚才只看本文,没有注意题目,为甚么是《寂寞》呢?全文字句的意义也消失脱散了,只有这两个字坚实的留下来,在我的头里,异常的重。

瑞娟的死已经证实。这一阵子常常想起来,觉得凄凉而气闷。为甚么要死呢?我不知道她究竟因为甚么而死,而且以为根本不应当去知道。我认识瑞娟大概是三十三年顷,往来得比较多是她结婚前后。她长得瘦削而高,说话声音也高——并不是大,话说得快,走路也快。联大路上多有高过人头的树,有时看她才在这一棵树那里,一闪一下,再一看,她已经在那一头露出身子了,超过了一大截子路,我们在两条平行的路上走。她一进屋,常常是高声用一个"哎呀"作为招呼,也作为她急于要说的话的开头。她喜欢说"急煞了","等煞了","热煞了"之类短促句子,性子也许稍为有点急,但不是想象中的容易焦躁,不是那么不耐烦。大概说着这样的话的时候多半是笑,脸因为走路,也因为欢喜兴奋而发红了,而且是对很熟的人,表示她多想早点来,早点看见你们,或赶快作好了那件事。她总是有热心,有好意。而且热心与好意都是"无所谓"的,率直的,不太忖度收束,不措意,不人为的。说这是简单自然也可以。但凡跟她熟识的都无须提防警觉,可以放心把你整个人拿出来,永远不致有一点悔意。偶尔接触的,也从来没有人能挑剔她甚么。谈起她和立丰,全都是由衷的赞叹:"这——是好人,真的两个好人!"朋友中有时有点难于理绪的骚乱纠结,她没有办法——谁都没有办法!可是她真着急。她说的话,做的事或者全无意义,她自己有点恨她为甚么不能深切的明白这一切到底是怎么一回事呢,可是她尽了她的心力。她的浪漫的忧郁的气质都不太重,常是清醒而健康的。也许这点清醒和健康教那个在痛楚中的于疲倦中忽然恢复一点理智,觉得人生原来就是这样子,不必太追求意义而意义自然是有的,于是从而倒得到生活的力量与兴趣。她就会给你打洗脸水,擦擦镜子,问你穿那一件衣服,准备好陪你去吃点东西或者上那儿看电影去。

她自己当也有绊倒了的时候,因为一点挫折伤心事情弄得灰白软弱的时候,更熟的人知道那是甚么样子,我们很少看见过。是的,她有一点感伤。说老实话,她要是活着,我们也许会笑她的。她会为《红楼梦》的情节感动,为《祭妹文》心酸,她对苏曼殊还没有厌倦,她不忍心说大部分的词都是浅薄的。可是并不是很令人担忧的严重。而且只是在读书的时候,携入实际生活的似乎不多。她总是爽朗而坚强的生活下来。她甚至没有意识到自己的坚强,没有觉得这是一种美德。我们看她一直表现着坚强而从来没有说过这两个字,若有深意的,又委屈又自负的说过这两个字。她也希望生活得好一点,然而竟然如此了,也似乎本应如此。她爱她的丈夫,愿意他能安心研究,让他的聪明才智,尤其是他的谦和安静性情能尽量用于工作。她喜欢孩子。我在昆明还有时去看看他们时才生了第一个。他们住在浙江同乡会一间房里,房子实在极糟,昏暗局促荒凉而古旧,庭柱阶石都驳落缺窜,灰垩油漆早已失去,院子里砖缝中生小草,窗上铰链锈得起了鳞,木头的气味,泥土的气味,浓烈而且永久,令人消沉怅惘,不能自已。然而她能在这里活得很有劲。她一面教书,一面为同乡会做一些琐屑猥杂到不可想象的事。一天到晚看她在外面跑来跑去,与纸烟店理发店打交道,——同乡会有房子租给人住居开店,这种事她也得管!与党部保甲军队打交道,——一个"民众团体"直属或相关的机构有多少!编造名册,管理救济,跟同乡老太太谈话,听她诉苦,安慰她,而且去给她想办法,给她去跑!她一天简直不知道跑多少路。

我记得她那一阵穿了一双暗红色的鞋子,底极薄,脚步仍是一样的轻快匆忙。可是她并不疲倦,她用手掠上披下来的头发，高高兴兴的抱出孩子来给人看，看他的小床铺，小被褥，小披肩，小鞋子。提到她的生活，她作的事，语气中若有点称道，她还是用一个"哎呀"回答。这个"哎呀"不过不大同，声音低一点，呀字拖长，意思是"没有道理，别提它罢。"那种光景当然很难说是美满，但她实在是用一种力量维持了一个家庭的信心，教它不暗淡，不颓丧，在动乱中不飘摇惶恐。这也许是不足道的，有幻想的，聪明的，好看的女孩不愿或不屑做的。是的，但是这并不容易。用不着说崇高，单那点质朴实有不可及处。为了活下来，她作过许多卑微粗鄙的活计劳役，与她的身份全不相符的事，但都是正直而高贵的去做，没有在她的良心上通不过的。——当然结果都是白赔气力，不见得有好处，她为她自己的时候实在太少了。

　　许多陈迹我们知道得少而虚浮，时期也短暂，只是很概念的想起来，若在立丰和她更亲近人，一定一一都是悲痛的种子。她那么不矜持的想活，为甚么放得下来了呢？从前我们常讨论死，讨论死的方式，似乎极少听见她说过惊人的或沉重的话。到北平后的情形不大清楚，但这一个时候或者某一时刻会移变捩转她的素性么？人生有甚么东西是诚然足以致命的，就在那一点上，不可挽回了？……这一切都近于费词，剩下的还是一句老话，愿她的灵魂安息罢。

　　瑞娟平生所写文章不多。我见过的很少。她的功力才分我都不大清楚。她并无以此立身名世之意，不过那样的生活竟然没有完全摧残她的兴趣,一直都还写一点,即使对别人都说不上甚么太大意义,但这是一点都不妨害人的事情,她若还活着,也许还会写下去的。对她个人说起来,生命用这一个方式使用,无论如何,总应当有其价值。这一篇篇末所书日期是十二月,当是去年,距离现在不过五个月。地点在北大东斋,是离平之前所写。手迹犹新,人已不在世上,她的朋友熟人若能看到,应当都有感慨的。

五月二十日谨记

注释

① 本篇原载1948年5月29日《益世报》,同日刊有薛瑞娟作短篇小说《寂寞》。薛瑞娟,西南联大学生。

怀念一个朝鲜驾驶员同志[①]

一年半以前,你和你的兄弟们开着汽车把四野南下工作团的一部分人从漯河送到了汉口。开车那天是五月十九,到汉口是五月二十五,我记得很清楚。

起先我们不知道你们的来历,我们对你还颇有点不以为然。

第一天,车子开出去没多远就抛了锚,大家下了车,在荒沙田里,坐着躺着等着。有人说:司机干甚么的,开机之前不检查检查;并且嘲笑了那辆车。十个轮子甚么牌子都有,福特,固特异,老人头……还有一只日本胎!我们有个同志开过车,爬下去看了半天说:这家伙蛮干!跟他说了半天,像听不懂话似的!——怎么回事呢?——后轮少了一个螺丝,老先生从车上卸下来一个,又没有扳子,扳子不合用,用个榔头在往上一点一点的敲呢!——扳子都不带全了!大家觉得:得!这一路,且瞧着吧,算碰上啦,又是这种路。——老公路全破坏了,这是"新"路,本来不是走汽车的;好多地方没有路,从麦田里开过去。

不过没多久马上我们就发现了我们的错误。你的驾驶技术通过了整个的车身而让我们感觉到了。车行的匀净，细致，稳当，——快，毫不觉着狂躁，轻轻易易的就赶上了并且越过了前头好多辆车。安全，舒服，轻松之感透过了我们全身，我们太放心了。我坐过公路车子很不少，很知道其中的甘苦，我不但满意，而且赞叹。而我们那位会开车子的同志用了两个字来形容你的驾驶：优美。乘坐在这样的车子上面的"乘客"对于驾驶汽车的人产生了一种共通的感情乃是非常自然的事。——这样的车子正是你这样的人开出来的。我们不能否认一个人干出来的活跟他那个人，那个人的样子是要有一种关系的。

我们也知道，一个人在甚么情形之下才愿意，也可能把他的工作干得那么好。

后来我们才知道你们是朝鲜人。你们是四连，四连全连都是朝鲜人。我们知道这一连是全汽车团最棒的一连，全团都向你们学习，向你们看齐。你们技术最好，立功最多，团里很多驾驶员都是你们训练出来的。你们里头党员最多，占绝大多数。你们参加了整个的东北解放战争，参加运输工作，也参加战斗，你们的英勇事迹在四野全军中流传，而你的手……

我们才注意到你的左手的指头全没有了。

那是在四平战斗中失去的。敌人扔下一个炸弹，掉在你车头上，车子着了火，你为了还想救住车子，救住车上的人，没往外跳，你的手把住了方向盘，汽油烧着了你的手。

你的副手，告诉我们你因为只用一只手开车，很吃亏。你伤了一只手，不健全了，开车时得在身上绑上很多带子，才坐得住。有时休息下来，我们看到他给你整理那些带子，我们看到那些怪复杂的白色的带子缚在你的现在看起来还是非常美好的肉体上，看到你有点困难的穿起你的衬衫。你那个副手到了一定的站头，就要给你整理一次，用不着你告诉他。你不说话，微微的侧过身子，似乎稍微屏住了一点呼吸，默默的让他在你身上整治。

我们很难体会你身体里的感觉，很难体会你这样的身体在驾驶汽车的时候内部是怎样运动的，你怎样把你的意志通过你的肌肉和神经传达到机器的里面去的。

而你，一直是全连最优秀的一个驾驶手，而且是最好的修械手。全连的车子都在你手里修过，许多车出了毛病，都得来问你。因此，我们这一辆跑得虽然快，到晚上的休息站的时候常常要在前头等着，你要看看大多数的车都开过去了再赶上去，你得照顾着他们。也正因此，你的扳子不齐全，你把你的给了别人了。我们不懂你们的话，但是不管是在车子相错而过的时候，或者休息站上相逢的时候，我们懂得你的兄弟们眼睛里对你的感激、告慰，这里头再混和了在异国的战斗途程中的特殊的亲密，实在叫我们在车上的人都深深的感动了。

在这辆含蓄了高度的个性化了的国际主义的忠诚和浸润着兄弟般的阶级的爱情的十轮卡车里歌唱着或者沉思

着,我们就越来越不能忘情于你的身体,忘情于你的身体的美了。

你长得一付好体格,你长得颀长,挺拔,清秀而温和。

一到休息的时候,我们就要看看你。

我们看你安详的走下车来,点着一枝烟,走到路边去,站下来,这边看看,那边看看。离开狭窄的车头里和奔驶的景物,新鲜空气和空阔的安静的视野叫你觉得很舒畅,很愉快。

车过了商水,上蔡,汝南,……过了罗山。车从上面搭着一个小戏台的砖制牌坊下开过,从流着清澈见底的活水的乡下小石桥上开过,从扎着松彩的市镇街里开过……这一切,你都跟我们一样的发生兴趣,这些汉唐以上的要镇的现代的小城,处处都还保留着中古文化的馀响。过了罗山,风景就变了,再不是一些无际的广大而不免沉闷的黄土平原了,开始有水田水牛了,——我们里头有北方人还是第一次看到水牛!汽车路爬上去又爬下来,再没有那么清楚深刻和感觉过这是丘陵地带了。从平原到丘陵,截然不同,完全是两种感觉。漫山开野薇,树多椿树桑树,到处都是树,高低层叠;色调丰富多变,真是应接不暇;屋顶的坡度也大了,南方雨水多啊……我们也看到你对这个变化充满了惊奇。你从一九四六年就参加了我们的队伍,一直在东北,我相信到今天你还会清楚的记得,你在你的对于"中国"的认识上增加了一个新的经验。

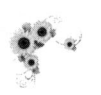

我永远记得,汽车在一个乌黑的山谷间满生长浓密的乌桕树的石壁下的路边停下来加水,记得你爬上去,站在一棵大树底下向远处眺望;我记的你跨过一道小溪,蹲在梯田的埂上低着头拈弄着一株野草……

　　当时我就想一定有甚么东西是你所十分熟悉的,触动了你,让你那么喜悦。今天,我相信我当时的感觉,我从一些报道中证实了朝鲜很多地方属于丘陵地带,而你们的田,你们的农民分得的正多是梯田。你在东北,在华北,两三年来没有见过你的故乡风物了。你爱你的祖国的山和田,也一样的热爱着我们的啊。你把我们的祖国当作是你们的一样的爱着。你知道亚洲是整个亚洲人民的亚洲,一个国家的人民的解放是世界人民解放的一部分,因此,你和你的兄弟在我们的国土上战斗,为它流血。

　　可惜是你很少说话。你不大会说中国话,能听懂一些说不上来几句,"劳驾""谢谢"……不过沉默是你的性格。你跟你的兄弟们,甚至跟你的副手也说得不多。从你跟他们说话当中,我们知道你的声音不高,很平和,说得慢慢的,不过就是语言上没有隔阂。我们可以交谈的机会也很少,中途休息的时候很短促,大家忙着吃饭,喝水,——还忙着解手;开车的时候你在车头上;而晚上宿营的时候你得跟你的连队集合在一起,跟我们分开了。路上有时吃饭,拉你们,你们已经自己吃起来了。你们带着饭盒子,白饭,冷水泡一泡,就咸菜。请你抽烟你说自己有,"谢谢"。

你那个副手是个很有意思的人物,他活泼得很,人生得短短的,腿有点向外弯曲,可是动作灵活而敏捷,他似乎很"好管闲事"。一遇到有汽车抛了锚他都要下去,一边帮着你,一边哇啦哇啦大声嚷嚷,手脚也不停的舞动。有一次修理一个车子,半天没有修好,他从车子底下爬出来骂了一声"他妈的!"我们都笑了,他看着我们,也笑了。在路中过去没多远,大雨中我们下来推车子,他跟我们在一起,推推挤挤,兴奋而热烈,跟我一点界限没有。我们实在很喜欢他。每回他下车来或者加水,或者帮别人修车,都是等车子开动了,然后再从后面赶上来,一跃而上。他那个因为弯腿而显得很特殊的奔跑的姿态,他的穿着褪色的草黄色的制服的宽阔背影已经为我们十分熟悉。他一定很健谈,而且说话一定非常有风趣。——我们见到他跟你说甚么事引得你轻轻的笑了。

我们在一个车上整整一个星期,二十五号晚上十一点钟,下着大雨,你把我们送到汉口孤儿院,我们匆匆忙忙的下了车,搬运行李,安排房子,准备饭,忙乱之中竟然没有好好的向你们告别。你也急于归队,在我们刚下完了车的时候立刻就开走了。我的手上至今还感到欠缺那个紧紧的一握。

我们遗憾的不仅是缺少那一握手。我们对你的好感太多,而对你知道得太少,我当时的这种感情至今仍在我的胸口蠕动。我竭力忆想着我可能记得的一切细节,我还记得些甚么?

是的,我记得你们也像我们一样的,有机会就过组织生活,我记得你们在路上学习的材料是译成朝鲜文的"新民主主义论"。我记得你们休息时读着报纸,是朝鲜文的:因为你们人数很多,参加我们的工作的有好几万,所以特为你们办了报纸。我记得在宣化店住宿的时候,那天晚上我们留了一部分行李在车上,我和另外一个同志留下来守车。记得你帮助我们支好了布篷,借给了我们一个手电棒,点点头,走到躺着很多你的兄弟的另一个车子里去,记得你们吹着口琴、唱了歌,我们听得出你的声音也在里头,我们记得,你们唱的是:

"东方红

太阳升

中国出了一个毛泽东……"

我们记得,你们在把我们送到之后,接到了新的任务,继续向南方开行。……

我知道,我究竟记住了一些东西。这些东西是我们最应该记得的。

相隔了一年半的今天,我在这儿怀念着你,我相信你一定老早回到了你们的祖国,参加了解放祖国的战斗。我仿佛看到你还是那么沉默,文雅而安静。我从李庄同志所写的报道中相信你会仍然是我的记忆中的那个样子,我仿佛觉得那个在战斗的休息当中,靠在方向盘上读着《文学与艺术》的驾驶员就是你。我也仿佛看到你会在保卫祖国,保卫和平,反对美国侵略的战斗中表现着你在四平战斗中的英勇品质。

注释

① 本篇原载《我们的血曾流在一起》,光明日报出版社,1951年;又载《中朝人民的战斗友谊》,人民出版社,1951年。

从国防战士到文艺战士[①]

——记王凤鸣

王凤鸣是东北辽东省海城县耿庄子人,家里原来是贫农,他从小就很爱好民间文艺。东北农村里蹦蹦戏最流行,村里的年轻人看了戏,也就学着唱。海城的农村里也兴踩高跷,也是扮了戏连做带唱,不像有些地方光是穿起衣裳来走。所唱的,也是蹦蹦小戏,如"王少安赶船"、"杜十娘怒沉百宝箱"等等。不管唱戏或踩高跷,都有王凤鸣的份。他有一条好嗓子,能唱女角。有时喊两句梆子,也非常响亮。现在他的嗓子能够那么好,就是那时打下的底子。他对于一般民间文艺比较容易领会理解,也多少与此有关。

十九岁那年他学了手艺,就不再唱戏了,但还是爱看。他学的是木匠,在海城城里学的。海城有戏园子,他有空就去听。

手艺学成了,就在鞍山钢铁厂木工间做工。

抗战胜利以后,反动派到了东北,到处抓壮丁,王凤鸣被抓了丁。离家的时候,老婆和孩子都病着,一家三口人吃了半块老倭瓜,分了手。

一九四七年,人民解放军解放了他所在的部队。他本来可以回家去,但是他说:"我是吃了半块老倭瓜出来的,我不回去。我参加人民解放军,打反动派,帮穷人翻身。"

参军以后,王凤鸣进步的很快。从东北一直打到海南岛,他一直表现的很好,曾先后立过四次大功,一次小功,得过"艰苦奋斗"奖章和"勇敢"奖章,并荣获"人民功臣"光荣称号。

一次大功是平津战役时立的。他参加了打天津。上级号召要特别注意纪律,做到"寸草不动,片纸不拿"。所有的战士都表现得很好。王凤鸣的那个班,全班得到了奖状。王凤鸣则因在宣传、讲释、监督、带头等工作上起了很大作用,又因战斗勇敢、坚强,记了一大功。

平津战役后,王凤鸣光荣的参加了中国共产党。

另一次大功是在海南岛战役时立的。

海南岛战役的时候,王凤鸣已经在团的宣传队作宣传鼓动和战勤工作。都知道这次工作艰苦,任务重,宣传队绝大部分人都下了连队。王凤鸣要求参加战斗,他的决心被团部批准了,他参加了渡海作战,他准确地打击了敌人。渡海作战的战勤任务,特别危险,常常一边做工作一边要跟敌人打。但是他们把任务完成得很好。王凤鸣因为战斗的勇猛,发射准确,又因战勤工作做的好,立了一大功。

其余两大功是由行军,工作……各方面所立的小功累积起来的。

在党和上级的教育培养之下,王凤鸣早就已经全心全

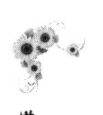

意地献身于人民革命的事业。在东北时,好几次经过家乡附近,因为任务紧急,他也没有回去看过,甚至立了大功,发给他喜报,他都不要,他说:"我不要,没有地方寄。"他说:"我离开家的时候,他们是那个样子,大人孩子都病着,谁知道现在是个什么样子呢?"一直到海南岛战役以后,上级命令:所有战士都必须往家写信,他才写。写了往那里寄呢?请村政府转吧。这才把喜报都寄了回去。去年到朝鲜去慰劳,回来时,又经过家乡附近,上级照顾,叫他回去,他才回去了一趟。他用透露着敬重和喜爱的语气说着他的爱人和孩子。

领导上对于战士的文娱生活从来就极重视。入关前后,更具体的号召兵写兵,兵演兵,战士们写出了很多快板,演出了很多小戏,王凤鸣回忆几年来的情形,说:"最初的时候,有些同志不大习惯。咱们的战士,绝大多数都是翻身农民,不好意思。一说打仗,全都上前,说演戏,有人就往后溜了。现在,可不同了。经常的演。三个月练兵,都要开五六次晚会。一个月得有个一两次。比赛!先是连里表演,演好了,挑到营里比;营里演完了,搁团里演……可热闹了。现在你要是有个题材,大家就鼓动你:'搞啊!'一说演戏,不再有人往后溜了。这回戏才演完,就有人来说:'哎,下回演戏可有我一个!'搞个什么节目,也容易。你一个人出节目,大伙看成是大伙的事,你提一个意见,他提一个意见,人多计谋多,反复修改,就弄好了,这样,大家的文艺水平也逐渐提高了。……"

王凤鸣当战士时就编了很多快板,因为他对于民间文艺素来留心,所编的快板,比较生动活泼,响亮动听,特别受战士的欢迎。在宣传队的时候,他除了演戏,唱歌,数快板,还搞了一个特别名堂——影子戏。行了一天军,天黑了,别的节目表演起来不方便,他们就把战士的当天的事情,剪几个纸人,弄一张白布,一盏灯,表演起来。王凤鸣管唱,唱临时编出来的词。

战士们喜爱快板。但是听多了,弄熟了,觉得太简单,就要求提高一下,怎么提高呢?跟快板最接近的东西,就是曲艺,但是王凤鸣不会,他甚至很少听过,因为战士们需要,他就决心去学习。

团里原来有个会唱鼓词的同志,他唱的很冲,但是老是不搭调,没法配弦子,只能一个人干唱。就这样一个人唱,他还能吸引住人。王凤鸣说:"他一个人能把全团一千多人都抓住,大家在一个广场子上听他搞个二三十分钟,动都不动,这个东西不简单!"于是王凤鸣就跟着他学。

老是一个人唱,没有弦子,也不够意思,于是王凤鸣就自己琢磨。"卢湘云打兵舰"就是这样创作出来的。

一九五○年初,部队为了要渡海解放海南岛,展开"海练"。海练当中,出了卢湘云用木船打击敌人兵舰的事。王凤鸣想:试试看,用鼓词把它表现出来,他自己是跟战士们一齐苦练的,过去在机枪连当射手时又常跟卢湘云配合作

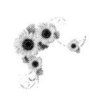

战,很熟(这时他已经在团宣传队了)。人物,生活,都不成问题,加上对于所做的工作的政治热情,这个段子就弄出来了。

连里唱到营里,营里唱到团里,本单位唱到别的单位,到处唱开了,战士非常喜爱听,就对海练起了很大的推动作用。海南岛解放后,师里开庆功会,这个节目仍旧受到大伙的欢迎。一九五一年,中南军区首届剧音观摩会上,被选为战士的优秀节目,引起普遍重视,并且引起很多人对于曲艺的兴趣。

王凤鸣被留在中南部队艺术剧院歌舞队工作。从此,王凤鸣就由一个战士变为一个专业的文艺工作者了。

他在"部艺"参加演歌剧,一面继续钻研曲艺,不断地写出新词。在广州一带下连队宣传的时候,他写了"学文化"。文化教员都很感激他,因为他一唱,就提高了战士的学习情绪。战士们写信给他,跟他要词儿。去年他随一部分部队文艺工作者到朝鲜慰问,一夜工夫写成"押运英雄刘永泰",连搜集材料,写词,配腔调;第二天就演出了。他说:"表演一点他们自己的事,他们有兴趣,尽管这个东西多么简单。"今年四月,他跟其他同志一齐到荆江分洪地区去表演。时间很短,不能搜集具体的材料,通过人物,故事,写出这个伟大的建设,只能各处看了看,把工程人格化,写成了"蓄洪区说话"。但是它比一般的庸俗的拟人法的作品要深刻得多,一点都不俗气、贫气;它比一般的报道又生动得多,不是翻版,而是真正的经过艺术创作的东西。它高出一般的概念化、公式化的作品,因为它有思想性。在中南军区"七一"晚会上演出时,这个节目受到同志们普遍的欢迎,因此被选为这次来北京参加全军"八一"运动大会文艺竞赛的节目。

王凤鸣在旧社会只读过三年书,开始写作的时候,很困难。他用的也是高玉宝式的办法,遇到不会写的字就画上个记号,再去问人。后来字认得多些的时候,遇到不会写的字,就先用同音的字代替,自己注上一个记号,记明这不是本字,等问了人再改正,到学了注音符号以后,就把不会写的字用符号先标上。全篇写好了,最后请人抄出来。现在,他眼面前的字都够用了。

他学曲艺,并没有很好的条件。在写"蓄洪区说话"之前,他甚至根本没有听说过"单弦"这个名称。"部艺"有一些曲艺唱片,他就跟着片子学。汉口有个"民众乐团",有少数几个艺人在里面唱曲艺,他去听。一面听,一面用心记。他说:"甚么内容,就需要一个甚么调子。'蓄洪区说话'要是用'卢湘云打兵舰'的形式就不行。"蓄洪区那个题材适合用单弦表现,于是他就挑了几个唱片,一句一句的学牌子。然后,再一句一句的来写。他有决心把所有的曲艺形式都学会。他说:"部队文艺就是要多种多样,战士们要这样。"

他写作、演唱,都已经达到相当的熟练。在听他表演的时候,不会有人感觉到这是一个"外行"。他打鼓,打八角

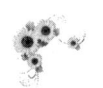

鼓，都显得很有功夫。他的身段、步法，也都很好看——虽然这跟一般艺人有所不同，谁能知道这是经过怎样苦练的结果？

他并不是死抱住旧形式不放。唱腔上有许多地方是他自己改过的。一般艺人在演唱战斗故事时所用的"刀枪架式"他都没有用。他所表演的战士是我们人民解放军的战士，不是古代的将官。为甚么要改？因为战士要那样。他的创作、表演，事实上就是战士们反复提意见修改，才得到完美的结果。他的全部谈话，他的作品，演出都贯串着这样的精神："从战士的需要出发，跟战士学习。"为甚么能这样？因为他本身是战士。

我们曾经问他：从一个战士变成一个文艺工作者，当初在思想上是不是有甚么搞不通的地方？他说："也没有甚么搞不通的，就是老惦记着那座六〇炮，怕新来的射手对它不熟悉，多少还愿意过战斗生活……"后来怎么解决的呢？他说："一工作，就解决了！"

"一工作，就解决了！"这是一句朴实的话。一工作，他就具体的认识了工作的作用。谈到八角鼓的拿法、敲法，他谈得起劲，说："我把这玩意拿来！"立刻就跑出拿来了。他非常热衷地问艺人的鼓是甚么样子，怎么拿法。知道了艺人的鼓里面是一根铁梁子，手指头抠在里面拿住，这样打得脆，但是难受得很，拿半个钟头，手指头就像要断了似的时候，他很郑重地说："这要学。学甚么都有'难受'的时候。

不能随便改。等学好了,再改。"他给他的八角鼓做了一个盒子。他一边说话,一边用手掌抚摸着鼓面的蛇皮,谁都可以看出来,八角鼓是他心爱的东西,正如同从前的六〇炮一样。他把文艺工作看得跟战斗任务一样,一样是人民革命事业的一部分;同时,他正是用战斗精神从事文艺工作的。因此,他才能有这样的成绩。

像王凤鸣这样的人,我们的部队里现在很多。文工团、队里有很多是从战士上来的,唱歌、演戏、搞器乐、搞创作的都有。我们的战士是文化的保卫者,因为他们自己就是热爱文化者。今天,谁还能说我们的军队不是有高度文化素养的军队?

注释

① 本篇原载《说说唱唱》1952年八月号(总第三十二期)。

公共汽车①

去年,在公共汽车上,我的孩子问我:"小驴子有舅舅吗?"他在路上看到一只小驴子;他自己的舅舅前两天刚从桂林来,开了几天会,又走了。

今年,在公共汽车上,我的孩子告诉我:"这是洒水车,这是载重汽车,这是老雕车……我会画大卡车。我们托儿所有个小朋友,他画得棒极了,他什么都会画,他……"

我的孩子跟我说了不止一次了:"我长大了开公共汽车!"我想了一想,我没有意见。不过,这一来,每次上公共汽车,我就只好更得顺着他了。从前,一上公共汽车,我总是向后面看看,要是有座位,能坐一会也好嘛。他可不,一上来就往前面钻。钻到前面干什么呢?站在那里看司机叔叔开汽车。起先他问我为什么前面那个表旁边有两个扣子大的小灯,一个红的,一个黄的?为什么亮了——又慢慢地灭了?我以为他发生兴趣的也就是这两个小灯;后来,我发现并不是的,他对那两个小灯已经颇为冷淡了,但还是一样一上车就急忙往前面钻,站在那里看。我知道吸引住他的早就已经不是小红灯小黄灯,是人开汽车。我们曾经因为意见不同而发生过不愉快。有一两次因为我不很了解,没有尊重他的愿望,一上车就抱着他到后面去坐下了,及至发觉,则已经来不及了,前面已经堵得严严的,怎么也挤不过去了。于是他跟我吵了一路。"我说上前面,你定要到后面来!"——"你没有说呀!"——"我说了!我说了!"——他是没有说,不过他在心里是说了。"现在去也不行啦,这么多人!"——"刚才没有人!刚才没有人!"这以后,我就尊重他了,甭想再坐了。但是我"从思想里明确起来",则还在他宣布了他的志愿以后。从此,一上车,我就立刻往右拐,几乎已经成了本能,简直比他还积极。有时前面人多,我也带着他往前挤:"劳驾,劳驾,我们这孩子,唉!要看开汽车,咳……"

开公共汽车,这实在也不坏。

开公共汽车,这是一桩复杂的,艰巨的工作。开公共汽车,这不是开普通的汽车。你知道,北京的公共汽车有多挤。在公共汽车上工作,这是对付人的工作,不是对付机器。

在北京的公共汽车上工作的,开车的,售票的,绝大部分是一些有本事的,精干的人。我看过很多司机,很多售票员。有一些,确乎是不好的。我看过一个面色苍白的,萎弱的售票员,他几乎一早上出车时就打不起精神来。他含含糊糊地,口齿不清地报着站名,吃力地点着钱,划着票;眼睛看也不看,带着淡淡的怨气呻吟着:"不下车的往后面走走,下面等车的人很多……"也有的司机,在车子到站,上客下客的时候就休息起来,或者看他手上的表,驾驶台后面的事他满不关心。但是我看过很多精力旺盛的,机敏灵活的,不疲倦的售票员。我看到过一个长着浅浅的兜腮胡子和一对乌黑的大眼睛的角色,他在最挤的一趟车快要到达终点站的时候还是声若洪钟。一付配在最大的演出会上报幕的真正漂亮的嗓子。大声地说了那么多话而能一点不声嘶力竭,气急败坏,这不只是个嗓子的问题。我看到过一个家伙,他每次都能在一定的地方,用一定的速度报告下车之后到什么地方该换乘什么车,他的声音是比较固定的,但是保持着自然的语调高低,咬字准确清楚,没有像有些售票员一样把许多字音吃了,并且因为把两个字音搭起来变成一种特殊的声调,没有变成一种过分职业化的有点油气的说白,没有把这个工作变成一种仅具形式的玩弄——而且,每一次他都是恰好把最后一句话说完,车也就到了站,他就在最后一个字的尾音里拉开了车门,顺势弹跳下车。我看见过一个总是高高兴兴而又精细认真的小伙子。那是夏天,他穿一件背心,已经完全汗湿了而且弄得颇有点污脏了,但是他还是笑嘻嘻的。我看见他很亲切地请一位乘客起来,让一位怀孕的女同志坐,而那位女同志不坐,说她再有两站就下车了。"坐两站也好嘛!"她竟然坚持不坐,于是他只好无可奈何地笑一笑;车上的人也都很同情他的笑,包括那位刚刚站起来的乘客,这个座位终于只是空着,尽管车上并不是不挤。车上的人这时想到的不是自己要不要坐下,而是想的另外一类的事情。有那样的售票员,在看见有孕妇、老人、孩子上车的时候也说一声:"劳驾来,给孕妇、抱小孩的让个座吧!"说完了他就不管了。甚至有的说过了还急忙离孕妇老人远一点,躲开抱着孩子的母亲向他看着的眼睛,他怕真给找起座位来麻烦,怕遇到蛮横的乘客惹起争吵,他没有诚心,在困难面前退却了。他不。对于他所提出的给孕妇、老人、孩子让座的请求是不会有人拒绝,不会不乐意的,因为他确是在关心着老人、孕妇和孩子,不只是履行职务,他是要想尽办法使他们安全,使他们比较舒适的,不只是说两句话。他找起座位来总是比较顺利,用不了多少时候,所以耽误不了别的事。这不是很奇怪么?是的,了解一个人的品德并不很难,只要看看他的眼睛。我看见,在车里人比较少一点的时候,在他把票都卖完了的时候,他和一个学生模样的女孩子在闲谈,好像谈她的姨妈怎么怎么的,看起来,这女孩子是他一个邻居。而,当车快到站的时候,他立刻很自然地结束了谈话,扬声报告所到的站名和转乘车辆的路线,打开车门,稳健而灵活地跳下去。我看见,他的背心上印着字:一九五五年北京市公共汽车公司模范售票员;底下还有一个号码,很抱歉,我把它忘了。当时我是记住的,我以为我不会忘,可是我把它忘了。我对记数目字太没有本领了——是225?是不是?现在是六点一刻,他就要交班了。他到了家,洗一个澡,一定会换一身干干净净的,雪白的衬衫，还会去看一场电影。会的，他很愉快，他不感到十分疲倦。是和谁呢？是刚才车上那个女孩子么？这小伙子有一副招人喜欢的体态：文雅。多么漂亮，多有出息的小伙子！祝你幸福……

我看到过一个司机。就是跟那个苍白的，疲乏的售票员在一辆车上的司机。这是一个沉默寡言的，冷静的人，有四十多岁，一张瘦瘦的黑黑的脸，脸上没有什么表情。这个人，车是开得好的；在路上遇到什么人乱跑或者前面的自行车把不住方向，情况颇为紧急时，从不大惊小怪，不使得一车的人都急忙伸出头来往外看，也不大声呵斥骑车行路的人。这个人，一到站，就站起来，转身向后，偶尔也伸出手来指点一下："那位穿蓝制服的，你要到西单才下车，请你往后走走。拿皮包的那位同志，请你偏过身子来，让这位老太太下车。车下有一个孕妇，坐专座的同志，请你站起来。往后走，往后走，后面还有地方，还可以再往后走。"很奇怪，车上的人就在他的这样的简单的，平淡的话的指挥之下，变得服服贴贴，很有秩序。他从来不呼呀，不请求，不道"劳驾"，不说"上下班的时候，人多，大家挤挤！""大礼拜六的，谁不想早点回家呀，挤挤，挤挤，多上一个好一个！""外边下着雨，互相多照顾照顾吧，都上来了最好！""上不来了！后边车就来啦！我不愿意多上几个呀！我愿意都上来才好哩，也得挤得下呀！"他不说这些！这个人身上有一种奇特的东西，那就是：坚定、自信。我看了看车上钉着的"公共汽车司机售票员守则",有一条,是"负责疏导乘客","疏导",这两个字是谁想出来的?这实在很好,这用在他身上是再恰当也没有了。于此可见,语言,是得要从生活里来的。我再看看"公约","公约"的第一条是:"热爱乘客。"我想了想,像他这样,是"热爱"么?我想,是的,是热爱,这样的冷静、坚定,也是热爱,正如同那225号的小伙子的开朗的笑容是热爱一样……

人,是有各色各样的人的。

……我的孩子长大了要开公共汽车,我没有意见。

一九五六年十二月

注释

① 本篇原载《人民文学》1957年第三期,是《冬天的树》中一篇;初收《汪曾祺全集》第三卷,北京师范大学出版社,1998年8月。

下水道和孩子[1]

修下水道了。最初,孩子们不知道是怎么一回事,只看见一辆一辆的大汽车开过来,卸下一车一车的石子,鸡蛋大的石子,杏核大的石子,还有沙,温柔的,干净的沙。堆起来,堆起来,堆成一座一座山,把原来的一个空场子变得完全不认得了。(他们曾经在这里踢毽子,放风筝,在草窝里找那么尖头的绿蚱蜢——飞起来露出桃红色的翅膜,格格格地响,北京人叫做"卦大扁"……)原来挺立在场子中间的一棵小枣树只露出了一个头,像是掉到地底下去了。最后,来了一个一个巨大的,大得简直可以当做房子住的水泥筒子。这些水泥筒子有多重啊,它是那么滚圆的,可是放在地下一动都不动。孩子最初只是怯生生地,远远地看着。他们只好走一条新的,弯弯曲曲的小路进出了,不能从场子里的任何方向横穿过去了。没有几天,他们就习惯了。他们觉得这样很好。他们有时要故意到沙堆的边上去踩一脚,在滚落下来的石子上站一站。后来,从有一天起,他们就跑到这些山上去玩起来。这倒不只是因为在这些山旁边只有一个老是披着一件黄布面子的羊皮大衣的人在那里看着,并且总是很温和地微笑着看着他们,问他姓什么,住在哪一个门里,而是因为他们对这些石子和沙都熟悉了。他们知道这是可以上去玩的,这一点不会有什么妨碍。哦,他们站得多高呀,许多东西看起来都是另外一个样子了。他们看见了许多肩膀和头顶,看见头顶上那些旋。他们看见马拉着车子的时候脖子上的鬃毛怎样一耸一耸地动。他们看见王国俊家的房顶上的瓦楞里嵌着一个皮球。(王国俊跟他爸爸搬到新北京去了,前天他们在东安市场还看见过的哩。)他们隔着墙看见他们的妈妈往绳子上晒衣服,看见妈妈的手,看见……终于,有一天,他们跑到这些大圆筒里来玩了。他们在里面穿来穿去,发现、寻找着各种不同的路径。这是桥孔啊,涵洞啊,隧道啊,是地道战啊……他们有时伸出一个黑黑的脑袋来,喊叫一声,又隐没了。他们从薄暗中爬出来,爬到圆筒的顶上来奔跳。最初,他们从一个圆筒上跳到一个圆筒上,要等两只脚一齐站稳,然后再往另一个上面跳,现在,他们连续地跳着,他们的脚和身体已经习惯了这样的弧形的坡面,习惯了这样的运动的节拍,他们在上面飞一般地跳跃着……

(多给孩子们写一点神奇的、惊险的故事吧。)

他们跑着,跳着,他们的心开张着。他们也常常跑到那条已经掘得很深的大沟旁边,挨着木栏,看那些奇奇怪怪的木架子,看在黑洞洞的沟底活动着的工人,看他们穿着长过膝盖的胶皮靴子从里面爬上来,看他们吃东西,吃得那样一大口一大口的,吃得那样香。夜晚,他们看见沟边点起一盏一盏斜角形的红灯。他们知道,这些灯要一直在那里亮着,一直到很深很深的夜里,发着红红的光。他们会很久很久都记得这些灯……

孩子们跑着,跳着,在圆筒上面,在圆筒里面。忽然,有一个孩子在心里惊呼起来:"我已经顶到筒子顶了,我没有踮脚!"啊,不知不觉的,这些孩子都长高了!真快呀,孩子!而,这些大圆筒子也一个一个地安到深深的沟里去了,孩子们还来得及看到它们的浅灰色的脊背,整整齐齐地,长长地连成了一串,工人叔叔正往沟里填土。

现在,场子里又空了,又是一个新的场子,还是那棵小枣树,挺立着,摇动着枝条。

不久,沟填平了,又是平平的,宽广的,特别平,特别宽的路。但是,孩子们确定地知道,这下面,是下水道。

注释

① 本篇原载《诗刊》1957年第三期;初收《汪曾祺自选集》,漓江出版社,1987年10月。

星期天①

海绵球拍

郊区公共汽车站是热闹的。因为这里的乘客是怀着更明确、更热切的目的的,所以比市区车站更充满着生气。

什么时候盖起了这样的候车的回廊?这真好。这样乘客可以不受雨淋日晒,而且这设计得真有巧思,这不太像是个候车的地方,倒更像是个游览的地方,这可以减少或冲淡乘客的焦急,使他们觉得生活更为轻快。感谢这位通达人情的工程师。

在回廊的短栏上坐着一个小伙子,他手里握着一个全新的海绵球拍。他不看别的候车的人,也不打算买一份报。他的眼睛里有点恍惚,他的握着球拍的手指轻微地但是强烈的在拨动,甚至他的肢体也在隐约地展缩着。(他的坐定的身躯里透露出无穷的姿态)很显然,他完全浸沉在乒乓球的音乐和诗意里了,幸福的年轻人!

现在是九点半钟。你一定是一清早就爬起来,带好了钱,跳上公共汽车,一进城,马上奔到百货大楼:"要一个海绵球拍!"你拿到球拍,心里剧烈地跳着,出了门,撕下包拍子的纸,你急切地要用你的手抓住这个拍子,一转身,立刻又赶到汽车站——你今天将要跟谁赛一场呢?你要怎样来试用你这只崭新的拍子呢?

我问你,你赞成王传耀还是赞成姜永宁?我还是喜欢姜永宁,因为……

竹壳热水壶

这是一个可以入画的鞋匠。

我有一次拿了一只孩子的鞋去找他。他不在,可是他的摊子在。他的摊子设在街道凹进去的一小块平地的南墙之下,旁边有一个自来水站——有时,他代管水站的龙头。他不在。他的摊子后面的墙上一边挂着一只鸟笼,一只黄雀正在里面剔羽;一边挂着一个小木牌,黄纸黑字,干净鲜明:"××制鞋生产合作社第×服务站"。这个小木牌一定是他亲手粘好,亲手挂上去的,否则不会这样的平妥端正,这样挂得是地方。丰子恺先生曾经画过一幅画,画的正是这样一个鞋匠,挑了一付担子,担子的一头是一个鸟笼,题目是:"他的家属"。这是一幅人道主义的,看了使人悲哀的画。这个鞋匠叫人想起这幅画。但是这个鞋匠跟那个鞋匠不同,他是欢快的,他没有排解不去的忧愁。他没有在,他

的摊子在。他的摊子,前面一箱子修好的鞋,放得整整齐齐的,后面一个马扎子。箱子上面压着一张字条:

  鞋匠回家吃饭去了,
  取鞋同志请自己捡出拿走。

  他不在,我坐在他的马扎子上掏出一根烟来抽——今天是星期天,请容许我有这点悠闲。
  过了一会,他来了。我把鞋拿给他看:
  "前面绽了线。"
  "踢球踢的!明天取。"
  "哎,不行,今天下午我要送他回托儿所!"
  他想了一想,说:
  "下午四点钟——过了四点我就不在了。"
  这双鞋现在还穿在我儿子的脚上。
  每次经过这里时我总要向他那里看看。
  我从电车里看出去。他正在忙碌着,带着他那有条有理,从容不迫的神态。他放下手里的工作,欠起身来,从箱子旁边拿起一个竹壳热水壶,非常欣慰地,满足地,把水沏在一把瓷壶里。感谢你啊,制造竹壳热水壶的同志,感谢你造出这样轻便,经济,而且越来越精致好看的日用品,你不知道你给了人多少快乐,你给了他的,同时又给了我的。感谢我们这个充满温情的社会。

托儿所的星期天

托儿所的星期天,充满了阳光和安静。秋千索子静静地垂着,跷跷板停留在半空中,一对白蝴蝶在攀登架上绕来绕去。大妈把孩子们的衣裳洗出来了,晾满了一条一条长长的绳子。刚晾上去不大一会儿,绳子上分量挺沉——真热闹,多少种颜色呀!远远听见一声一声摔打和破裂的声音,炊事员老王在伙房门前劈劈柴。小桥旁边的桃花开了……

小二班隔离室里,李淑琴阿姨正在守着二玲。二玲病了。李淑琴阿姨一早上就守在这里了。窗纱掩着,屋里光线暗暗的,一个捷克小闹钟唧唧地走着。李淑琴阿姨一边看着二玲,一边轻手轻脚地做着事情。李淑琴阿姨觉得,二玲的烧大概是退了。李淑琴阿姨看看二玲,二玲平平地贴在床上,深深深深地呼吸着,睡得又累又舒服。李淑琴阿姨轻轻地走过去,轻轻地但是实在地按了按二玲的额头:没问题,完全退尽了。李淑琴阿姨直起身来(她也像二玲那样呼吸着),轻轻地走出房门。一看到满地鲜亮、强烈的阳光,她忽然非常想洗一个头。

注释

① 本篇原载《人民文学》1957年第七期;初收《汪曾祺全集》第三卷,北京师范大学出版社,1998年8月。

关于"路永修快板抄"①

路永修,河南林县合涧乡豆村人,今年五十七岁,农民出身。林县西临太行山,农民长年与石头打交道,多半兼会泥瓦石匠手艺。路永修十三岁上即学会作泥瓦匠,农闲时到新乡、郑州等地盖房,农忙时回乡耕作。林县兴修英雄渠,老路投身其中,担任施工员。他同时又是一个出色的宣传鼓动家。在修渠工程中,他作了许多快板,鼓舞了民工的劳动热情,在工地上很出名。

老路很有诗人气质,坦率、热情、质朴,精神极其健旺。我们在林县城里就听说过他的名字,四月二十九日,在参观英雄渠工程时,遇见了他。他跟我们谈着英雄渠的工程,没有谈一会儿,在我们还毫无准备的时候,他骤然兴奋起来,大声地念了好几段快板。他的眼睛发着光,有力地做着手势。有的时候,他停下来,指点着险要的地形,作了一点解释,接着又兴奋、激动地数起来。后来我们知道,他给我们念的是他近来常念的几首快板,但是完全不像复述一个旧稿,他浸沉在一种全新的感情之中,用的是全身的力量。他不是要向我们介绍他的快板,而是按捺不住要向外地的来人歌颂这条英雄的渠道,歌颂这条由他们的双手开凿出来的伟大的工程。

"河交沟,
真丰富,
万民英雄修水库!……"
"放大炮,
不简单。
一炮能崩半架山……"
"英雄楼,
英雄房,
玉石柱子玉石梁……"

他的坚实有力的声音在太行山上,在蓝天底下,在新劈开的岩壁之前,在满地纵横的石料之间迸跳着。他留给我们很深刻的印象。

我们请他让我们为他拍一张像,他严肃起来,在一块石头上站着。然后,很天真地呵呵地笑了。

当天晚上,我们又约他在合涧乡金星合作社的俱乐部谈了一阵。起先,在别人说话的时候,他很谦逊,很安静地坐着。到他发言的时候,又是一样兴奋激动起来。他说的话不多,还是念他的快板。他念完了一段,总是说:"工人们反映:'这多得劲啊!'""这多得劲啊",这真正是对老路的快板的最恰当的评语。老路的快板的作用在此,他的快板的优点也在此,看起来,这也就是老路创作快板的目的。老路在听到这样的反映时,心里当然是快慰的。作为一个诗人,他一点也不掩饰他的这种快慰。"这多得劲啊",这说明了老路的快板能够使人在艰苦中明确地看到远景,奋发鼓舞,信心坚定,这说明了他的快板中的革命的浪漫主义的质素。

老路的快板不只是他自己说,别人也说。我们曾遇到两个别的社里的宣传员同志,问他们知道不知道路永修,他们说知道,并且当时就念了他的两首快板,证明他的快板已经流传开来了。那两位宣传员念的词句和老路的"原作"有些出入,在流传中产生变异,这本是民间文学中的自然的现象。

据说,老路过去创作的快板不很多,他的出名是在这些修渠工程之中。

听说老路会说鼓词,现在还有一面小鼓,两块板,在休息时还常常为民工们说书。他的快板的风格是受了一些鼓词的影响的,他从鼓词中吸收了不少东西。

老路现在已经认得一千五百字以上,但是他的快板是说出来的,不是写出来的,就是说,是用嘴创作的,不是用笔创作的。他的这种创作方式对于他的作品的艺术特点,当然是有决定的影响的。这一点对照着一些用笔写出来的年轻同志的快板来看,尤其明显。

路永修的快板也有缺点。因为是口头即兴地创作,不能作周密的构思,在没有经过较长时期的集体琢磨之前有些地方是显得粗糙和杂乱的。

张生一等同志在编印"林县英雄渠诗歌快板集"(油印本)的时候,把路永修历次所创作、改作的作品都收录在里面,这样做是很好的。为了提供对民间文学有兴趣的同志研究一些问题,我们从"林县英雄渠诗歌快板集"第一集、第二集中把我们所知道的路永修快板的作品抄集在一起。我们看,路永修有时把一些词句在不同题目的快板中都用上了;他在不同的时间里,又把一首快板在增删改变着……这些雷同和变异,是很值得注意的迹象。研究民间文学,应该留心这些问题。我们希望从事纪录民间文学的同志尽可能地把工作做得细致一些。一首歌谣或者一个故事,如果听到几次,就记它几次,即便是同一个人说的。并且,要注明某次记录稿是何时记的,可能的话,还要说明他某一次改变他的说法是在什么时候,他为什么要这样改变……

我们听路永修的快板,在个别词句上和"林县英雄渠诗歌快板集"所载略有不同,已在各首之后说明。张生一同志写了一篇"向路永修学习"。所引的快板有些地方又不大一样。请读者仔细参看。据说他每次说的时候都有些变动。至于路永修快板的艺术特点,这篇短文很难说清,请大家自己分析评断吧。

注释

① 本篇原载《民间文学》1958年六月号；初收《汪曾祺全集》第八卷，北京师范大学出版社,1998年8月。

四 僧[①]

游峨眉,遇四僧。

宿洪椿坪寺,来了两个外方的和尚。一个稍瘦,一个粗壮而黑。他们和寺僧谈好了食宿,上楼安顿。不一会,发现他们在后殿拜佛。拜下去,起来,再拜下去。这样要拜一百零八拜。这样的拜法,是要一点体力的。若叫我拜一百零八拜,非得脑充血不可。正拜着,黑和尚忽然起来,飞奔出殿。原来他内急了。到厕所里轻松一下,回来接着拜。

我们之中有人上楼和他们攀谈,得知他们是从五台山来的。他们发愿要朝四大名山。他们每个月有二十多块钱生活费,都省了下来,积攒了十几年,攒够了路费。四大名山是五台、普陀、峨眉和九华山,各为文殊、观音、普贤和地藏的道场。五台山是他们的本山,不必说。他们已经朝了普陀,在峨眉山已经拜了几处佛寺,明天就要下山了。接着,便要到安徽朝九华山。瘦和尚是河北人,家道小康,和妻子很恩爱。妻子死了,他万念俱灰,到处游逛,到五台山,出了家。黑胖和尚是五台本地人。

他们说他们在普陀看见观音显相了,善财、龙女,清清楚楚。昨天,他们从金顶下来时,又看见了普贤的法相。瘦和尚先看见的。黑壮和尚起先没看到,心里很急,后来也看到了。不过瘦和尚还看到普贤前面有飞天舞女,黑壮和尚说他没有看到,自愧诚修不如瘦和尚。瘦和尚是有文化的,说:"我们是唯心主义者,你们是唯物主义,说这些,你们不会相信。"

天热,晚饭后,住在寺里的游客坐在大殿前廊上凉快。有一个本寺的和尚也坐在长凳上。这和尚四十多岁了。但看起来很少相。他穿了僧衣,把一只脚从黄色的僧鞋里脱出来,脚上穿的却是葡萄灰色的尼龙丝袜。他架着二郎腿,把一只穿了葡萄灰丝袜的脚很风流地轻轻地抖动着。这坐态实在不大像个出家人。我们谈起那两个外来的和尚拜了一百零八拜,他说:"那有什么!我们到了人家那里,还不是得拜!"我们问他为什么要拜一百零八拜,他说:"那晓得咧!佛教的数目,常常是一百零八。我们用的数珠,也是一百零八颗。"有个冒冒失失的小伙子问:"你吃不吃肉?"他很坦率地说:"肉还是要吃的!"——"吃不吃酒?"——"酒还是要喝的!——'文化大革命',我们都被赶出去了。回家,还了俗了。后来,就不管那些了!"听口音,他就是山下的人。

从三峡出川,在武汉到北京的火车上,对面卧铺上又是一个和尚。这位和尚穿了干干净净的茶褐色的尼龙丝短僧衣,——他告诉我们这叫"罗汉衫",一看就是个有地位的和尚。和尚而坐卧铺,自然"不简单"。那两位朝四大名山的五台山僧是绝对舍不得坐卧铺的。他是汉阳某寺的方丈。到北京,是去参加佛教协会理事会的。讨论的内容是:今后各地寺庙归谁管。现在有三种情况:归文物局、归园林局、归和尚管。现在大部分意见是:归和尚管。他认为当然应该由和尚管。和尚管寺庙有一套经验,别人管管不好!这位方丈和尚是有学问的,他曾经在重庆、桂林,住了三次佛学院。我问他"三邈三菩提"是什么意思(我的小说《受戒》里用了这句),他说:"这是译音,不能照字面讲。"我们谈起在峨眉山遇见两个五台山僧人,他们说看见了观音和普贤的法相了,有没有这种事;方丈说:"那晓得咧!反正我是没有看到过!"我忽然想起,这位方丈我好像曾经见过。"你见过我?什么时候?"——"'文化大革命'后期。"——"那可能。"——"你的庙宇、佛像,都保存得很好,没有遭到破坏。"这一下引起了他的兴头:"那是!几派红卫兵都曾经'进驻'我的寺院,就是没有破坏!"——"你有什么本事?"——"我跟他们搞好关系呀!我说宗教是宗教,庙宇、佛像是国家文物。"——"你有没有说佛教是迷信?"——"那就过分了!"他带了一些素鸡,说"这是本寺做的"(我知道这寺里的素斋很有名)。车里热,怕坏了。我们给他出主意,拿到餐车,请他们放在冰箱里。他去了,一会就办妥了。这位方丈人情练达,长于应酬,言谈得体,而眼角时时流露出一点狡黠。这些素鸡他是带到北京送人的,就是说,去"搞关系"的。

这四个和尚：五台山的两个，自求多福，是和尚里的庸人；洪椿坪的和尚身在空门不出家，是和尚里的浪子；那位方丈，是穿了僧衣的国家干部。

和尚也是各色各样的。

注释

① 本篇原载1987年12月19日香港《大公报》。

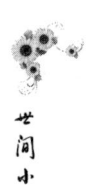

悬空的人[①]

——美国家书

黑人学者赫伯特约我去谈谈。这是一个很有教养的人。他在爱荷华大学读了十年,得过四个学位。学过哲学,现在在教历史,但是他的兴趣在研究戏剧,——美国戏剧和别的国家的戏剧。我在一个酒会上遇见他。他说他对许多国家的戏剧都有所了解,唯独对中国戏剧不了解。他问我中国的丧服是不是白色的,我说:是的。他说欧洲的丧服是黑的,只有中国和黑人的丧服是白的。他觉得这有某种联系。

赫伯特很高大,长眉毛,大眼睛,阔唇,结实的白牙齿。说话时声音不高,从从容容,带着深思。听人说话时很专注,每有解悟,频频点头,或露出明亮的微笑。

和他住在一起的另一个黑人叫安东尼。比较瘦小,很文静,话很少,神情有点忧郁。他在南朝鲜研究过造纸、印刷和绘画,他想把这三者结合起来。他给我看了他的一张近作。纸是他自己造的,很厚,先印刷了一遍,再用中国毛笔画出来的。画的是爱丽斯漫游奇境里的镜中景象。当然,是抽象的。我觉得画的是痛苦的思维。他点点头。他现在在爱荷华大学美术馆负责。

赫伯特讲了他准备写的一个戏的构思。开幕是一个教堂,正在举行一个人的丧礼,大家都穿了白衣服。不一会,抬上来一具棺材。死者从棺材里爬了出来。别人问他:"你是来演戏的,还是来看戏的?"以下的一场,一些人在打篮球(当然是虚拟动作),剧情在球赛中进行。因为他的构思还没有完成,无法谈得很具体,我只能建议他把戏里存在的两个主题拧在一起,赋予打篮球以一个象征的意义。

以后就谈起美国的黑人问题。

赫伯特说:美国人都能说出他们是从哪里来的。从英格兰来的,苏格兰来的,荷兰来的,德国来的。我们说不出。我的来历,可以追溯到我的曾祖父。再往上,就不知道了。都是奴隶。我们不知道自己叫什么。Black people, negro, 都是白人叫我们的。我们是从非洲来的,但是是从哪个国家,哪个部族来的? 不知道。我们只能把整个非洲当作我们的故乡,但是非洲很大,这个故乡是渺茫的。非洲人也不承认我们,说"你们是美国人!"我们没有文化传统,没有历史。

我说:这是一种很深刻的悲哀。

赫伯特和安东尼都说:很深刻的悲哀!

赫伯特说:美国政府希望我们接受美国文化,但是这不是我们的文化。

我说美国现在的种族歧视好像不那么厉害。

赫伯特说:有些州还有,有些州好些,比如爱荷华。所以我们愿意住在这里。取消对黑人的歧视,约翰逊起了作用。我出去当了四年兵,回来一看:这是怎么回事?——黑人可以和白人同坐一列车,在一个饭馆里吃饭了。但是实际上还是有差别的。黑人杀了白人,要判很重的刑,常常是终身监禁;白人杀了黑人,关几年,很快就放出来了;黑人杀黑人,美国政府不管,——让你们杀去吧!

赫伯特承认,黑人犯罪率高(纽约哥伦比亚大学附近的一个公园、芝加哥的黑人区,晚上没有人敢去),脏。这应该主要由制度负责,还是应该黑人自己负责?

赫伯特说,主要是制度问题。二百年了,黑人没有好的教育,居住条件差,吃得不好,——黑人吃的东西和白人不一样。这不是一朝一夕能改变的。

(我想到改善人民的饮食和居住条件是直接和提高民族素质有关的事。住高楼大厦和大杂院,吃精米白面高蛋白和吃窝头咸菜的人就是不一样。)

我知道美国政府近年对黑人的政策有很大的改变,有意在黑人中培养出一部分中产阶级。美国的大学招生,政府规定黑人要占一定的百分比。完成不了比率,要受批评,甚至会削减学校的经费。黑人比较容易得到奖学金(美国奖学金很高,得到奖学金,学费、生活费可不成问题)。赫伯特、安东尼都在大学教书,爱荷华大学的副教务长(是一个诗人)是黑人。在芝加哥街头可以看到很多穿戴得相当讲究的黑人妇女(浑身珠光宝气,比有些白人妇女还要雍容华贵)。我问:是不是这样?

是这样。但是美国的大企业主没有一个是黑人的。

这样,美国的黑人就发生了分化:中产阶级的黑人和贫穷的黑人。

我问赫伯特和安东尼:你们的意识,你们的心态,是接近白人,还是接近贫穷的黑人?他们都说:接近白人。

因此,赫伯特说,贫穷的黑人也不承认我们。他们说:你们和我们不一样。

赫伯特说:我们希望我们替他们讲话,但是——我们不能。鞋子掉了,只能由自己提(他做一个提鞋的动作)。只能由他们当中产生领袖,出来说话。我们,只能写他们。

在我起身告辞的时候,赫伯特问我:我们没有历史,你说我们应该怎么办?

我说,既然没有历史,那就:从我开始!

赫伯特说:很对!

没有历史,是悲哀的。

一个人有祖国,有自己的民族,有文化传统,不觉得这有什么。一旦没有这些,你才会觉得这有多么重要,多么珍贵。

我在美国,听说有一个留学生说:"我宁愿在美国做狗,不愿意做中国人",岂有此理!

注释

① 本篇原载《瞭望》1988年第五期,又载1988年6月3日台湾《中国晚报》;初收《蒲桥集》,作家出版社,1989年3月。

退役老兵不"退役"①

马少波同志值得我们学习的第一点是坚守岗位。目前戏曲很不景气,北京京剧院的一流演员也只卖二百座。戏曲的创作人才水土流失得很厉害。大家都觉得干得没意思。写了戏没人演;演了,没人看,干个什么劲儿呢?很多人都改了行,或兼营副业。在戏曲创作队伍人心思散的时候,少波同志却一直坚持写戏曲剧本,今年还发表了两个本子。"我自岿然不动",成为戏曲界的一块"泰山石敢当"。他是个已经退役的老兵,本来可以在家享清福,书画自娱,寄情山水,为什么还孜孜不倦地写剧本呢?这只能说明他对戏曲有一种始终不渝的忠贞,对戏曲一定还有前途的不可动摇的信念。少波同志的这种精神足以使贪夫廉,顽夫立,会对戏曲界产生很大影响的。

少波同志值得学习的第二点是老当益壮。从我认识他时,他差不多就是这样,没变样,不见老。我那时还是个小伙子,如今已是皤然一翁,他却依然风度翩翩,不减当年。少波同志是胶东才子。一般说来,才子一老了,就没有什么意思了。江郎才尽,写不出什么东西了。少波同志却不是这样,功力才华,与日俱增。这几年,他写了多少剧本!昆曲、京剧、越调、蒲剧……什么都写。读他的剧本,没有任何衰老之感,依然是才气纵横。为什么他能够保持新鲜活泼的艺术感觉和语言感觉?因为他始终不断地写。宝刀不老,是因为天天磨。古人说"仁者寿",照我看应该是"劳者寿"。少波同志坚持精神劳动,他的创作生命会很长,希望他再写二三十年。

少波同志熟悉戏曲规律,熟悉舞台,他的剧本不是案头之作,演出常有很好的舞台效果;同时又具有很高的文学性,可读性。他的剧本能把政治性和抒情性很好地结合起来,即使是满台恸哭,也还是风流蕴藉。他并不故步自封,不断对自己有所突破,晚年作品多有新意。作为一个老剧作家,尤为难得。

少波同志值得学习的第三点是爱才若渴。他除了自己写作,还要给青年作者看很多稿子。我是很怕看别人的稿子的,尤其怕看剧本。看到一篇好稿子,那是很愉快的,但这样的时候不多。一般说来,这是一桩苦差事。少波同志却不以为苦,收到剧本,他都仔细地看,提意见,挂号退还。他认识很多演员,对他们多方勉励奖掖。《乐耕园诗词二百首》中,少波同志的诗有五十多首是题赠给演员,尤其是青年演员的。

我集了少波同志自己的诗,成一绝句,为少波同志寿:

红花岁岁炫颜色，

青史滔滔唱海桑，

信是明妍天下甲，

西厢双至咏西厢。

注释

① 本篇原载《作家》1988年第七期，又载1988年8月31日《文艺报》；初收《汪曾祺全集》第四卷，北京师范大学出版社，1998年8月。

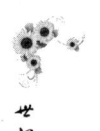

吴大和尚和七拳半①

我的家乡有"吃晚茶"的习惯。下午四五点钟,要吃一点点心,一碗面,或两个烧饼或"油端子"。1981年,我回到阔别40余年的家乡,家乡人还保持着这个习惯。一天下午,"晚茶"是烧饼。我问:"这烧饼就是巷口那家的?"我的外甥女说:"是七拳半做的。""七拳半"当然是个外号,形容这人很矮,只有七拳半那样高,这个外号很形象,不知道是哪个尖嘴薄舌而又极其聪明的人给他起的。

我吃着烧饼,烧饼很香,味道跟40多年前的一样,就像吴大和尚做的一样。于是我想起吴大和尚。

我家除了大门、旁门,还有一个后门。这后门即开在吴大和尚住家的后墙上。打开后门,要穿过吴家,才能到巷子里。我们有时抄近,从后门出入,吴大和尚家的情况看得很清楚。

吴大和尚(这是小名,我们那里很多人有大名,但一辈子只以小名"行")开烧饼饺面店。

我们那里的烧饼分两种。一种叫作"草炉烧饼",是在砌得高高的炉里用稻草烘熟的。面粗,层少,价廉,是乡下人进城时买了充饥当饭的。一种叫作"桶炉烧饼"。用一只大木桶,里面糊了一层泥,炉底燃煤炭,烧饼贴在炉壁上烤熟。"桶炉烧饼"有碗口大,较薄而多层,饼面芝麻多,带椒盐味。如加钱,还可"插酥",即在擀烧饼时加较多的"油面",烤出,极酥软。如果自己家里拿了猪油渣和霉干菜去,做成霉干菜油渣烧饼,风味独绝。吴大和尚家做的是"桶炉"。

原来,我们那里饺面店卖的面是"跳面"。在墙上挖一个洞,将木杠插在洞内,下置面案,木杠压在和得极硬的一大块面上,人坐在木杠上,反复压这一块面。因为压面时要一步一跳,所以叫作"跳面"。"跳面"可以切得极细极薄,下锅不浑汤,吃起来有韧劲而又甚柔软。汤料只有虾子、熟猪油、酱油、葱花,但是很鲜。如不加汤,只将面下在作料里,谓之"干拌",尤美。我们把馄饨叫作饺子。吴家也卖饺子。但更多的人去,都是吃"饺面",即一半馄饨,一半面。我记得40年前吴大和尚家的饺面是120文一碗,即12个当10铜元。

吴家的格局有点特别。住家在巷东,即我家后门之外,店堂却在对面。店堂里除了烤烧饼的桶炉,有锅台,安了大锅,卖面及饺子用;另有一张(只一张)供顾客吃面的方桌。都收拾得很干净。

吴家人口简单。吴大和尚有一个年轻的老婆,管包饺子、下面。他这个年轻的老婆个子不高,但是身材很苗条。肤色微黑。眼睛狭长,睫毛很重,是所谓"桃花眼"。左眼上眼皮有一小疤，想是小时生疮落下来。这块小疤使她显得很俏。但她从不和顾客眉来眼去，卖弄风骚，只是低头做事，不声不响。穿着也很朴素，只是青布的衣裤。她和吴大和尚生了一个孩子，还在喂奶。吴大和尚有一个妈，整天也不闲着，翻一家的棉袄棉裤，纳鞋底，摇晃睡在摇篮里的孙子。另外，还有个小伙计，"跳"面、烧火。

表面上看起来，这家过得很平静，不争不吵。其实不然。吴大和尚经常在夜里打他的老婆，因为老婆"偷人"。我们那里把和人发生私情叫作"偷人"。打得很重，用劈柴打，我们隔着墙都能听见。这个小个子女人很倔强，不哭，不喊，一声不出。

第二天早起，一切如常，该干什么还干什么。吴大和尚擀烧饼，烙烧饼；他老婆包饺子，下面。

终于有一天吴大和尚的年轻的老婆不见了，跑了，丢下她的奶头上的孩子，不知去向。我们始终不知道她的"孤佬"（我们那里把不正当的情人，野汉子，叫作"孤佬"）是谁。

我从小就对这个女人充满了尊敬，并且一直记得她的模样，记得她的桃花眼，记得她左眼上眼皮上的那一小块疤。

吴大和尚和这个桃花眼、小身材的小媳妇大概都已经死了。现在，这条巷口出现了七拳半的烧饼店。我总觉得七拳半和吴大和尚之间有某种关联，引起我一些说不清楚的感慨。

七拳半并不真是矮得出奇,我估量他大概有一米五六。是一个很有精神的小伙子。他是一个名副其实的"个体户",全店只有他一个人。他不难成为万元户,说不定已经是万元户,他的烧饼做得那样好吃,生意那样好。我无端地觉得,他会把本街的一个最漂亮的姑娘娶到手,并且这位姑娘会真心爱他,对他很体贴。我看看七拳半把烧饼贴在炉膛里的样子,觉得他对这点充满信心。

两个做烧饼的人所处的时代不同。我相信七拳半的生活将比吴大和尚的生活更合理一些,更好一些。

也许这只是我的希望。

注释

① 本篇原载1988年12月7日《人民日报》;初收《中国当代作家选集丛书·汪曾祺》,人民文学出版社,1992年12月。

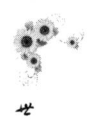

和　尚[①]

——《早茶笔记》之三

铁　桥

我父亲续娶,新房里挂了一幅画,——一个条山,泥金地,画的是桃花双燕,题字是:"淡如仁兄新婚志喜弟铁桥遥贺";两边挂了一副虎皮宣的对联,写的是:

蝶欲试花犹护粉
莺初学啭尚羞簧

落款是杨遵义。我每天看这幅画和对子,看得很熟了。稍稍长大,便觉出这副对子其实是很"黄"的。杨遵义是我们县的书家,是我的生母的远房兄弟。一个舅爷为姐夫(或妹夫)续弦写了这样一副对子,实在不成体统。铁桥是一个和尚。我父亲在新房里挂了一幅和尚的画,全无忌讳;这位铁桥和尚为朋友结婚画了这样华丽的画,且和俗家人称兄道弟,也着实有乖出家人的礼数。我父亲年轻时的朋友大都有些放诞不羁。

我写过一篇小说《受戒》,里面提到一个和尚石桥,原型就是铁桥。他是我父亲年轻时的画友。他在本县最大的寺庙善因寺出家,是指南方丈的徒弟。指南戒行严苦,曾在香炉里烧掉两个指头,自称八指头陀。铁桥和师父完全是两路。他一度离开善因寺,到江南云游。曾在苏州一个庙里住过几年。因此他的一些画每署"邓尉山僧",或题"作于香雪海"。后来又回善因寺。指南退居后,他当了方丈。善因寺是本县第一大寺,殿宇精整,庙产很多。管理这样一个大庙,是要有点才干的,但是他似乎很清闲,每天就是画画画,写写字。他的字写石鼓,学吴昌硕,很有功力。画法任伯年,但比任伯年放得开。本县的风雅子弟都乐与往还。善因寺的素斋极讲究,有外面吃不到的猴头、竹荪。

铁桥有一个情人,年纪很轻,长得清清雅雅,不俗气。

我出外多年,在外面听说铁桥在家乡土改时被枪毙了。善因寺庙产很多,他是大地主。还有没其他罪恶,就不知道了。听说家乡土改中枪毙了两个地主。一个是我的一个远房舅舅,也姓杨。

1981年,我回了家乡一趟,饭后散步,想去看看善因寺的遗址,一点都认不出来了,拆得光光的。

因为要查一点资料,我借来一部民国年间修的县志翻了两天。在"水利"卷中发现:有一条横贯东乡的水渠,是铁

桥主持修的。哦？铁桥还做过这样的事？

静融法师

我有一方很好的图章，田黄"都灵坑"，犀牛纽，是一个和尚送给我的。印文也是他自刻的，朱文，温雅似浙派，刻得很不错（田黄的印不宜刻得太"野"，和石质不相称）。这个和尚法名静融，1951年和我一同到江西参加土改，回北京后，送了我这块图章。章不大，约半寸见方（田黄大的很少），我每为人作小幅字画，常押用，算来已经三十七八年了。

这次土改是全国性的，也是最后的一次，规模很大。我们那个土改工作团分到江西进贤。这个团的成员什么样的人都有。有大学教授、小学校长、中学教员、商业局的、园林局的、歌剧院的演员、教会医院的医生、护士长，还有这位静融法师。浩浩荡荡，热热闹闹。

我和静融第一次有较深的接触，是说服他改装。他参加工作团时穿的是僧衣——比普通棉袄略长的灰色斜领棉衲。到了进贤，在县委学文件，领导上觉得他穿了这样的服装下去，影响不好，决定让他换装。静融不同意，很固执。找他谈了几次话，都没用。后来大家建议我找他谈谈，说是他跟我似乎很谈得来。我不知道跟他说了一通什么把马列主义和佛教教义混杂起来的歪道理，居然把他说服了。其实不是我的歪道理说服了他,而是我的态度较好,劝他一时从权,不像别的同志,用"组织性"、"纪律性"来压他。静融临时买了一套蓝咔叽布的干部服,换上了。

我们的小组分到王家梁。一进村,就遇到一个难题:一个恶霸富农自杀了。这个地方去年曾经搞过一次自发性的土改,这个恶霸富农被农民打得残废了,躺在床上一年多,听说土改队进了村,他害怕斗争,自杀了。他自杀的办法很特别,用一根扎腿的腿带,拴在竹床的栏杆上,勒住脖子,躺着,死了。我还没有听说过人躺着也是可以吊死的。我们对这种事毫无经验,不知应该怎么办。静融走上去,左右开弓打了富农两个大嘴巴,说:"埋了!"我问静融:"为什么要打他两个嘴巴?"他说:"这是法医验尸的规矩。"原来他当过法医。

静融跟我谈起过他的身世。他是胶东人。除了当过法医,他还教过小学,抗日战争时期拉过一支游击队,后来出了家。在北京,他住在动物园后面的一个庙里(是五塔寺)。北京解放,和尚都要从事生产。他组织了一个棉服厂,主办一切。这人的生活经历是颇为复杂的。可惜土改工作紧张,能够闲谈的时候不多,我所知者,仅仅是这些。

静融搞土改是很积极的。我实在不知道他是怎样把阶级斗争和慈悲为本结合起来的,他的社会经验多,处理许多问题都比我们有办法。比如算剥削账,就比我们算

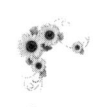

得快。

我一直以为回北京后能有机会找他谈谈，竟然无此缘分。他刻了一方图章，到我家来，亲自送给我，未接数言，匆匆别去。我后来一直没有再看到过他。

静融瘦瘦小小，但颇精干利索。面黑，微有几颗麻子。

阎 和 尚

阎长山（北京市民叫"长山"的特多）是剧院舞台工作队的杂工，但是大家都叫他阎和尚。我很纳闷：

"为什么叫他阎和尚？"

"他是当过和尚。"

我刚到北京时，看到北京和尚，以为极奇怪。他们不出家，不住庙，有家，有老婆孩子。他们骑自行车到人家去念佛。他们穿了家常衣服，在自行车后架上夹了一个包袱，里面是一件行头——袈裟，到了约好的人家，把袈裟一披，就和别人和尚一同坐下念经。事毕得钱，骑车回家吃炸酱面。阎和尚就是这样的和尚。

阎和尚后来到剧院当杂工，运运衣箱道具，也烧过水锅，管过"彩匣子"（化装用品），但并不讳言他当过和尚。剧院很多人都干过别的职业。一个唱二路花脸的在搭不上班的年头卖过鸡蛋，后来落下一个外号："大鸡蛋"。一个检场的卖过糊盐。早先北京有人刷牙不用牙膏牙粉，而用炒糊的盐，这一天能卖多少钱？有人蹬过三轮，拉过排子车。剧院这些人干过小买卖、卖过力气，都是为了吃饭。阎和尚当过和尚，也是为了吃饭。

注释

① 本篇原载《今古传奇》1989年第五期；初收《汪曾祺全集》第四卷，北京师范大学出版社，1998年8月。

闹市闲民[①]

我每天在西四倒101路公共汽车回甘家口。直对101站牌有一户人家。一间屋,一个老人。天天见面,很熟了。有时车老不来,老人就搬出一个马扎儿来:"车还得会子,坐会儿。"

屋里陈设非常简单(除了大冬天,他的门总是开着),一张小方桌,一个方杌凳,三个马扎儿,一张床,一目了然。

老人七十八岁了,看起来不像,顶多七十岁。气色很好。他经常戴一副老式的圆镜片的浅茶晶的养目镜——这副眼镜大概是他身上唯一值钱的东西。眼睛很大,一点没有混浊,眼角有深深的鱼尾纹。跟人说话时总带着一点笑意,眼神如一个天真的孩子。上唇留了一撮疏疏的胡子,花白了。他的人中很长,唇髭不短,但是遮不住他的微厚而柔软的上唇。——相书上说人中长者多长寿,信然。他的头发也花白了,向后梳得很整齐。他长年穿一套很宽大的蓝制服,天凉时套一件黑色粗毛线的很长的背心。圆口布鞋、草绿色线袜。

从攀谈中我大概知道了他的身世。他原来在一个中学当工友,早就退休了。他有家。有老伴。儿子在石景山钢铁厂当车间主任。孙子已经上初中了。老伴跟儿子,他不愿跟他们一起过,说是:"乱!"他愿意一个人。他的女儿出嫁了。外孙也大了。儿子有时进城办事,来看看他,给他带两包点心,说会子话。儿媳妇、女儿隔几个月来给他拆洗拆洗被窝。平常,他和亲属很少来往。

　　他的生活非常简单。早起扫扫地,扫他那间小屋,扫门前的人行道。一天三顿饭。早点是干馒头就咸菜喝白开水。中午晚上吃面。一年三百六十五天,天天如此。他不上粮店买切面,自己做。抻条,或是拨鱼儿。他的拨鱼儿真是一绝。小锅里坐上水,用一根削细了的筷子把稀面顺着碗口"赶"进锅里。他拨的鱼儿不断,一碗拨鱼儿是一根,而且粗细如一。我为看他拨鱼儿,宁可误一趟车。我跟他说:"你这拨鱼儿真是个手艺!"他说:"没什么,早一点把面和上,多搅搅。"我学着他的法子回家拨鱼儿,结果成了一锅面糊糊疙瘩汤。他吃的面总是一个味儿!浇炸酱。黄酱,很少一点肉末。黄瓜丝、小萝卜,一概不要。白菜下来时,切几丝白菜,这就是"菜码儿"。他饭量不小,一顿半斤面。吃完面,喝一碗面汤(他不大喝水),涮涮碗,坐在门前的马扎儿上,抱着膝盖看街。

　　我有时带点新鲜菜蔬,青蛤、海蛎子、鳝鱼、冬笋、木耳菜,他总要过来看看:"这是什么?"我告诉他是什么,他摇摇头:"没吃过。南方人会吃。"他是不会想到吃这样的东西的。

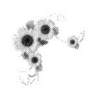

他不种花,不养鸟,也很少遛弯儿。他的活动范围很小,除了上粮店买面,上副食店买酱,很少出门。

他一生经历了很多大事。远的不说。敌伪时期,吃混合面。傅作义。解放军进城,扭秧歌,呛呛七呛七。开国大典,放礼花。没完没了的各种运动。三年自然灾害,大家挨饿。"文化大革命"。"四人帮"。"四人帮"垮台。华国锋。华国锋下台……

然而这些都与他无关,没有在他身上留下多少痕迹。他每天还是吃炸酱面,——只要粮店还有白面卖,而且北京的粮价长期稳定——坐在门口马扎儿上看街。

他平平静静,没有大喜大忧,没有烦恼,无欲望亦无追求,天然恬淡,每天只是吃抻条面、拨鱼儿,抱膝闲看,带着笑意,用孩子一样天真的眼睛。

这是一个活庄子。

一九九〇年五月五日

注释

① 本篇原载《天涯》1990年第九期;初收《草花集》,成都出版社,1993年9月。

二愣子[①]

他应该是有名有姓的,但是没人知道,大家都叫他二愣子。他是阜平人。文工团经过阜平时,他来要求"参加革命",文工团有些行李服装,装车卸车,需要一个劳动力,就吸收了他。进城以后,以文工团为基础,抽调了一些老区来的干部,加上解放前夕参加工作的大学生,组建成市文联和文化局,两个单位在一个院里办公。二愣子当了勤杂工。每天扫扫院子,整理会议室、小礼堂的桌椅,掸掸土;冬天,给办公室生炉子、擞火、添煤。他不爱说话,口齿不清,还有点结巴。告诉他一点什么事,他翻着白眼听着。问他听明白了没有,不大明白。二愣子这个名字大概就是这么来的。

为什么大家都记得有个二愣子?因为他有个特点:爱诉苦。

那年七七,机关开了个纪念会。由一个干部讲了卢沟桥事变的经过,抗日战争的形势,八路军的战果,中国共产党的农村政策……当时开会,大都会有群众代表发言。被安排发言的是二愣子。他讲了日本兵在阜平的烧杀掳抢、三光政策,他的父母都被杀害了,他的一个妹妹被日本兵糟

蹋了。他讲得声泪俱下,最后是号啕大哭。一个人事科的干部把他扶到座位上,他还抽泣了半天。所有新参加革命的青年,听了二愣子的诉苦,无不为之动容,女同志不停地擦眼泪。开这个座谈会,让二愣子诉苦,目的是教育这些大学生。看来,目的是达到了,青年的思想觉悟提高了。

二愣子对日本人有刻骨的仇恨。解放初几年,每年国庆节,都要游行。游行都要抬伟人像。除了马、恩、列、斯、毛、孙中山,还有世界各国共产党的领袖。领袖像是油画,安了木框,下面两根木棍。四个人抬一个。木框和木棍都做得很笨重。从东城抬到西城,压得肩膀够呛。我那时还年轻,也有抬伟人像的任务。有一年,我和二愣子分配在一个组。他把伟人像扛上肩,回头一看,放下了。"怎么啦?"——"我不抬这个老日本!"我们抬的是德田球一。跟他说:这个老日本是个好日本人,是日共的领袖。怎么说也不成。只好换一个人上来,把他调到后面去抬伊巴露丽。

解放初期,纪念会特多。三八妇女节、五一劳动节,都要开会。由文化局的副局长或文联副秘书长主持会议,一个政工干部讲讲节日的来历、意义。政工干部也不用什么准备,有印发的统一的宣传材料,他只要照本宣科摘要地念一念就行。这些宣传材料每年几乎都是一样,其实大可不必按期编印,汇集一本《革命节日宣讲手册》,便可一劳永逸,用几千年。这些节日纪念,照例有群众代表讲话。讲话的照例是二愣子。他对什么芝加哥女工罢工、示威游行、蔡特金、第二国际……这些全不理会,他只会诉苦,讲他的父母被杀害,妹妹被日本兵糟蹋了,声泪俱下,号啕大哭。到了七一,党的生日,八一建军节,他也上去诉苦,那倒是比较能沾得上边的。他的诉苦,起初是领导上布置的。后来,不布置,他也要自动诉苦。每回的内容都是一样。曾经受过感动的,后来,不感动了。终于,到了节日,人事处干部就说服他,不要再诉苦了。"不叫诉苦?"他很纳闷。

我后来调到别的单位,就没有看见二愣子。"文化大革命"以后,见到市文联、文化局的老人,我问起:"二愣子怎么样了?"他们告诉我:二愣子傻了,进了福利院。

一九九〇年五月八日

注释

① 本篇原载《天涯》1990年第九期;初收《汪曾祺全集》第五卷,北京师范大学出版社,1998年8月。

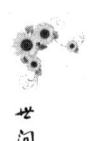

一辈古人[1]

靳德斋

天王寺是高邮八大寺之一。这寺里曾藏过一幅吴道子画的观音。这是可信的。清李必恒还曾赋长诗题咏,看诗意,此人是见过这幅画的。天王寺始建于宋淳熙年,明代为倭寇焚毁(我的家乡还闹过倭寇,以前我不知道),清初重建。这幅画想是宋代传下来的。据说有一个当地方官的要去看看,从此即不知下落,这不知是什么年间的事(一说是文化大革命中被毁于扬州)。反正,这幅画后来没有了。

天王寺在臭河边。"臭河边"是地名,自北市口至越塘一带属于"后街"的地方都叫臭河边。有一条河,却不叫"臭河",我到现在还没有考查出来应该叫什么河,这一带的居民则简单地称之曰"河"。天王寺濒河,山门(寺庙的山门都是朝南的)外即是河水。寺的殿宇高大,佛像也高大,但是多年没有修饰,显得暗旧。寺里僧众颇多,我们家凡做佛事,都是到天王寺去请和尚。但是寺里香火不盛。很幽静。我父亲曾于月夜到天王寺找和尚闲谈,在大殿前石坪上看到一条鸡冠蛇,他三步蹿上台阶,才没被咬着。鸡冠蛇即眼镜蛇,有剧毒。蛇不能上台阶,父亲才能逃脱,未被追上。寺庙中有蛇,本是常事。但也说明人迹稀少矣。

天王寺常常驻兵。我的小说《陈小手》里写的"天王庙",即天王寺。驻在寺里的兵一般都很守规矩,并不骚扰百姓。我曾见一个兵半躺在探到水面上的歪脖柳树上吹箫,这是一个很独特的画境。

我是三天两头要到天王寺的。从我读的小学放学回家,倘不走正街(东大街),走后街,天王寺是必经的。我去看"烧房子"。我们那里有这样的风俗,给死去亲人烧房子。房子是到纸扎店订制的,当然要比真房子小,但人可以走进去。有厅,有室,有花园,花园里有花,厅堂里有桌有椅,有自鸣钟,有水烟袋!烧房子在天王寺的旁门(天王寺有个旁门,朝西)边的空地上。和尚敲动法器,念一通经,然后由亲属举火烧掉(房子下面都铺了稻草,一点就着)。或者什么也没得看,就从旁门进去,"随喜"一番,看看佛像,在大的青石上躺一躺。大殿里凉飕飕的,夏天,躺在青石上,窨人。

天王寺附近住过一个传奇性的人物,叫靳德斋。这人是个练武的。江湖上流传两句话:"打遍天下无敌手,谨防高邮靳德斋。"说是,有一个外地练武的,不服,远道来找靳德斋较量。靳德斋不在家,邻居说他打酱油醋去了。这人

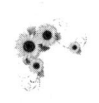

就在竺家巷(出竺家巷不远即是天王寺,我的继母和异母弟妹现在还住在竺家巷)一家茶馆里等他。有人指给他:这就是靳德斋。这人一看,靳德斋一手端着满满一碗酱油、一手端着满满一碗醋,快走如飞,但是碗里的酱油、醋却纹丝不动。这人当时就离开高邮,搭船走了。

靳德斋练的这叫什么功?两手各持酱油醋碗,行走如飞,酱油醋不动,这可能么?不过用这种办法来表现一个武师的功夫,却是很别致的,这比挥刀舞剑,口中"嗨嗨"地乱喊,更富于想象。

我小时走过天王寺,看看那一带的民居,总想:哪一处是靳德斋曾经住过的呢?

后于靳德斋,也在天王寺附近住过的,有韩小瓣。这人是教过我祖父的拳术的。清代的读书人,除了读圣贤书之外,大都还要学两样东西,一是学佛,一是学武,这是一时风气。据我父亲说,祖父年轻时腿脚是很有功夫的。他有一次下乡"看青"(看青即看作物的长势),夜间遇到一个粪坑。我们那里乡下的粪坑,多在路侧,坑满,与地平,上结薄壳,夜间不辨其为坑为地。他左脚踏上,知是粪坑,右脚使劲一跃,即越过粪坑。想一想,于瞬息之间,转换身体的重心,尽力一跃,倘无功夫,是不行的。祖父是得到韩小瓣的一点传授的。韩小瓣的一家都是练功的。他的夫人能把一张板凳放倒,板凳的两条腿着地,两条腿翘着,她站在翘起的板凳脚上,作骑马蹲裆势,以一块方石置于膝上,用毛笔大书"天下太平"四字,然后推石一跃而下。这是很不容易的,何况她是小脚。夫人如此,韩小辫功夫可知。这是我父亲告诉我的,不知是他亲见,还是得诸传闻。我父亲年轻时学过武艺,想不妄语。

张仲陶

《故乡的食物》有一段:

> 我父亲有一个很怪的朋友,叫张仲陶。他很有学问,曾教我读过《项羽本纪》。他薄有田产,不治生业,整天在家研究易经,算卦。他算卦用蓍草。全城只有他一个人用蓍草算卦。据说他有几卦算得极灵。有一家,丢了一只金戒指,怀疑是女佣人偷了。这女佣人蒙了冤枉,来求张先生算一卦。张先生算了,说戒指没有丢,在你们家炒米坛盖子上。一找,果然。我小时就不大相信,算卦怎么能算得这样准,怎么能算得出在炒米坛盖子上呢?不过他们这一卦说明了一件事,即我们那里炒米坛子是几乎家家都有的。

《故乡的食物》这几段主要是记炒米的,只是连带涉及张先生。我对张先生所知道也大概只是这一些。但可补充一点材料。

我从张先生读《项羽本纪》,似在我小学毕业那年的暑假,算起来大概是虚岁十二岁即实足年龄十岁半的时候。我是怎么从张先生读这篇文章的呢?大概是我父亲在和朋友"吃早茶"(在茶馆里喝茶,吃干丝、点心)的时候,听见张先生谈到《史记》如何如何好,《项羽本纪》写得怎样怎样生动,忽然灵机一动,就把我领到张先生家去了。我们县里那时睥睨一世的名士,除经书外,读集部书的较多,读子史者少。张先生耽于读史,是少有的。他教我的时候,我的面前放一本《史记》,他面前也有一本,但他并不怎么看,只是微闭着眼睛,朗朗地背诵一段,给我讲一段。很奇怪,除了一篇《项羽本纪》,我以后再也没有跟张先生学过什么。他大概早就不记得曾经有过一个叫汪曾祺的学生了。张先生如果活着,大概有一百岁了,我都七十一了嘛!他不会活到这时候的。

　　张先生原来身体就不好,很瘦,黑黑的,背微驼,除了朗读《史记》时外,他的语声是低哑的。

　　他的夫人是一个微胖的强壮的妇人,看起来很能干,张家的那点薄薄的田产,都是由她经管的。张仲陶诸事不问,而且还抽一点鸦片烟,其受夫人辖制,是很自然的。一个十多岁的孩子也感觉得出来,张先生有些惧内。

　　张先生请我父亲刻过一块图章。这块图章很好,鱼脑冻,只是很小,高约四分,长方形。我父亲给他刻了两个字,阳文:中匋。刻得很好。这两个字很好安排。他后来还请我父亲刻了两方寿山石的图章,一刻阳文,一刻阴文,文曰:"珠湖野人"、"天涯浪迹"。原来有人撺掇他出去闯闯,以卜卦为生,图章是准备印在卦象释解上的。事情未果,他并未出门浪迹,还是在家里糗(qiǔ)着。

最近几年,易经忽然在全世界走俏,研究的人日多,角度多不相同,有从哲学角度的,有从史学角度的,有从社会学角度的,有从数学角度的。我于易经一无所知,但我觉得这主要还是一部占卜之书。我对张仲陶算的戒指在炒米坛盖子上那一卦表示怀疑,是觉得这是迷信。现在想想,也许他是有道理的。如果他把一生精研易学的心得写出来,包括他的那些卦例,会是一本很有意思的书。但是,写书,张仲陶大概想也没有想过。小说《岁寒三友》中季匋民在看了靳彝甫的祖父、父亲的画稿后,拍着画案说:"吾乡固多才俊之士,而皆困居于蓬牖之中,声名不出于里巷,悲哉!悲哉!"张仲陶不也是这样的人么?

薛 大 娘

薛大娘家在臭河边的北岸,也就是臭河边的尽头,过此即为螺蛳坝,不属臭河边了。她家很好认,四边不挨人家,远远地就能看见。东边是一家米厂,整天听见碾米机烟筒朋朋的声音。西边是她们家的菜园。菜园西边是一条路,由东街抄近到北门进城的人多走这条路。路以西,也是一

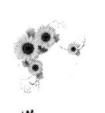

大片菜园,是别人家的。房是草顶碎砖的房,但是很宽敞,有堂屋,有卧室,有厢房。

薛大娘的丈夫是个裁缝,是个极其老实的人,整天不说一句话,只是在东厢房里带着两个徒弟低着头不停地缝。儿子种菜。所种似只青菜一种。我们每天上学、放学,都可以看见薛大娘的儿子用一个长柄的水舀子浇水,浇粪,水、粪扇面似的洒开,因为用水方便,下河即可担来,人也勤快,菜长得很好。相比之下,路西的菜园就显得有点荒秽不治。薛大娘卖菜。每天早起,儿子砍得满满两筐菜,在河里浸一会,薛大娘就挑起来上街,"鲜鱼水菜",浸水,不止是为了上分量,也是为了鲜灵好看。我们那里的菜筐是扁圆的浅筐,但两筐菜也百十斤,薛大娘挑起来若无其事。

她把菜歇在保安堂药店的廊檐下,不到一个时辰,就卖完了。

薛大娘靠五十了。——她的儿子都那样大了嘛,但不显老。她身高腰直,处处显得很健康。她穿的虽然是粗蓝布衣裤,但总是十分干净利索。她上市卖菜,赤脚穿草鞋,鞋、脚,都很干净。她当然是不打扮的,但是头梳得很光,脸洗得清清爽爽,双眼有光,扶着扁担一站,有一股英气,"英气"这个词用之于一个卖菜妇女身上,似乎不怎么合适,但是除此之外,你再也找不出一个合适的字眼。

薛大娘除了卖菜,偶尔还干另外一种营生,拉皮条,就是《水浒传》所说的"马泊六"。东大街有一些年轻女佣人，和薛大妈很熟，有的叫她干妈。这些女佣人都是发育到了最好的时候，一个一个亚赛鲜桃。街前街后，有一些后生家，有的还没成亲，有的娶了老婆但老婆不在身边，油头粉面，在街上一走，看到这些女佣人，馋猫似的，有时一个后生看中了一个女佣人求到薛大娘，薛大娘说："等我问问。"因为彼此都见过，眉语目成，大都是答应的。薛大娘先把男的弄到西厢房里，然后悄悄把女的引来，关了房门，让他们成其好事。

我们家一个女佣人，就是由于薛大娘的撮合，和一个叫龚长霞的管田禾的——管田禾是为地主料理田亩收租事务的，欢会了几次，怀上了孩子。后来是由薛大娘弄了药来，才把私孩子打掉。

薛大娘没想到别人对她有什么议论。她认为：一个有心，一个有意，我在当中搭一把手，这有什么不好？

保安堂药店的管事姓蒲，行三，店里学徒的叫他蒲三爷，外人叫他蒲先生。这药店有一个规矩：每年给店中的"同事"（店员）轮流放一个月假，回去与老婆团圆（店中"同事"都是外地人），其余十一个月都住在店里，每年打十一个月的光棍，蒲三爷自然不能例外。他才四十岁出头，人很精明，也很清秀，很潇洒（潇洒用于一个管事的身上似乎也不大合适），薛大娘给他拉拢了一个女的，这个女的不是别人，是薛大娘自己。薛大娘很喜欢蒲三，看见他就眉开眼笑，谁都看得出来,她一点也不掩饰。薛大娘趴在蒲三耳朵上,直截了当地说:"下半天到我家来。我让你……"

薛大娘不怕人知道了,她觉得他干熬了十一个月,我让他快活快活,这有什么不对?

薛大娘的道德观念和大户人家的太太小姐完全不同。

注释

① 本篇原载《北方文学》1991年第十二期;初收《塔上随笔》,群众出版社,1993年11月。

晚　年①

——人寰速写之一

我们楼下随时有三个人坐着。他们都是住在这座楼里的。每天一早,吃罢早饭,他们各人提了马扎,来了。他们并没有约好,但是时间都差不多,前后差不了几分钟。他们在副食店墙根下坐下,挨得很近。坐到快中午了,回家吃饭。下午两点来钟,又来坐着,一直坐到副食店关门了,回家吃晚饭。只要不是刮大风,下雨,下雪,他们都在这里坐着。

一个是老佟。和我住一层楼,是近邻。有时在电梯口见着,也寒暄两句:"吃啦?""上街买菜?"解放前他在国民党一个什么机关当过小职员,解放后拉过几年排子车,早退休了。现在过得还可以。一个孙女已经读大学三年级了。他八十三岁了。他的相貌举止没有什么特别的地方。脑袋很圆,面色微黑,有几块很大的老人斑。眼色总是平静的。他除了坐着,有时也遛个小弯,提着他的马扎,一步一步,走得很慢。

一个是老辛。老辛的样子有点奇特。块头很大,肩背又宽又厚,身体结实如牛。脸色紫红紫红的。他的眉毛很浓,不是两道,而是两丛。他的头发、胡子都长得很快。刚剃了头没几天,就又是一头乌黑的头发,满腮乌黑的短胡子。好像他的眉毛也在不断往外长。他的眼珠子是乌黑的。他的神情很怪。坐得很直,脑袋稍向后仰,蹙着浓眉,双眼直视路上行人,嘴唇啜着,好像在往里用力地吸气。好像愤愤不平,又像藐视众生,看不惯一切,心里在想:你们是什么东西!我问过同楼住的街坊:他怎么总是这样的神情?街坊说:他就是这个样子!后来我听说他原来是在一个机关食堂煮猪头肉、猪蹄、猪下水的。那么他是不会怒视这个世界,蔑视谁的。他就是这个样子。他怎么会是这个样子呢?他脑子里在想什么?还是什么都不想?他岁数不大,六十刚刚出头,退休还不到两年。

一个是老许。他最大,八十七了。他面色苍黑,有几颗麻子,看不出有八十七了——看不出有多大年龄。这老头怪有意思。他有两串数珠,——说"数珠"不大对,因为他并不信佛,也不"掐"它。一串是山核桃的,一串是山桃核的。有时他把两串都带下来,绕在腕子上。有时只带一串山桃核的,因为山核桃的太大,也沉。山桃核有年头了,已经叫他的腕子磨得很光润。他不时将他的数珠改装一次,拆散了,加几个原来是钉在小孩子帽子上的小银铃铛之类的东西,再穿好。有一次是加了十个算盘珠。过路人有的停下来看看他的数珠,他就把袖子向上提提,叫数珠露出更多。他两手戴了几个戒指,一看就是黄铜的,然而他告诉人是金的。他用一个钥匙链,一头拴在纽扣上,一头拖出来,塞在左边的上衣口袋里,就像早年间戴怀表一样。他自己感觉,这就是怀表。他在上衣口袋里插着两枝塑料圆珠笔的空壳——是他的孙女用剩下的,一枝白色的,一枝粉红的。我问老佟:"他怎么爱搞这些?"老佟说:"弄好些零碎!"他年轻时"跑"过"腿",做过买卖。我很想跟他聊聊。问他话,他只是冲我笑笑。老佟说:"他是个聋子。"

这三个在一处一坐坐半天,彼此都不说话。既然不说话,为什么坐得挨得这样近呢?大概人总得有个伴,即使一句话也不说。

老辛得过一次小中风,(他这样结实的身体怎么会中风呢?)但是没多少时候就好了。现在走起路来脚步还有一点沉。不过他原来脚步就很重。

老佟摔了一跤,骨折了,在家里躺着,起不来。因此在楼下坐着的,暂时只有两个人。不过老佟的骨折会好的,我想。

老许看样子还能活不少年。

注释

① 本篇原载《美文》1992年第一期(创刊号);初收《草花集》,成都出版社,1993年9月。

傻　子[①]

——人寰速写之二

这一带有好几个傻子。

一个是我们楼的傻八子。傻八子的妈生过八个孩子,他最小。傻八子两只小圆眼睛,鼻梁很低,几乎没有。他一天在人行道上走来走去,走得很慢,一步,一步,因为他很胖,肚子很大,走不快。他不停地自言自语。他妈说他爱"嘚啵"。我问他妈:"嘚啵什么?"——"电视、电视上听来的!"我注意听过,不知道说些什么,经常说的是:"你给我站住!……"似乎他的"嘚啵"是有个对象的。"嘚啵"几句,又喝喝地笑一阵。他还爱唱,没腔没调,没有字眼,声音像一张留声机的坏唱盘:"咦……啊……嘞……"他有时倒吸气发出母猪一样的声音,这一带的孩子把这种声音叫做"打猪吭"。他不是什么都不明白,一边"嘚啵"着,见了熟人,也打招呼:"回来啦!"——"报纸来啦!"熟人走过,接着"嘚啵"。

他大哥要把他送到福利院去,——福利院是收容傻子的地方,他妈舍不得。

亚运会期间,街道办事处把他捆起来,送进福利院关了几天。亚运会结束，又放了回来。傻八子为此愤愤不平："捆我！"

我问过傻八子："你怎么不结婚？"傻八子用手指指他的太阳穴："这儿，坏啦！"

附近有一个女傻子，喜欢上了傻八子，要嫁给他。傻八子妈不同意，说："俩傻子，怎么弄！"

我们楼有个女的，是开发廊的，爱打扮，细长眼，涂眼影，画嘴唇，穿的衣服很"港"。有一天这女的要到传达室打电话，下台阶时，从傻八子旁边擦身而过，傻八子跟她不知呜噜呜噜说了句什么。我问女的，"他跟你说什么？"——"他说我没穿袜子。"我这才注意到女的趿了一双很精致的拖鞋。傻八子会注意好看的女人，注意到她的脚，他并不彻底的傻。

另一个傻子家在蒲黄榆拐角的胡同里，小个子，精瘦精瘦的老是抱着肩膀匆匆忙忙地在这一带不停地走，嘴里也"嘚啵"，但是声音小，不像傻八子大声"嘚啵"。匆匆忙忙地走着，"嘚啵"着，一边吃吃地笑。

蒲安里有个小傻子，也就是十五六岁，长得挺好玩，又白又胖。夏天，光着上身，一身白肉；圆滚滚的肚子上挂着一条极肥大的白裤衩，在粮店和副食店之间的空地上，甩着胳臂齐步走。见人就笑脸相迎，大声招呼："你好！"——"你好！"

有一个傻子有四十岁了，穿得很整齐干净，他不"嘚啵",只是一脸的忧郁,在胡同口抱着胳臂,低头注视着地面,一动不动。

北京从前好像没有那么多傻子,现在为什么这样多?

六月十日

注释

① 本篇原载《美文》1992年创刊二号;初收《独坐小品》,宁夏人民出版社,1996年11月。

大妈们[1]

——人寰速写之三

我们楼里的大妈们都活得有滋有味,使这座楼增加了不少生气。

许大妈是许老头的老伴,比许老头小十几岁,身体挺好,没听说她有什么病。生病也只是伤风感冒,躺两天就好了。她有一根花椒木的拐杖,本色,很结实,但是很轻巧,一头有两个杈,像两个小犄角。她并不用它来拄着走路,而是用来扛菜。她每天到铁匠营农贸市场去买菜,装在一个蓝布兜里,把布兜的袢套在拐杖的小犄角上,扛着。她买的菜不多,多半是一把韭菜或一把茴香。走到刘家窑桥下,坐在一块石头上,把菜倒出来,择菜。择韭菜、择茴香。择完了,抖落抖落,把菜装进布兜,又用花椒木拐杖扛起来,往回走。她很和善,见人也打招呼,笑笑,但是不说话。她用拐杖扛菜,不是为了省劲,好像是为了好玩。到了家,过不大会,就听见她乒乒乓乓地剁菜。剁韭菜,剁茴香。她们家爱吃馅儿。

奚大妈是河南人,和传达室小邱是同乡,对小邱很关心,很照顾。她最放不下的一件事,是给小邱张罗个媳妇。

小邱已经三十五岁,还没有结婚。她给小邱张罗过三个对象,都是河南人,是通过河南老乡关系间接认识的。第一个是奚大妈一个村的。事情已经谈妥,这女的已经在小邱床上睡了几个晚上。一天,不见了,跟在附近一个小旅馆里住着的几个跑买卖的山西人跑了。第二个在一个饭馆里当服务员。也谈得差不多了,女的说要回家问问哥哥的意见。小邱给她买了很多东西:衣服、料子、鞋、头巾……借了一辆平板三轮,装了半车,蹬车送她上火车站。不料一去再无音信。第三个也是在饭馆里当服务员的,长得很好看,高颧骨,大眼睛,身材也很苗条。就要办事了,才知道这女的是个"石女"。奚大妈叹了一口气:"唉!这事儿闹的!"

江大妈人非常好,非常贤慧,非常勤快,非常爱干净。她家里真是一尘不染。她整天不断地擦、洗、掸、扫。她的衣着也非常干净,非常利索。裤线总是笔直的。她爱穿坎肩,铁灰色毛涤纶的,深咖啡色薄呢的,都熨熨帖帖。她很注意穿鞋,鞋的样子都很好。她的脚很秀气。她已经过六十了,近看脸上也有皱纹了,但远远一看,说是四十来岁也说得过去。她还能骑自行车,出去买东西,买菜,都是骑车去。看她跨上自行车,一踩脚蹬,哪像是已经有了四岁大的孙子的人哪!她平常也不大出门,老是不停地收拾屋子。她不是不爱理人,有时也和人聊聊天,说说这楼里的事,但语气很宽厚,不嚼老婆舌头。

顾大妈是个胖子。她并不胖得腮帮的肉都往下掉,只是腰围很粗。她并不步履蹒跚,只是走得很稳重,因为搬动她的身体并不很轻松。她面白微黄,眉毛很淡。头发稀疏,但是总是梳得很整齐服贴。她原来在一个单位当出纳,是干部。退休了,在本楼当家属委员会委员,也算是干部。家属委员会委员的任务是要换购粮本、副食本了,到各家敛了来,办完了,又给各家送回去。她的干部意识根深蒂固,总觉得自己不是一个家庭妇女。别的大妈也觉得她有架子,很少跟她过话。她爱和本楼的退休了的或尚未退休的女干部说话。说她自己的事。说她的儿女在单位很受器重;说她原来的领导很关心她,逢春节都要来看看她……

在这条街上任何一个店铺里,只要有人一学丁大妈雄赳赳气昂昂走路的神气,大家就知道这学的是谁,于是都哈哈大笑,一笑笑半天。丁大妈的走路,实在是少见。头昂着,胸挺得老高,大踏步前进,两只胳臂前后甩动,走得很快。她头发乌黑,梳得整齐。面色紫褐,发出铜光,脸上的纹路清楚,如同刻出。除了步态,她还有一特别处:她穿的上衣,都是大襟的。料子是讲究的。夏天,派力司;春秋天,平绒;冬天,下雪,穿羽绒服。羽绒服没有大襟的。她为什么爱穿大襟上衣?这是习惯。她原是崇明岛的农民,吃过苦。现在苦尽甘来了。她把儿子拉扯大了。儿子、儿媳妇都在美国,按期给她寄钱。她现在一个人过,吃穿不愁。她很少自己做饭,都是到粮店买馒头,买烙饼,买面条。她有个外甥女,是个时装模特儿,常来看她,很漂亮。这外甥女,楼里很多人都认识。她和外甥女上电梯,有人招呼外甥女:"你来了!"——"我每星期都来。"丁大妈说:"来看我!"非常得意。丁大妈活得非常得意,因此她雄赳赳气昂昂。

罗大妈是个高个儿,水蛇腰。她走路也很快,但和丁大妈不一样:丁大妈大踏步,罗大妈步子小。丁大妈前后甩胳臂,罗大妈胳臂在小腹前左右摇。她每天"晨练",走很长一段,扭着腰,摇着胳臂。罗大妈没牙,但是乍看看不出来,她的嘴很小,嘴唇很薄。她这个岁数——她也就是五十出头吧,不应该把牙都掉光了,想是牙有病,拔掉的。没牙,可是话很多,是个连片子嘴。

乔大妈一头银灰色的卷发。天生的卷。气色很好。她活得兴致勃勃。她起得很早,每天到天坛公园"晨练",打一趟太极拳,练一遍鹤翔功,遛一个大弯。然后顺便到法华寺菜市场买一提兜菜回来。她爱做饭,做北京"吃儿"。蒸素馅包子,炒疙瘩,摇棒子面嘎嘎……她对自己做的饭非常得意。"我蒸的包子,好吃极了","我炒的疙瘩,好吃极了","我摇的嘎嘎,好吃极了!"她间长不短去给她的孙子做一顿中午饭。她儿子儿媳妇不跟她一起住,单过。儿子儿媳是"双职工",中午顾不上给孩子做饭。"老让孩子吃方便面,那哪成!"她爱养花,阳台上都是花。她从天坛东门买回来一大把芍药骨朵,深紫色的。"能开一个月!"

大妈们常在传达室外面院子里聚在一起闲聊天。院子里放着七八张小凳子、小椅子,她们就错错落落地分坐着。

所聊的无非是一些家长里短。谁家买了一套组合柜,谁家拉回来一堂沙发,哪儿买的、多少钱买的,她们都打听得很清楚。谁家的孩子上"学前班",老不去,"淘着哪!"谁家两口子吵架,又好啦,挎着胳臂上游乐园啦!乔其纱现在不时兴啦,现在兴"沙洗"……大妈们有一个好处,倒不搬弄是非。楼里有谁家结婚,大妈们早就在院里等着了。她们看扎着红彩绸的小汽车开进来,看放鞭炮,看新娘子从汽车里走出来,看年轻人往新娘子头发上撒金银色纸屑……

一九九二年六月十日

注释

① 本篇原载《美文》1992年创刊三号;初收《草花集》,成都出版社,1993年9月。

老　董[①]

  为了写国子监,我到国子监去逛了一趟,不得要领。从首都图书馆抱了几十本书回来,看了几天,看得眼花气闷,而所得不多。后来,我去找了一个"老"朋友聊了两个晚上,倒像是明白了不少事情。我这朋友世代在国子监当差,"侍候"过翁同龢、陆润庠、王垿等祭酒,给新科状元打过"状元及第"的旗,国子监生人,今年七十三岁,姓董。

——《国子监》

  我写《国子监》大概是1954年。老董如果活着,已经101岁了。

  我认识老董是在午门历史博物馆,时间大概是1948年春末夏初。

  老历史博物馆人事简单,馆长以下有两位大学毕业生,一位是学考古的,一位是学博物馆专业的;一位马先生管仓库,一位张先生是会计,一个小赵管采购,以上是职员。有八九个工人。工人大部分是陈列室的看守,看着正殿上的宝座、袁世凯祭孔时官员穿的道袍不像道袍的古怪服装、没有多大价值的文物。有一个工人是个聋子,专管扫地,扫五凤楼前的大石块甬道,聋子爱说话,但是他的话我听不懂,只知道他原来是银行职员,不知道怎样沦为工人了。再有就是老董和他的儿子德启。老董只管掸掸办公室的尘土,拔拔广坪石缝中的草。德启管送信。他每天把一堆信排好次序,"绺一绺道",跨上自行车出天安门。

老董曾经"阔"过。

据朋友老董说,纳监的监生除了要向吏部交一笔钱,领取一张"护照"外,还需向国子监交钱领"监照"——就是大学毕业证书。照例一张监照,交钱一两七钱。国子监旧例,积银二百八十两,算一个"字",按"千字文"数,有一个字算一个字,平均每年约收入五百字上下。我算了算,每年国子监收入的监照银约有十四万两。……这十四万两银子照国家规定是不上缴的,由国子监官吏皂役按份摊分,……据老董说,连他一个"字"也分五钱八分,一年也从这一项上收入二百八九十两银子!

老董说,国子监还有许多定例。比如,像他,是典籍厅的刷印匠,管给学生"做卷"——印制作文用的红格本子,这事包给了他,每月例领十三两银子。他父亲在时还会这宗手艺,到他时则根本没有学过,只是到大栅栏口买一刀毛边纸,拿到琉璃厂找铺子去印,成本共

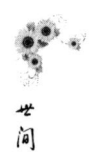

花三两,剩下十两,是他的。所以,老董说,那年头,手里的钱花不清——烩鸭条才一吊四百钱一卖!

——《国子监》

据老董说,他儿子德启娶亲,搭棚办事,摆了30桌,——当然这样的酒席只是"肉上找",没有海参鱼翅,而且是要收份子的,但总也得花不少钱。

他什么时候到历史博物馆来,怎么来的,我没有问过他。到我认识他时,他已经不是"手里的钱花不清"了,吃穿都很紧了。

历史博物馆的职工中午大都是回家吃。有的带一顿饭来。带来的大都是棒子面窝头、贴饼子。只有小赵每天都带白面烙饼,用一块屉布包着,显得很"特殊化"。小赵原来打小鼓的出身,家里有点儿积蓄。

老董在馆里住,饭都是自己做。他的饭很简单,凑凑合合,小米饭。上顿没吃完,放一点儿水再煮煮,拨一点面疙瘩,他说这叫"鱼儿钻沙"。有时也煮一点大米饭。剩饭和面和在一起,擀一擀,烙成饼。这种米饭面饼,我还没见过别人做过。菜,一块熟疙瘩,或是一团干虾酱,咬一口熟疙瘩、干虾酱,吃几口饭。有时也做点熟菜,熬白菜。他说北京好,北京的熬白菜也比别处好吃——五味神在北京。"五味神"是什么神?我至今没有考查出来。

他对这样凑凑合合的一日三餐似乎很"安然",有时还颇能自我调侃,但是内心深处是个愤世者。生活的下降,他是不会满意的。他的不满,常常会发泄在儿子身上。有时为了一两句话,他会忽然暴怒起来,跳到廊子上,跪下来对天叩头:"老天爷,你看见了?老天爷,你睁睁眼!"

每逢老董发作的时候,德启都是一声不言语,靠在椅子里,脸色铁青。

别的人,也都不言语。因为知道老董的感情很复杂,无从劝解。

老董没有嗜好。年轻时喝黄酒,但自我认识他起,他滴酒不沾。他也不抽烟。我写了《国子监》,得了一点稿费,因为有些材料是他提供的,我买了一个玛瑙鼻烟壶,烟壶的顶盖是珊瑚的,送给他。他很喜欢。我还送了他一小瓶鼻烟,但是没见他闻过。

1960年(那正是三年自然灾害的后期)我到东堂子胡同历史博物馆宿舍去看我的老师沈从文,一进门,听到一个人在传达室骂大街,一听,是老董!

"我操你们的祖宗!操你八辈的祖奶奶!我80多岁了,叫我挨饿!操你们的祖宗,操你们的祖奶奶!"

没有人劝,骂让他骂去吧!一个80多岁的老人了,谁也不能把他怎么样。

老董经过前清、民国、袁世凯、段祺瑞、北伐、日本、国民党、共产党,他经过的时代太多了。老董如果把他的经历写出来,将是一本非常精彩的回忆录(老董记性极好,哪年哪

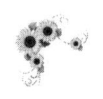

月,白面多少钱一袋,他都记得一清二楚),这可能是一份珍贵史料——尽管是野史。可惜他没写,也没有人让人口述记录下来。

一九九三年三月二十日

注释

① 本篇原载《追求》1993年第四期;初收《草花集》,成都出版社,1993年9月。

月　亮①

她叫林靓月。

"靓"字广东人读音近"亮",温州则读如"见"。说不清她是导游还是泽雅宾馆的服务员,"泽雅"的领导把我交给她,让她照顾。她照顾得很周到。这一带山路她非常熟悉,遇有一点高低不平,她就伸手搀着我,很体贴。她叫靓月,我叫她月亮。

她告诉我,她读过初中,没有再升学,因为她下面还有两个弟弟,父亲要培养两个弟弟,就让她停了学。她哭了三天,后来就打起精神生活。她家在对面山上,她指给我看,在一片竹林里。她父亲开了一个小饭馆,她有空还要回去帮父亲张罗张罗,一天往来两山之间好几次,连蹿带跳,像一头小鹿。

我在宾馆里给人写字,我给她写了一张小条幅:"家居绿竹丛中,人在明月光里。"她让我给她父亲的饭馆写一个招牌,写四个字:"春来酒家"。她知道我写过《沙家浜》。写得了,她非常高兴,立刻就卷起来给她父亲看去了。

月亮长得很好看,在温州姑娘中也可说是出类拔萃

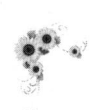

的。身材高高的,苗条而矫健。两条长长的腿。眉毛弯弯的,眼睛清澈,显得很聪明。虽然整天吹着山风,皮色还极细嫩。

  温州的女孩子多是这样。皮色白净,矫健苗条。温州姑娘有一个特点:走路比较快。从她们的生态中,让人感到她们都有明确的生活目标,她们要尽快赶到这个目标。一个地方的少女的脚步,最能显出这地方的生活节奏。她们忙忙地度过一天,到了晚上才松弛下来,坐在大排档的小案上,悠闲地品尝着生猛海鲜。也许一边吃着海鲜,一边还盘算着明天干什么。这就是温州姑娘——温州人。

(一九九五年)

注释

  ① 本篇原载1996年2月6日《钱江晚报》;后与《深箩漈》一并以《温州杂记》为题发表,载1998年8月16日《温州晚报》。

师恩母爱[1]

——怀念王文英老师

五小(县立第五小学)创立了我们县的第一所幼儿园(当时叫做"幼稚园"),我是幼稚园第一届的学生。幼稚园是新建的,什么都是新的。新的瓦顶,新的砖墙,新的大窗户,新的地板。地板是油漆过的,地板上用白漆漆了一个很大的圆圈。地板门窗发出很好闻的木料的香味。这是我们的教室。教室一边是放玩具的安了玻璃窗的柜橱,一边是一架风琴。教室门前是一片草坪。草坪一侧是滑梯、跷跷板(当时叫做"轩轾板",这名称很文,我们都不知道为什么叫这样的名称)、沙坑,另一侧有一根粗大的木柱,木柱有顶,中有铁轴,可转动。柱顶垂下七八根粗麻绳,小朋友手握麻绳,快走几步,两脚用力蹬地,两腿蜷缩,人即腾起,围着木柱而转。这件体育器材叫做"巨人布"。我至今不明白这东西怎么会叫这样一个奇怪名字,而且我以后再也没有见过这样的奇怪东西。这就是我们的幼稚园,我们真正的乐园。

幼稚园也上下课。课业内容是唱歌、跳舞、游戏。教我们唱歌游戏的是王先生(那时没有"阿姨"这种称呼),名文

英,最初学的是简单的短歌:

　　　　拉锯,送锯,
　　　　你来,我去。
　　　　拉一把,推一把,
　　　　哗啦哗啦起风啦,
　　　　小小狗,快快走,
　　　　小小猫,快快跑。

后来学了带一点情节性的表演唱。

母亲要外出,嘱咐孩子关好门,有人叫门,不要开。

狼来了,唱道:

　　　　小孩子乖乖,
　　　　把门儿开开,
　　　　快点儿开开,
　　　　我要进来。

　　　　不开不开不能开,
　　　　母亲不回来,
　　　　谁也不能开!

狼依次叫小兔子乖乖、小羊儿乖乖开门,他们都不开。

最后叫小螃蟹:

  小螃蟹乖乖,
  把门儿开开,
  快点儿开开,
  我要进来。

小螃蟹答应:

  就开就开我就开——

小螃蟹开了门,"啊呜!"狼一口把它吃掉了。
合唱:

  可怜小螃蟹,
  从此不回来!

最后就能排演有歌有舞,有舞台动作的小歌剧《麻雀和小孩》了。
开头是老麻雀教小麻雀学飞:

  飞飞,飞飞,慢慢飞。
  要上去就要把头抬,

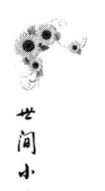

要下来尾巴摆一摆,
这个样子飞到这里来。

老麻雀出去寻食,老不回来。小孩上,问小麻雀:

小麻雀呀,
你的母亲哪里去了?

小麻雀答:

我的母亲打食去了,
还不回来,
饿得真难受。

小孩把小麻雀接回去,给它喂食充饥。
老麻雀回来,发现女儿不见了,十分焦急,唱:

啊呀不好了,
女儿不见了!
焦焦,
女儿,
年纪小,
不会高飞上树梢。

渺渺茫茫路远山遥……

小孩把小麻雀送回来,老麻雀看见女儿,非常高兴,问它是不是饿坏了。女儿说小孩人很好,给它喂了食:

小青虫,小青豆,
吃了一个饱,
我的妈妈呀!

老麻雀感谢小孩。

全剧终。

剧情很简单,音乐曲调也很简单,但是感情却很丰富,麻雀母女之情,小孩的善良仁爱,都在小朋友的心灵中留下深刻长久的影响。

所有的歌舞表演都是王文英先生一句一句地教会的。我们在表演时,王先生踏风琴伴奏。我至今听到风琴声音还是很感动。

我在五小毕业,后来又读了初中、高中,人也大了,就很少到幼稚园去看看。十九岁离乡,四方漂泊,一直没有回去过。我一直没有再见过王先生。她和我的初中的教国文的张道仁先生结了婚,我是大了以后才知道的。

1981年秋,我应邀回阔别多年的家乡讲学,带了一点北京的果脯去看王先生和张先生,并给他们各送了一首在招待所急就的诗。给王先生的一首不文不白,毫无雕饰。第二天,张先生带了两瓶酒到招待所来看我,我说哪有老师来看学生的道理,还带了酒!张先生说,是王先生一定要他送来的。说王先生看了我的诗,哭了一晚上。这首诗全诗是:

"小孩子乖乖,把门儿开开,"
歌声犹在,耳边徘徊。
我今亦老矣,白髭盈腮,
念一生美育,从此培栽,
师恩母爱,岂能忘怀!
愿吾师康健,长寿无灾。

张先生说,王先生对他说:"我教过那么多学生,长大了,还没有一个来看过我的!"王先生指着"师恩母爱,岂能忘怀"对张先生说:"他进幼稚园的时候还戴着他妈妈的孝!"我这才知道王先生为什么对我特别关心,特别喜爱。张先生反复念了这两句,连说:"师恩母爱!师恩母爱!"

王先生已经去世几年了。我不知道她的准确的寿数,但总是八十以上了。

我觉得幼儿园的老师对小朋友都应该有这样的"师恩母爱"。

一九九六年八月

注释

① 本篇原载1996年9月9日《江苏教育报》;初收《汪曾祺全集》第六卷,北京师范大学出版社,1998年8月。

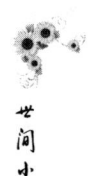

关于于会泳[1]

于会泳死了大概有二十年了,现在没有人提起他。年轻人大都不知道有过这个人。但是提起十年浩劫,提起"革命样板戏",不提他是不行的。写戏曲史,不能把他"跳"过去,不能说他根本没有存在过。——戏曲史不论怎么写,总不能对这十年只字不提,只是几张白纸。

于会泳从一个文工团演奏员、音乐学院教研室主任,几年功夫爬到文化部部长,则其人必有"过人"之处。

于会泳对文艺与政治的关系有他的看法。他曾经领导组织了一台晚会,有三个小戏,是抓特务的,阎肃半开玩笑地对他说:"一个晚上抓了三个特务,你这个文化部成了公安部了!"于会泳当时没有说什么。第二天在宾馆里做报告,于会泳非常严肃地说:"文化部就是要成为意识形态的公安部!"弄得大家都很尴尬。本来是一句玩笑话,他却提到了原则高度。这个人翻脸不认人,和他开不得半句玩笑。这是个不讲人情的人。

把文化部说成是"意识形态的公安部",持这种看法的人,现在还有。

于会泳善于把江青的片言只句加以敷衍,使得它更加"周密",更加深化,更带有"理论"色彩。江青很重视主题。在她对《杜鹃山》作指示时说:"主题是改造自发部队,这一点不能不明确。"于会泳后来就在一次报告中明确提出:"主题先行"。应该佩服这位文化部长,概括得非常准确。——其荒谬性也就暴露得更加充分。

尤其荒谬的是把人物分等论级。他提出一个公式:"在所有的人物中突出正面人物,在正面人物中突出英雄人物,在英雄人物中突出主要英雄人物。"这就是有名的"三突出"。世界文艺理论中还从来没有人提出过这种阶梯模式,在创作实践中也绝对行不通。连江青都说:"我没有提过'三突出',我只提过一突出,——突出英雄人物。"

主题先行、"三突出",这两大"理论"影响很大,遗祸无穷。

于会泳是搞音乐的。平心而论,他对戏曲音乐唱腔是有贡献的。他的贡献可以说是前无古人。很多人都想对京剧唱腔有所创新,有所突破,但找不到方法。有人拼命使用高八度。还有人违反唱腔的自然走势,该往高处走的,往低处走;该往低处的,往高处。有个老演员批评某些唱腔设计是"顺姐她妹妹——别妞(扭)"。于会泳走了另外一条路:把地方戏曲、曲艺的腔吸收进京剧。他对地方戏、曲艺的确下过一番功夫,据说他曾分析过几十种地方戏、曲艺,积累了很多音乐素材,把它吸收进来,并与京剧的西皮、二黄融

合在一起,使京剧的音乐语言大大丰富了。听起来很新鲜,不别扭。

于会泳把西方歌剧的人物主题旋律的方法引用到京剧唱腔中来,运用得比较成功的是《杜鹃山》柯湘的唱腔,既有性格,也出新,也好听。

"音乐布局"是于会泳关于京剧唱腔的一个较新的概念。他之受知于江青,就是在江青在上海定《沙家浜》为样板时,他在报纸上发表了一篇《论〈沙家浜〉的音乐布局》的文章。"样板"当时还未被人承认,于会泳这篇文章正是她所需要的。文章言之成理,她很欣赏。关于音乐唱腔,毛泽东提出:一定要有大段唱,老是散板摇板,要把人的胃口唱倒的。江青提出一个"成套唱腔"的概念。到于会泳就发展成"核心唱段"。这些都是有道理的,但是不能绝对。老戏也有成套的唱腔。《文昭关》、《捉放曹》的"叹五更"都是成套的,也可以说是唱段的核心。《四郎探母》杨延辉开场即唱,而且是大段,但从剧本看,却很难说这是核心。唱腔布局不能机械划分,首先必须受剧情的制约。但是唱腔要有总体构思,是对的。否则就会零碎散乱。

于会泳的功劳之一,是创造了一些新的板式。例如《海港》的"二黄宽板"。演员拿到曲谱,不知道怎么拍板,因为这样轻重拍的处理,在老戏里是没有的。又如《杜鹃山》柯湘唱的"家住安源萍水头"就不知道是什么板。似乎是西皮二六,但二六的节奏没有那么多的变化。起初是比较舒缓的回忆,当中是激越的控诉,节奏加快,最后"叫散",但却转为高腔,结句重复,形成"搭句"。于会泳好像也没有给这段新板式起个名字。

于会泳设计唱腔还有一个特点,即同时把唱法(他叫做"润腔手段")也设计出来。在演员唱不好时,他就自己示范(他能唱,而且小嗓很好)。

于会泳有罪,有错误,但是是个有才能的人。他在唱腔、音乐上的一些经验,还值得今天搞京剧音乐的同志借鉴,吸收。

一九九六年十一月十七日

注释

① 本篇原载《汪曾祺全集》第六卷,北京师范大学出版社,1998年8月。

"诗人"韩复榘[①]

山东关于韩复榘的故事甚多。最有名的是:
"蒋委员长提倡新生活,俺都赞成。就是'行人靠左走',那右边谁走呢?"
他游泰山,诗兴大发,口占一首,叫人笔录下来。诗曰:

远看泰山黑糊糊,
上边细来下边粗。
有朝一日倒过来,
下边细来上边粗。

这比"把汝裁为三截"气魄还大!
游趵突泉,品得一诗:

趵突泉,
泉趵突。
三个泉眼一般粗,
咕嘟咕嘟又咕嘟。

韩诗当用济南话读,才有味道。但其实韩复榘是河北霸县人,说话口音想也不是山东口音。然而山东人愿意叫他说山东话,您有啥办法?

韩复榘倒没有把他的诗刻在泰山上,韩在任期间曾经大修过泰山一次,竣工后,电令泰山各处:"嗣后除奉令准刊外,无论何人,不准题字、题诗。"他不在泰山刻诗,也许是以身作则。

当然,韩复榘的诗以及许多关于他的故事都是口头文学,不可信以为真。编造、流传有权势者的笑话,是老百姓反抗有权有势者之一法。我希望山东能搜集韩复榘的故事,出一本《韩复榘全集》。

一九九七年三月十三日

注释

[1] 本篇原载1997年8月22日《南方周末》"四时佳兴"专栏;初收《汪曾祺全集》第六卷,北京师范大学出版社,1998年8月。

铁凝印象①

"我对给他人写印象记一直持谨慎态度,我以为真正理解一个人是困难的,通过一篇短文便对一个人下结论则更显得滑稽。"②铁凝说得很对。我接受了让我写写铁凝的任务,但是到快交卷的时候,想了想,我其实并不了解铁凝。也没有更多的时间温习一下一些印象的片段,考虑考虑。文章发排在即,只好匆匆忙忙把一枚没有结熟的"生疙瘩"送到读者面前,——张家口一带把不熟的瓜果叫做"生疙瘩"。

四次作代会期间,有一位较铁凝年长的作家问铁凝:"铁凝,你是姓铁吗?"她正儿八经地回答:"是呀。"这是一点小狡狯。她不姓铁,姓屈,屈原的屈。我不知道她为什么不告诉那年纪稍长的作家实话。姓屈,很好嘛!她父亲作画署名"铁扬",她们姊妹就跟着一起姓起铁来。铁凝有一个值得叫人羡慕的家庭,一个艺术的家庭。铁凝是在一个艺术的环境长大的。铁扬是个"不凡"的画家。——铁凝拿了我在石家庄写的大字对联给铁扬看,铁扬说了两个字:"不凡。"我很喜欢这个高度概括,无可再简的评语,这两个字我可以回赠铁扬,也同样可以回赠给他的女儿。铁凝的母亲是教音乐的。铁扬夫妇是更叫人羡慕的,因他们生了铁凝这样的女儿。"生子当如孙仲谋",生女当如屈铁凝。上帝对铁扬一家好像特别钟爱。且不说别的,铁凝每天要供应父亲一瓶啤酒。一瓶啤酒,能值几何?但是倒在啤酒杯里的是女儿的爱!

上帝在人的样本里挑了一个最好的,造成了铁凝。又聪明,又好看。四次作代会之后,作协组织了一场晚会,让有模有样的作家登台亮相。策划这场晚会的是疯疯癫癫的张辛欣和《人民文学》的一个胖胖乎乎的女编辑,——对不起,我忘了她叫什么。二位一致认为,一定得让铁凝出台。那位小胖子也是小疯子的编辑说:"女作家里,我认为最漂亮的是铁凝!"我准备投她一票,但我没有表态,因为女作家选美,不干我这大老头什么事。

铁凝长得不高不矮,不胖不瘦。两腿修长,双足秀美,行步动作都很矫健轻快。假如要用最简练的语言形容铁凝的体态,只有两个最普通的字:挺拔。她面部线条清楚,不是圆乎乎地像一颗大青白杏儿。眉浓而稍直,眼亮而略狭长。不论什么时候都是精精神神,清清爽爽的,好像是刚刚洗了一个澡。我见过铁凝的一些照片。她的照片大致可分为两类。一类是露齿而笑的。不是"巧笑倩兮"那样自我欣赏,也叫人欣赏的"巧笑",而是坦率真诚,胸无渣滓的开怀一笑。一类是略带忧郁地沉思。大概这是同时写在她的眉宇间的性格的两个方面。她有时表现出有点像英格丽褒曼的气质,天生的纯净和高雅。有一张放大的照片,梳着蓬松的鬈发(铁凝很少梳这样的发型),很像费雯丽。当我告诉铁凝,铁凝笑了,说:"又说我像费雯丽,你把我越说越美了。"她没有表示反对。但是铁凝不是英格丽褒曼,也不是费雯丽,铁凝就是铁凝,人世间只有一个铁凝。

铁凝胆子很大。我没想到她爱玩枪,而且枪打得不错。她大概也敢骑马!她还会开汽车。在她挂职到涞水期间,有一次乘车回涞水,从驾驶员手里接过方向盘,呼呼就开起来。后排坐着两个干部,一个歪着脑袋睡着了,另一个推醒了他,说:"快醒醒!你知道谁在开车吗?——铁凝!"睡着了的干部两眼一睁,睡意全消。把性命交给这么个姑奶奶手上,那可太玄乎了!她什么都敢干。她写东西也是这样:什么都敢写。

铁凝爱说爱笑。她不是腼腆的,不是矜持渊默的,但也不是家雀一样叽叽喳喳,吵起来没个完。有一次我说了一个嘲笑河北人的有点粗俗的笑话:一个保定老乡到北京,坐电车,车门关得急,把他夹住了。老乡大叫:"夹住咱腚了!夹住俺腚了!"售票员问:"怎么啦?"——"夹住俺腚了!"售票员明白了,说:"北京这不叫腚。"——"叫什么?"——"叫屁股。"——"哦!"——"老大爷你买票吧。您到哪儿呀?"——"安屁股门!"铁凝大笑,她给续了一段:

"车开了,车上人多,车门被挤开了,老乡被挤下去了,——哦,自动的!"铁凝很有幽默感。这在女作家里是比较少见的。

关于铁凝的作品,我不想多谈,因为我只看过一部分,没有时间通读一遍,就印象言,铁凝的小说也可以大致分为两类。一类是像《哦,香雪》一样清新秀润的。"清新"二字被人用滥了,其实这是很不容易做到的。河北省作家当得起清新二字的,我看只有两个人,一是孙犁,一是铁凝。这一类作品抒情性强,笔下含蓄。另一类,则是社会性较强的,笔下比较老辣。像《玫瑰门》里的若干章节,如"生吃大黄猫",下笔实可谓带着点残忍,惊心动魄。王蒙深为铁凝丢失了清新而惋惜,我见稍有不同。现实生活有时是梦,有时是严酷的,粗粝的。对粗粝的生活只能用粗粝的笔触写之。即使是女作家,也不能一辈子只是写"女郎诗"。我以为铁凝小说有时亦有男子气,这正是她在走向成熟的路上迈出的坚实的一步。

我很希望能和铁凝相处一段时间,仔仔细细读一遍她的全部作品,好好地写一写她,但是恐怕没有这样的机遇。而且一个人感觉到有人对她跟踪观察,便会不自然起来。那么到哪儿算哪儿吧。

一九九七年五月八日凌晨

注释

① 本篇原载1997年6月16日《北京晚报》，又载《时代文学》1997年第四期"名家侧影"栏；初收《汪曾祺全集》第六卷，北京师范大学出版社，1998年8月。

② 《铁凝文集·5·写在卷首》。

家人闲坐 灯火可亲

多年父子成兄弟[①]

这是我父亲的一句名言。

父亲是个绝顶聪明的人。他是画家,会刻图章,画写意花卉。图章初宗浙派,中年后治汉印。他会摆弄各种乐器,弹琵琶,拉胡琴,笙箫管笛,无一不通。他认为乐器中最难的其实是胡琴,看起来简单,只有两根弦,但是变化很多,两手都要有功夫。他拉的是老派胡琴,弓子硬,松香滴得很厚——现在拉胡琴的松香都只滴了薄薄的一层。他的胡琴音色刚亮。胡琴码子都是他自己刻的,他认为买来的不中使。他养蟋蟀,养金铃子。他养过花。他养的一盆素心兰在我母亲病故那年死了,从此他就不再养花。我母亲死后,他亲手给她做了几箱子冥衣——我们那里有烧冥衣的风俗。按照母亲生前的喜好,选购了各种花素色纸作衣料,单夹皮棉,四时不缺。他做的皮衣能分得出小麦穗羊羔、灰鼠、狐肷。

父亲是个很随和的人,我很少见他发过脾气,对待子女,从无疾言厉色。他爱孩子,喜欢孩子,爱跟孩子玩,带着孩子玩。我的姑妈称他为"孩子头"。春天,不到清明,他领

一群孩子到麦田里放风筝。放的是他自己糊的蜈蚣(我们那里叫"百脚"),是用染了色的绢糊的。放风筝的线是胡琴的老弦。老弦结实而轻,这样风筝可笔直的飞上去,没有"肚儿"。用胡琴弦放风筝,我还未见过第二人。清明节前,小麦还没有"起身",是不怕践踏的,而且越踏会越长得旺。孩子们在屋里闷了一冬天,在春天的田野里奔跑跳跃,身心都极其畅快。他用钻石刀把玻璃裁成不同形状的小块,再一块一块逗拢,接缝处用胶水粘牢,做成小桥、小亭子、八角玲珑水晶球。桥、亭、球是中空的,里面养了金铃子。从外面可以看到金铃子在里面自在爬行,振翅鸣叫。他会做各种灯。用浅绿透明的"鱼鳞纸"扎了一只纺织娘,栩栩如生。用西洋红染了色,上深下浅,通草做花瓣,做了一个重瓣荷花灯,真是美极了。用小西瓜(这是拉秧的小瓜,因其小,不中吃,叫做"打瓜"或"笃瓜")上开小口挖净瓜瓤,在瓜皮上雕镂出极细的花纹,做成西瓜灯。我们在这些灯里点了蜡烛,穿街过巷,邻居的孩子都跟过来看,非常羡慕。

父亲对我的学业是关心的,但不强求。我小时了了,国文成绩一直是全班第一。我的作文,时得佳评,他就拿出去到处给人看。我的数学不好,他也不责怪,只要能及格,就行了。他画画,我小时也喜欢画画,但他从不指点我。他画画时,我在旁边看。其余时间由我自己乱翻画谱,瞎抹。我对写意花卉那时还不太会欣赏,只是画一些鲜艳的大桃子,或者我从来没有见过的瀑布。我小时字写得不错,他倒是给我出过一点主意。在我写过一阵"圭峰碑"和"多宝塔"以后,他建议我写写"张猛龙"。这建议是很好的,到现在我写的字还有"张猛龙"的影响。我初中时爱唱戏,唱青衣,我的嗓子很好,高亮甜润。在家里,他拉胡琴,我唱。我的同学有几个能唱戏的。学校开同乐会,他应我的邀请,到学校去伴奏。几个同学都只是清唱。有一个姓费的同学借到一顶纱帽,一件蓝官衣,扮起来唱《硃砂井》,但是没有配角,没有衙役,没有犯人,只是一个赵廉,摇着马鞭在台上走了两圈,唱了一段"郿坞县在马上心神不定",便完事下场。父亲那么大的人陪着几个孩子玩了一下午,还挺高兴。我十七岁初恋,暑假里,在家写情书,他在一旁瞎出主意!我十几岁就学会了抽烟喝酒。他喝酒,给我也倒一杯。抽烟,一次抽出两根,他一根,我一根。他还总是先给我点上火。我们的这种关系,他人或以为怪。父亲说:"我们是多年父子成兄弟。"

我和儿子的关系也是不错的。我戴了"右派分子"的帽子下放张家口农村劳动,他那时还从幼儿园刚毕业,刚刚学会汉语拼音,用汉语拼音给我写了第一封信。我也只好赶紧学会汉语拼音,好给他写回信。"文化大革命"期间,我被打成"黑帮",关进"牛棚"。偶尔回家,孩子们对我还是很亲热。我的老伴告诫他们"你们要和爸爸'划清界限'",儿子反问母亲:"那你怎么还给他打酒?"只有一件事,两代之间,曾有分歧。他下放山西忻县"插队落户"。按规定,春节可以回京探亲,我们等着他回来。不料他同时带回了一个同学。他的这个同学的父亲是一位正受林彪迫害,搞得人囚家破的空军将领。这个同学在北京已经没有家,按照大队的规定是不能回北京的,但是这孩子很想回北京,在一伙同学的秘密帮助下,我的儿子就偷偷地把他带回来了。他连"临时户口"也不能上,是个"黑人",我们留他在家住,等于"窝藏"了他。公安局随时可以来查户口,街道办事处的大妈也可能举报。当时人人自危,自顾不暇,儿子惹了这么一个麻烦,使我们非常为难。我和老伴把他叫到我们的卧室,对他的冒失行为表示很不满。我责备他:"怎么事前也不和我们商量一下!"我的儿子哭了,哭得很委屈,很伤心。我们当时立刻明白了:他是对的,我们是错的。我们这种怕担干系的思想是庸俗的,我们对儿子和同学之间义气缺乏理解,对他的感情不够尊重。他的同学在我们家一直住了四十多天,才离去。

　　对儿子的几次恋爱,我采取的态度是"闻而不问"。了解,但不干涉。我们相信他自己的选择,他的决定。最后,他悄悄和一个小学时期女同学好上了,结了婚。有了一个女儿,已近七岁。

　　我的孩子有时叫我"爸",有时叫我"老头子!"连我的孙女也跟着叫。我的亲家母说这孩子"没大没小"。我觉得一个现代的,充满人情味的家庭,首先必须做到"没大没小"。父母叫人敬畏,儿女"笔管条直",最没有意思。

儿女是属于他们自己的。他们的现在,和他们的未来,都应由他们自己来设计。一个想用自己理想的模式塑造自己的孩子的父亲是愚蠢的,而且,可恶!另外,作为一个父亲,应该尽量保持一点童心。

一九九〇年九月一日

注释

① 本篇原载《福建文学》1991年第一期;初收《汪曾祺小品》,中国人民大学出版社,1992年10月。

我的家[1]

——自传体系列散文《逝水》之二

十年前我回了一次家乡,一天闲走,去看了看老家的旧址,发现我们那个家原来是不算小的。我家的大门开在科甲巷(不知道为什么这条巷子起了这么个名字,其实这巷里除了我的曾祖父中过一名举人,我的祖父中过拔贡外,没有别的人家有过功名),而在西边的竺家巷有一个后门。我的家即在这两条巷子之间。临街是铺面。从科甲巷口到竺家口,计有这么几家店铺:一家豆腐店,一家南货店,一家烧饼店,一家棉席店,一家药店,一家烟店,一家糕店,一家剃头店,一家布店。我们家在这些店铺的后面,占地多少平米我不知道,但总是不小的,住起来是相当宽敞的。

这所老宅子分作东西两截,或两区。东边住着祖父母(我们叫"太爷"、"太太")和大房——大伯父一家。西边是二房(我的二伯母)和三房——我父亲的一家。东西地势相差约有三尺,由东边到西边要上几层台阶。

东边正屋的东边的套间住着太爷、太太,西边是大伯父和大伯母(我们叫"大爷"、"大妈")。当中是一个堂屋,因为敬神祭祖都在这间堂屋里,所以叫做"正堂屋"。正堂屋北面靠墙是一个很大的"老爷柜",即神案,但我们那里都叫做"老爷柜",这东西也确实是一个很长的大柜,当中和两边都有抽屉,下面还有钉了铜环的柜门。老爷柜上,当中供的是家神菩萨,左边是文昌帝君神位,右边是祖宗龛——一个细木雕琢的像小庙一样的东西,里面放着祖宗的牌位——神主。这正堂屋大概是我的曾祖父手里盖的,因为两边板壁上贴着他中秀才、中举人的报条。有年头了。原来大概是相当恢宏的。庭柱很粗,是"布灰布漆"的——木柱外涂瓦灰,裹以夏布,再施黑漆。到我记事时漆灰有多处已经剥落。这间老堂屋的铺地的箩底砖(方砖)的边角都磨圆了,而且特别容易返潮。天将下雨,砖地上就是潮乎乎的。若遇连阴天,地面简直像涂了一层油,滑的。我很小就知道"础润而雨"。用不着看柱础,从正堂屋砖地,就知道雨一时半会晴不了。一想到正堂屋,总会想到下雨,有时接连下几天,真是烦人。雨老不停,我的一个堂姐就会剪一个纸人贴在墙上,这纸人一手拿着簸箕,一手拿笤帚,风一吹,就摇动起来,叫"扫晴娘"。也真奇怪,扫晴娘扫了一天,第二天多少会放晴。

这间正堂屋的用处是:过年时敬神,清明祭祖。祭祖时在正中的方桌上放一大碗饭,这碗特别的大,有一个小号洗脸盆那样大,很厚,是白色的古瓷的,除了祭祖装饭外,不作别的用处。饭压得很实,鼓起如坟头,上面插了好多双红漆的筷子。筷子插多少双,是有定数的,这事总是由我的祖母做。另有四样祭菜。有一盘白切肉，一盘方块粉，——绿豆粉，切成名片大小，三分厚。这方块粉在祭祖后分给两房。这粉一点味道都没有，实在不好吃，所以我一直记得。其余两样祭菜已无印象。十月朝（旧历十月初一）"烧包子"，即北方的"送寒衣"。一个一个纸口袋，内装纸钱，包上写明各代考妣冥中收用，一袋一袋排在祭桌前，下面铺一层稻草。磕头之后，由大爷点火焚化。每年除夕，要在这方桌上吃一顿团圆饭。我们家吃饭的制度是：一口锅里盛饭，大房、三房都吃同一锅饭，以示并未分家；菜则各房自炒，又似分爨。但大年三十晚上，祖父和两房男丁要同桌吃一顿。菜都是太太手制的。照例有一大碗鸭羹汤。鸭丁、山药丁、慈姑丁合烩。这鸭羹汤很好吃，平常不做，据说是徽州做法。我们的老家是徽州（姓汪的很多人的老家都是徽州），我们家有些菜的做法还保持徽州传统。比如肉丸蘸糯米蒸熟，有些地方叫珍珠丸子或蓑衣丸子，我们家则叫"徽团"。

我对大堂屋有一点特殊的记忆，是我曾在这里当过一回孝子。我的二伯父（二爷）死得早，立嗣时经过一番讨论。按说应该由长房次子，我的堂弟曾炜过继，但我的二伯母（二妈）不同意，她要我，因为她和我的生母感情很好，从小喜欢我。我是次房长子，长子过继，不合古理。后来是定了一个折衷方案，曾炜和我都过继给二妈，一个是"派继"，一个是"爱继"。二妈死后，娘家提了一些条件，一是指定要用我的祖父的寿材盛殓。太爷五十岁时就打好了寿材,逐年加漆,漆皮已经很厚了。因为二妈是年轻守节,娘家提出,不能不同意。一是要在正堂屋停灵,也只好同意了(本来上有老人,是不该在正屋停灵的)。我和曾炜于是履行孝子的职责。亲视含殓(围着棺材走一圈),戴孝披麻,一切如制。最有意思的是逢七的时候得陪张牌李牌吃饭。逢七,鬼魂要回来接受烧纸,由两个鬼役送回来。这两个鬼役即张牌李牌。一个较大的方杌凳,两副筷子,一碟白肉,一碟豆腐,两杯淡酒。我和曾炜各用一个小板凳陪着坐一会。陪鬼役吃饭,我还是头一回。六七开吊,我是孝子一直在场,所以能看到全部过程。家里办丧事,气氛和平常全不一样,所有的人都变得庄严肃穆起来。开吊像是演一场戏,大家都演得很认真。"初献"、"亚献"、"终献",有条不紊,节奏井然。最后是"点主"。点主要一个功名高的人。给我的二伯母点主的是一个叫李芳的翰林,外号李三麻子。"点主"是在神主上加点。神主(木制小牌位)事前写好"×孺人之神王",李三麻子就位后,礼生喝道:"凝神,想象,请加墨主。"李三麻子拈起一支新笔在"王"字上加一墨点。礼生再赞:"凝神,想象,请加朱主。"李三麻子用朱笔在墨点上加一点。这样死者的魂灵就进入神主了。我对"凝神,想象"印象很深,因为这很有点诗意。其实李三麻子对我的二伯母无从想象,因为他根本没有见过我的二伯母。

　　正堂屋对面,隔一个天井,是穿堂。

穿堂对面原来有一排三开间的房子,是我的叔曾祖父的一个老姨太太住的。房子很旧了,屋顶上长了很多瓦松,隔扇上糊的白纸都已成了灰色。这位老姨太太多年衰病,总是躺着。这一排房子里听不到一点声音,非常寂静,只有这位老姨太太的女儿——我们叫她小姑奶奶,带着孩子来住一阵,才有一点活气。

老姨太太死了,她没有儿子,由我一个叔祖父过继给她。这位叔祖父行六,我们叫他六太爷。这是个很有风趣的人,很喜欢孩子。老姨太太逢七,六太爷要来守灵烧纸。烧了纸,他弄一壶酒,慢慢喝着,给孩子讲故事——说书,说"大侠甘凤池",一直说到深夜。因此,我们总是盼着老姨太太逢七。

祖父过六十岁的头年,把东边的房屋改建了一下。正堂屋没动。穿堂加大了。老姨太太原来住的一排房子拆了,盖了一个"敞厅"。房屋翻盖的情况我还记得。先由瓦匠头、木匠头挖出整整齐齐的一方土,供在老爷柜上。破土后,请全体瓦木匠在正堂屋吃一次饭。这顿饭的特别处是有一碗泥鳅,泥鳅我们家是不进门的,但是请瓦木匠必得有这道菜,这是规矩。我觉得这规矩对瓦木匠颇有嘲讽意味。接着是上梁竖柱,放鞭炮,撒糕馒,如式。

敞厅的特点是敞,很宽敞。盖得后,祖父的六十大寿在这里布置过寿堂,宴过客,此外就没有怎么用过,平常总是空着。我的堂姐姐有时把两张方桌拼起来,在上面缝被子。

敞厅对面,一道砖墙之外,是花园。花园原来没有园名,祖父命之曰"民圃",因为他字铭甫,取其谐音。我父亲选了两块方砖,刻了"民圃",两个小篆,嵌在一个六角小门的额上。但是我们还是叫它花园,不叫民圃。祖父六十大寿时自撰了一副长联,末署"民圃叟六十自寿","民圃"字样也只在长联里出现过,别处没有用过。

西边半截的房屋大概是祖父手里盖的,格局较小,主要房屋只是两个堂屋,上堂屋和下堂屋。

上堂屋两边的套间,东侧是三房,西侧是二房。

我的二伯父早逝,我没有见过。他房间里的板壁上挂着他的八寸放大照片,半侧身,穿着一身古典燕尾服,前身无下摆,雪白的圆角硬领衬衫,一只胳臂夹着一根象牙头的短手杖,完全是年轻的英国绅士派头,很英俊。听我父亲说,二伯父是个性格很刚烈的人。他是新党,但崇拜的不是孙文而是黄兴。有一次历史教员(那时叫做"教习")在课堂上讲了黄兴几句不恭敬的话,他上去就给了这个教员一个嘴巴。二伯父和我父亲那时都在南京读中学(旧制中学)。他的死也跟他的负气任性的脾气有关。放暑假从南京回来,路过镇江,带着行李,镇江车站的搬运工人敲了他们一下,索价很高。二伯父一生气,把几个人的行李绑在一起,一个人就背了起来。没有走几步,一口血吐在地上,从此不起。

二伯母守节有年,她变得有些古怪。我的小说《珠子

灯》里所写的孙小姐的原型,就是我的二伯母。

她变得有点古怪了,她屋里的东西都不许人动。王常生活着的时候是什么样子,永远是什么样子,不许挪动一点。王常生用过的手表、座钟、文具,还有他养的一盆雨花石,都放在原来的位置。孙小姐原是个爱洁成癖的人,屋里的桌子、椅子、茶壶茶杯,每天都要用清水洗三遍。自从王常生死后,除了过年之前,她亲自监督着一个从娘家陪嫁过来的女佣人大洗一天之外,平常不许擦拭。里屋炕几上有一套茶具:一个白瓷的茶盘,一把茶壶,四个茶杯。茶杯倒扣着,上面落了细细的尘土。茶壶是荸荠形的扁圆的,茶壶的鼓肚子下面落不着尘土,茶盘里就清清楚楚留下一个干净的圆印子。

她病了,说不清是什么病。除了逢年过节起来几天,其余的时间都在床上躺着,整天地躺着,除了那个女佣人,没有人上她屋里去。

有一个人是常上她屋里去的,我。我去了,坐在她床前的杌凳上,陪她一会儿。她精神好的时候,教我《长恨歌》、《西厢记·长亭》。

春风桃李花开日,

秋雨梧桐叶落时。

碧云天，
黄花地，
西风紧，
北雁南飞。
晓来谁染霜林醉，
总是离人泪。

也有的时候，她也会讲一点轻松一些的文学故事，念苏东坡嘲笑小妹的诗：

人前走不上三五步，
额头先到画堂前。

这样的时候，她脸上也会有一点笑意。她的记忆很好，教我念诗，都是背出来的。她背诗，抑扬顿挫，节奏很强，富于感情，因此她教过我的诗词，我一直记得很清楚。她的诗词，是邑中一个老名士教的。

她老是叫我坐在她床前吃东西，吃饭，吃点心。吃两口，她就叫我张开嘴让她看看。接着就自言自语："王二娘个猫，王二娘个猫，王二娘个猫。"不知道这是什么意思。她是王二娘，我是她的猫？有时我不在跟前，她一个人在屋里

也叨咕:"王二娘个猫,王二娘个猫。"

每年夏天,她要回娘家住一阵。归宁那天,且出不了房门哩。跨出来,转身又跨进去,跨出来,又跨进去。轿子等在大门口(她回娘家都是坐轿子),轿前两盏灯笼换了几次蜡烛,她还没跨出房门。

这种精神状态,我们那里叫做"魔"。

下堂屋左边是我父亲的画室,右边是"下房",女佣人住的地方。

下堂屋南,一道花瓦墙外,即是花园,墙上也有一个小六角门。

开开六角门,是一片砖墁的平地。更南,是花厅。花厅是我们这所住宅里最明亮的屋子,南边一溜全是大玻璃窗,听说我父亲年轻时常请一些朋友来,在花厅里喝酒,唱戏,吹弹歌舞,到我记事的时候,就没有看过这种热闹。花厅也总是闲着。放暑假,我们到花厅里来做假期作业。每年做酱的时候,我的祖母在花厅里摊晾煮熟的黄豆和烤过的发面饼,让豆、饼长毛发酵。花厅外的砖地上有一口大缸,装着豆酱,一口浅缸,装着甜面酱。

砖地东面,是一个花台,种着四棵很大的腊梅花,主干都有碗口粗,每年开很多花。这种腊梅的花心是紫檀色的。按说"磬口檀心"是腊梅的名种,但是我们那里重白心的,叫做"冰心腊梅",而将檀心者起一个不好听的名称,叫"狗心腊梅"。下雪之后,上树摘花,是我的事。腊梅的骨朵很密。相中一大枝,折下来,养在大胆瓶里,过年。

腊梅花的对面,是两棵桂花。一棵金桂,一棵银桂。每年秋天,吐蕊开花。桂花树下,长了一片萱草,也没人管它,自己长得很旺盛。萱花未尽开时摘下,阴干,我们那里叫做金针,北方叫做黄花菜。我小时最讨厌黄花菜,觉得淡而无味。到了北方,学做打卤面,才知道缺这玩意还不行。

桂花树后,是南北向的花瓦墙,墙上开一圆门,即北方所说的月亮门。

出圆门,是一畦菜地。我的祖母每年在这里种乌青菜,即上海人所说的塌苦菜。这块菜地土很瘦,乌青菜都不肥大,而茎叶液汁浓厚,旋摘煮食,味道极好,远胜市上买来的,叫做"起水鲜"。经霜后,叶缘皆作紫红色,尤其甜美。

菜畦左侧有一棵紫薇,一房多高,开花时乱红一片,晃人眼睛。游蜂无数,——齐白石爱画的那种大个的黑蜂,穿花抢蕊,非常热闹。西侧,有一座六角亭,可以小坐。

菜畦东边有一条砖路。砖路尽处是一棵木瓜,一棵矾杏,一棵柿树,都很少结果。

树之外,是一座船亭。这是祖父六十大寿头年盖的。船头向东,两边墙上各开了海棠形的窗户。祖父盖船亭,是为了"无事此静坐",但是他只来坐过几次,平常不来,经常锁着。隔着正面的玻璃隔扇,可以看到里面铁梨木琴几上

摆着几件彝器,几把檀木椅子,萧萧爽爽。

　　船亭对面,有一棵很大的柳树。挨着柳树,是一个高高的花坛。花坛上原来想是栽了不少花的,但因为无人料理,只剩下一棵石榴,一丛鱼儿牡丹。鱼儿牡丹开一串一串粉红的花,花作鸡心形,像是童话里的植物。

　　花坛对面,是土山。这座土山不知是哪年堆成的。这些土是从园里挖出的,还是从外面运进来的,均不知道。土山左脚,种了两棵碧桃,一棵白的,一棵浅红的。碧桃花其实是很好看的,花开得很繁茂,花期也长,应该对它珍贵一点,但是大家都不把它当回事,也许因为它花开得太多,也太容易养活了。土山正面,种了四棵香橼,每年都要结很多。香橼就是"橘逾淮南则为枳"的枳,但其实枳和橘是两种植物。香橼秋天成熟。香橼的香气很冲,不大好闻。但香橼花的气味是很好的,苦甜苦甜的。花白色,瓣微厚,五出深裂,如小酒盏,很好看。山顶有两棵龙爪槐,一在东,一在西。西边的一棵是我的读书树。我常常爬上去,在分权的树干上靠好,带一块带筋的干牛肉或一块榨菜,一边慢慢嚼着,一边看小说。土山外隔一道墙是一个尼庵,靠在树上可以看见小尼姑从井里汲水浇菜。这尼庵的尼姑是带发修行的,因此我看的小尼姑是一头黑发。

　　从土山东边下山,是一片空地。空地上有一口很大的缸,养着很大的金鱼,这是大伯父养的。因此,在我们的印象里这一边是大爷的地方。但是我们并未分家,小孩子是可以自由来去的。

金鱼缸的西北边有一架紫藤。盛花时,紫云拂地。花谢,垂下一根一根长长的刀豆。

鱼缸正北,一棵白丁香,一棵紫丁香。

丁香之左,一片紫莺。

往南,墙边一丛金雀花。

紫莺的东边,荒草而已。这片草地每年下面结不少甘露,我们那里叫做螺蛳菜或宝塔菜。甘露洗净后装白布袋,可入甜面酱缸腌渍。

草地之东有一排很大的冬青树。夏天开密密的小白花,也有香味。秋后结了很多紫色的胡椒粒大的果实。

冬青之外,是"草房",堆草的屋子。我们那里烧草——芦柴,一次要置很多担草,垛积在一排空屋里。

冬青的北面,是花房,房顶南檐是玻璃盖的,原是大爷养花的地方,但他后来不养花了,花房就空着。一壁挂着一个老鹰风筝。据我父亲说这个老鹰是独脑线的,——只有一根脑线。老鹰风筝是大爷年轻时放过的。听我父亲说,放上去之后,曾有真的老鹰和它打过架。空空的花房里只有两盆颇大的夹竹桃。夹竹桃红花殷殷的,我忽然觉得有些紧张,因为天忽然黑下来了,只有我一个人,在空空的花园里。

听大人说,这花园里有一个白胡子老头。这白胡子老头是神仙?还是妖怪?但是,晚上是没有人到花园里去的,

东边和西边的小六角门都上了铁锁。

我们这座花园实在很难叫做花园,没有精心安排布置过,草木也都是随意种植的,常有一点半自然的状态。但是这确是我童年的乐园,我在这里掬过很多蟋蟀,捉过知了、天牛、蜻蜓,捅过马蜂窝,——这马蜂窝结在冬青树上,有蒲扇大!

一九九一年九月十九日

注释

① 本篇原载《作家》1991年第十二期;初收《汪曾祺散文随笔选集》,沈阳出版社,1993年6月。

我的祖父祖母[1]

——自传体系列散文《逝水》之三

我的祖父名嘉勋,字铭甫。他的本名我只在名帖上见过。我们那里有个风俗,大年初一,多数店铺要把东家的名帖投到常有来往的别家店铺。初一,店铺是不开门的,都是天不亮由门缝里插进去。名帖是前两天由店铺的"相公"(学生)在一张一张八寸长、五寸宽的大红纸上用一个木头戳子蘸了墨汁盖上去的,楷书,字有核桃大。我有时也愿意盖几张。盖名帖使人感到年就到了。我盖一张,总要端详一下那三个乌黑的欧体正字:汪嘉勋,好像对这三个字很有感情。

祖父中过拔贡,是前清末科,从那以后就废科举改学堂了。他没有能考取更高的功名,大概是终身遗憾的。拔贡是要文章写得好的。听我父亲说,祖父的那份墨卷是出名的,那种章法叫做"夹凤股"。我不知道是该叫"夹凤"还是"夹缝",当然更不知道是如何一种"夹"法。拔贡是做不了官的。功名道断,他就在家经营自己的产业。他是个创业的人。

我们家原是徽州人(据说全国姓汪的原来都是徽州

人),迁居高邮,从我祖父往上数,才七代。祠堂里的祖宗牌位没有多少块。高邮汪家上几代功名似都不过举人,所做的官也只是"教谕"、"训导"之类的"学官",因此,在邑中不算望族。我的曾祖父曾在外地坐过馆,后来做"盐票"亏了本。"盐票"亦称"盐引",是包给商人销售官盐的执照,大概是近似股票之类的东西,我也弄不清做盐票怎么就会亏了,甚至把家产都赔尽了。听我父亲说,我们后来的家业是祖父几乎是赤手空拳地创出来的。

创业不外两途:置田地,开店铺。

祖父手里有多少田,我一直不清楚。印象中大概在两千多亩,这是个不小的数目。但他的田好田不多。一部分在北乡。北乡田瘦,有的只能长草,谓之"草田"。年轻时他是亲自管田的,常常下乡。后来请人代管,田地上的事就不再过问。我们那里有一种人,专替大户人家管田产,叫做"田禾先生"。看青(估产)、收租、完粮、丈地……这也是一套学问。田禾先生大都是世代相传的。我们家的田禾先生姓龙,我们叫他龙先生。他给我留下颇深的印象,是因为他骑驴。我们那里的驴一般都是牵磨用,极少用来乘骑。龙先生的家不在城里,在五里坝。他每逢进城办事或到别的乡下去,都是骑驴。他的驴拴在檐下,我爱喂它吃粽子叶。龙先生总是关照我把包粽子的麻筋拣干净,说是驴吃了会把肠子缠住。

祖父所开的店铺主要是两家药店,一家万全堂,在北市口,一家保全堂,在东大街。这两家药店过年贴的春联是祖父自撰的。万全堂是"万花仙掌露,全树上林春",保全堂是"保我黎民,全登寿域"。祖父的药店信誉很好,他坚持必须卖"地道药材"。药店一般倒都不卖假药,但是常常不很地道。尤其是丸散,常言"神仙难识丸散",连做药店的内行都不能分辨这里该用的贵重药料,麝香、珍珠、冰片之类是不是上色足量。万全堂的制药的过道上挂着一副金字对联:"修合虽无人见,存心自有天知",并非虚语。我们县里有几个门面辉煌的大药店,店里的店员生了病,配方抓药,都不在本店,叫家里人到万全堂抓。祖父并不到店问事,一切都交给"管事"(经理)。只到每年腊月二十四,由两位管事挟了总账,到家里来,向祖父报告一年营业情况。因为信誉好,盈利是有保证的。我常到两处药店去玩,尤其是保全堂,几乎每天都去。我熟悉一些中药的加工过程,熟悉药材的形状、颜色、气味。有时也参加搓"梧桐子大"的蜜丸、碾药,摊膏药。保全堂的"管事"、"同事"(配药的店员)、"相公"(学生意未满师的)跟我关系很好。他们对我有一个很亲切的称呼,不叫我的名字,叫"黑少"——我小名叫黑子。我这辈子没有人这样称呼过我。我的小说《异秉》写的就是保全堂的生活。

祖父是很有名的眼科医生。汪家世代都是看眼科的。他有一球眼药,有一个柚子大,黑咕隆咚的。祖父给人看了眼,开了方子,祖母就用一把大剪子从黑柚子的窟窿抠出耳

屎大一小块，用纸包了交给病人，嘱咐病人用清水化开，用灯草点在眼里。这一球眼药不知道有多少年头了，据说很灵。祖父为人看眼病是不收钱也不受礼的。

中年以后，家道渐丰，但是祖父生活俭朴，自奉甚薄。他爱喝一点好茶，西湖龙井。饭食很简单。他总是一个人吃，在堂屋一侧放一张"马机"——较大的方凳，便是他的餐桌。坐小板凳。他爱吃长鱼（鳝鱼）汤下面。面下在白汤里，汤里的长鱼捞出来便是酒菜。——他每顿用一个五彩釉画公鸡的茶盅喝一盅酒。没有长鱼，就用咸鸭蛋下酒。一个咸鸭蛋吃两顿。上顿吃一半，把蛋壳上掏蛋黄蛋白的小口用一块小纸封起来，下顿再吃。他的马机上从来没有第二样菜。喝了酒，常在房里大声背唐诗："李白斗酒诗百篇，长安市上酒家眠。天子呼来不上船，自称臣是酒……中……仙……"汪铭甫的俭省，在我们县是有名的。

但是他曾有一个时期舍得花钱买古董字画。他有一套商代的彝鼎，是祭器。不大，但都有铭文。难得的是五件能配成一套。我们县里有钱人家办丧事，六七开吊，常来借去在供桌上摆一天。有一个大霁红花瓶，高可四尺，是明代物。1986年我回乡时，我的妹婿问我："人家都说汪家有个大霁红花瓶，是有过么？"我说："有过！"我小时天天看见，放在"老爷柜"（神案）上，不过我们并不觉得它有什么名贵，和老爷柜上的锡香炉烛台同等看待之。他有一个奇怪古董：浑天仪。不是陈列在南京紫金山天文台和北京观象台的那种大家伙,只是一个直径约四寸的铜的滴溜圆的圆球,上面有许多星星,下面有一个把,安在紫檀木座上。就放在他床前的小条桌上。我曾趴在桌上细细地看过,没有什么好看。是明代御造的。其珍贵处在一次一共只造了几个。祖父不知是从哪里买来的。他还为此起了一个斋名"浑天仪室",让我父亲刻了一块长方形的图章。他有几张好画。有四幅马远的小屏条。他曾为这四张画亲自到苏州去,请有名的细木匠做了檀木框,把画嵌在里面。对这四幅画的真伪,我有点怀疑,画的构图颇满,不像"马一角"。但"年份"是很旧的。有一个高约八尺的绢地大中堂,画的是"报喜图"。一棵很大的柏树,树上有十多只喜鹊,下面卧着一头豹子。作者是吕纪。我小时候不知吕纪是何许人,只觉得画得很像,豹子的毛是一根一根都画出来的,真亏他有那么多工夫!这几幅画平常是不让人见的,只在他六十大寿时拿出来挂过。同时挂出来的字画,我记得有郑板桥的六尺大横幅,纸本,画的是兰花;陈曼生的隶书对联;汪琬的楷书对联。我对汪琬的对子很有兴趣,字很端秀,尤其是对子的纸,真好看,豆绿色的蜡笺。他有很多字帖,是一次从夏家买下来的。夏家是百年以上的大家,号"十八鹤来堂夏家"(据说堂建成时有十八只仙鹤飞来)。夏家的房屋极多而大,花园里有合抱的大桂花,有曲沼流泉,人称"夏家花园"。后来败落了,就出卖藏书字画。祖父把几箱字帖都买了。我小时候写的《圭峰碑》、《闲邪公家传》,以及后来奖励

给我的虞世南的《夫子庙堂碑》、褚遂良的《圣教序》、小字《麻姑仙坛》,都是初拓本,原是夏家的东西。祖父有两件宝。一是一块蕉叶白大端砚。据我父亲说,颜色正如芭蕉叶的背面。是夏之蓉的旧物。一是《云麾将军碑》,据说是个很早的拓本,海内无二,这两样东西祖父视为性命,每遇"兵荒",就叫我父亲首先用油布包了埋起来。这两件宝物,我都没有看见过。解放后还在,现在不知下落。

我弄不清祖父的"思想"是怎么回事。他是幼读孔孟之书的,思想的基础当然是儒家。他是学佛的,在教我读《论语》的桌上有一函《南无妙法莲华经》。他是印光法师的弟子。他屋里的桌上放的两部书,一部是顾炎武的《日知录》,另一部是《红楼梦》!更不可理解的是,他订了一份杂志:邹韬奋编的《生活周刊》。

我的祖父本来是有点浪漫主义气质,诗人气质的,只是因为所处的环境,使他的个性不可能得到发展。有一年,为了避乱,他和我父亲这一房住在乡下一个小庙里,即我的小说《受戒》所写的菩提庵里,就住在小说所写"一花一世界"那间小屋里。这样他就常常让我陪他说说闲话。有一天,他喝了酒,忽然说起年轻时的一段风流韵事,说得老泪纵横。我没怎么听明白,又不敢问个究竟。后来我问父亲:"是有那么一回事吗?"父亲说:"有!是一个什么大官的姨太太。"老人家不知为什么要跟他的孙子说起他的艳遇,大概他的尘封的感情也需要宣泄宣泄吧。因此我觉得我的祖父是个人。

我的祖母是谈人格的女儿。谈人格是同光间本县最有名的诗人,一县人都叫他"谈四太爷"。我的小说《徙》里所写的谈甓渔就是参照一些关于他的传说写的。他的诗我在小说《故里杂记·李三》的附注里引用过一首《警火》。后来又读了友人从旧县志里抄出寄来的几首。他的诗明白晓畅,是"元和体",所写多与治水、修坝、筑堤有关,是"为事而发",属闲适一类者较少。看来他是一个关心世务的明白人,县人所传关于他的胡涂放诞的故事不怎么可靠。

祖母是个很勤劳的人,一年四季不闲着。做酱。我们家吃的酱油都不到外面去买。把酱豆瓣加水熬透,用一个牛腿似的布兜子"吊"起来,酱油就不断由布兜的末端一滴一滴滴在盆里。这"酱油兜子"就挂在祖母所住房外的廊檐上。逢年过节,有客人,都是她亲自下厨。她做的鱼圆非常嫩。上坟祭祖的祭菜都是她做的。端午,包粽子。中秋洗"连枝藕"——藕得有五节,极肥白,是供月亮用的。做糟鱼。糟鱼烧肉,我小时候不爱吃那种味儿,现在想起来是很好吃的东西。腌咸蛋。入冬,腌菜。腌"大咸菜",用一个能容五担水的大缸腌"青菜"。我的家乡原来没有大白菜,只有青菜,似油菜而大得多。腌芥菜。腌"辣菜",——小白菜晾去水分,入芥末同腌,过年时开坛,色如淡金,辣味冲鼻,极香美。自离家乡,我从来没吃过这么好吃的咸菜。风鸡,——大公鸡不去毛,揉入粗盐,外包荷叶,悬之于通风处,约二十日即得,久则愈佳。除夕,要吃一顿"团圆饭",祖父与儿孙同桌。团圆饭必有一道鸭羹汤,鸭丁与山药丁、慈姑丁同煮。这是徽州菜。大年初一,祖母头一个起来,包"大圆子",即汤团。我们家的大圆子特别"油"。圆子馅前十天就以洗沙猪油拌好,每天放在饭锅头蒸一次,油都"吃"进洗沙里去了,煮出,咬破,满嘴油。这样的圆子我最多能吃四个。

祖母的针线很好。祖父的衣裳鞋袜都是她缝制的。祖父六十岁时,祖母给他做了几双"挖云子"的鞋,——黑呢鞋面上挖出"云子",内衬大红薄呢里子。这种鞋我只在戏台上和古画上见过。老太爷穿上,高兴得像个孩子。祖母还会剪花样。我的小说《受戒》写小英子的妈赵大娘会剪花样,这细节是从我祖母身上借去的。

祖母对祖父照料得非常周到。每天晚上用一个"五更鸡"(一种点油的极小的炉子)给他炖大枣。祖父想吃点甜的,又没有牙,祖母就给他做花生酥,——花生用饼槌碾细,掺绵白糖,在一个针箍子(即顶针)里压成一个个小圆糖饼。

祖母是吃长斋的。有一年祖父生了一场大病,她在佛前许愿,从此吃了长斋。她吃的菜离不了豆腐、面筋、皮子(豆腐皮)……她的素菜里最好吃的是香蕈(即冬菇)饺子。香蕈熬汤,荠菜馅包小饺子,油炸后倾入滚汤中,嗤拉一声。这道菜她一生中也没有吃过几次。

她没有休息的时候。没事时也总在捻麻线。一个牛拐骨,上面有个小铁钩,续入麻丝后,用手一转牛拐,就捻成了麻线。我不知道她捻那么多麻线干什么,肯定是用不完的。小时候读归有光的《先妣事略》:"孺人不忧米盐,乃劳苦若不谋夕",觉得我的祖母就是这样的人。

祖母很喜欢我。夏天晚上,我们在天井里乘凉,她有时会摸着黑走过来,躺在竹床上给我"说古话"(讲故事)。有时她唱"偈",声音哑哑的:"观音老母站桥头……"这是我听她唱过的唯一的"歌"。

1991年10月,我回了一趟家乡,我的妹妹、弟弟说我长得像祖母。他们拿出一张祖母的六寸相片,我一看,是像,尤其是鼻子以下,两腮,嘴,都像。我年轻时没有人说过我像祖母。大概年轻时不像,现在,我老了,像了。

一九九二年一月二十二日

注释

① 本篇原载《作家》1992年第四期;初收《汪曾祺散文随笔选集》,沈阳出版社,1993年6月。

我的父亲①

——自传体系列散文《逝水》之四

我父亲行三。我的祖母有时叫他的小名"三子"。他是阴历九月初九重阳节那天生的,故名菊生(我父亲那一辈生字排行,大伯父名广生,二伯父名常生),字淡如。他作画时有时也题别号:亚痴、灌园生……他在南京读过旧制中学。所谓旧制中学大概是十年一贯制的学堂。我见过他在学堂时用过的教科书,英文是纳氏文法,代数几何是线装的有光纸印的,还有"修身"什么的。他为什么没有升学,我不知道。"旧制中学生"也算是功名。他的这个"功名"我在我的继母的"铭旌"上见过,写的是扁宋体的泥金字,所以记得。什么是"铭旌",看《红楼梦》贾府办秦可卿丧事那回就知道,我就不噜苏了。

我父亲年轻时是运动员。他在足球校队踢后卫。他是撑杆跳选手,曾在江苏全省运动会上拿过第一。他又是单杠选手。我还见过他在天王寺外边驻军所设置的单杠上表演过空中大回环两周,这在当时是少见的。他练过武术,腿上带过铁砂袋。练过拳,练过刀、枪。我见他施展过一次武功。我初中毕业后,他陪我到外地去投考高中。在小轮船上,一个初来的侦缉队以检查为名勒索乘客的钱财。我父亲一掌,把他打得一溜跟头,从船上退过跳板,一屁股坐在码头上。我父亲平常温文尔雅,我还没见过他动手打人,而且,真有两下子!我父亲会骑马。南京马场有一匹烈马,咬人,没人敢碰它,平常都用一截粗竹筒套住它的嘴。我父亲偷偷解开缰绳,一骗腿骑了上去。一趟马道子跑下来,这马老实了。父亲还会游泳,水性很好。这些,我都不知道他是什么时候学的。

从南京回来后,他玩过一个时期乐器。他到苏州去了一趟,买回来好些乐器,笙箫管笛、琵琶、月琴、拉秦腔的胡胡、扬琴,甚至还有大小唢呐,唢呐我从未见他吹过。这东西吵人,除了吹鼓手、戏班子,一般玩乐器人都不在家里吹。一把大唢呐,一把小唢呐(海笛)一直放在他的画室柜橱的抽屉里。我们孩子们有时翻出来玩。没有哨子,吹不响,只好把铜嘴含在嘴里,自己呜呜作声,不好玩!他的一枝洞箫、一枝笛子,都是少见的上品。洞箫箫管很细,外皮作殷红色,很有年头了。笛子不是缠丝涂了一节一节黑漆的,是整个笛管擦了荸荠紫漆的,比常见的笛子管粗。箫声幽远,笛声圆润。我这辈子吹过的箫笛无出其右者。这两枝箫笛不是从乐器店里买的,是花了大价钱从私人手里买的。他的琵琶是很好的,但是拿去和一个理发店里换了。他拿回理发店的那面琵琶又脏又旧、油里咕叽的。我问他为什么要换了这么一面脏琵琶回来,他说:"这面琵琶声音好!"理发店用一面旧琵琶换了他的几乎是全新的琵琶,当然乐意。不论什么乐器,他听听别人演奏,看看指法,就能学会。他弹过一阵古琴,说:都说古琴很难,其实没有什么。我的一个远房舅舅,有一把一个法国神父送他的小提琴,我父亲跟他借回来,鼓揪鼓揪,几天功夫,就能拉出曲子来。据我父亲说:乐器里最难,最要功夫的,是胡琴。别看它只有两根弦,很简单,越是简单的东西越不好弄。他拉的胡琴我拉不了,弓子硬,马尾多,滴的松香很厚,松香拉出一道很窄的深槽,我一拉,马尾就跑到深槽的外面来了。父亲不在家的时候我有时使劲拉一小段,我父亲一看松香就知道我动过他的胡琴了。他后来不大摆弄别的乐器了,只有胡琴是一直拉着的。

摒挡丝竹以后,父亲大部分时间用于画画和刻图章。他画画并无真正的师承,只有几个画友。画友中过从较密的是铁桥,是一个和尚,善因寺的方丈。我写的小说《受戒》里的石桥,就是以他为原型的。铁桥曾在苏州邓尉山一个庙里住过,他作画有时下款题为"邓尉山僧"。我父亲第二次结婚,娶我的第一个继母,新房里就挂了铁桥的一个条幅,泥金纸,上角画了几枝桃花,两只燕子,款题"淡如仁兄嘉礼　弟铁桥写贺"。在新房里挂一幅和尚的画,我的父亲可谓全无禁忌;这位和尚和俗人称兄道弟,也真是不拘礼法。我上小学的时候,就觉得他们有点"胡来"。这幅画的两边还配了我的一个舅舅写的一副虎皮宣的对子:"蝶欲试花犹护粉,莺初学啭尚羞簧",我后来懂得对联的意思了,觉得实在很不像话!铁桥能画,也能写。他的字写石鼓,画法任伯年。根据我的印象,都是相当有功力的。我父亲和铁桥常来往,画风却没有怎么受他的影响。也画过一阵工笔花卉。我们那里的画家有一种理论,画画要从工笔入手,也许是有道理的。扬州有一位专画菊花的画家,这位画家画菊按朵论价,每朵大洋一元。父亲求他画了一套菊谱,二尺见方的大册页。我有个姑太爷,也是画画的,说:"像他那样的玩法,我们玩不起!"兴化有一位画家徐子兼,画猴子,也画工笔花卉。我父亲也请他画了一套册页。有一开画的是罂粟花,薄瓣透明,十分绚丽。一开是月季,题了两行字:"春水蜜波为花写照"。"春水"、"蜜波"是月季的两个品种,我觉得这名字起得很美,一直不忘。我见过父亲画工笔菊花,原来花头的颜色不是一次敷染,要"加"几道。扬州有菊花名种"晓色",父亲说这种颜色最不好画。"晓色",很空灵,不好捉摸。他画成了,我一看,是晓色!他后来改了画写意,用笔略似吴昌硕,照我看,我父亲的画是有功力的,但是"见"得少,没有行万里路,多识大家真迹,受了限制。他又不会做诗,题画多用前人陈句,故布局平稳,缺少创意。

父亲刻图章,初宗浙派,清秀规矩。他年轻时刻过一套《陋室铭》印谱,有几方刻得不错,但是过于著意,很拘谨。有"兰带"、"折钉",都是"做"出来的。有一方"草色入帘青"是双钩,我小时觉得很好看,稍大,即觉得纤巧小气。《陋室铭》印谱只是他初学刻印的成绩。三十多岁后,渐渐豪放,以治汉印为主。他有一套端方的《匋斋印存》,经常放在案头。有时也刻浙派小印。我记得他给一个朋友张仲陶刻过一块青田冻石小长方印,文曰"中匋",实在漂亮。"中匋"两字也很好安排。

刻印的人多喜藏石。父亲的石头是相当多的,他最心爱的是三块田黄。我在小说《岁寒三友》中写的靳彝甫的三块田黄,实际上写的是我父亲的三块图章。

他盖章用的印泥是自己做的。用的是"大劈砂",这是朱砂里最贵重的。大劈砂深紫色的,片状,制成印泥,鲜红夺目。他说见过一些明朝画,纸色已经灰暗,而印色鲜明不变。大劈砂盖的图章可以"隐指",即用手指摸摸,印文是鼓出的。他的画室的书橱里摆了一列装在玻璃瓶的大劈砂和陈年的蓖麻子油,蓖麻是调印色用的。

我父亲手很巧,而且总是活得很有兴致。他会做各种玩意。元宵节,他用通草(我们家开药店,可以选出很大片的通草)为瓣,用画牡丹的西洋红(西洋红很贵,齐白石作画,有一个时期,如用西洋红,是要加价的)染出深浅,做成一盏荷花灯,点了蜡烛,比真花还美。他用蝉翼笺染成浅绿,以铁丝为骨,做了一盏纺织娘灯,下安细竹棍。我和姐姐提了,举着这两盏灯上街,到邻居家串门,好多人围着看。清明节前,他糊风筝。有一年糊了一只蜈蚣(我们那里叫"百脚"),是绢糊的。他用药店里称麝香用的小戥子约蜈蚣两边的鸡毛,——鸡毛必须一样重,否则上天就会打滚。他放这只蜈蚣不是用的一般线,是胡琴的老弦。我们那里用老弦放风筝的,家父实为第一人。(用老弦放风筝,风筝可以笔直地飞上去,没有"肚子"。)他带了几个孩子在傅公桥麦田里放风筝。这时麦子尚未"起身",是不怕踩的,越踩越旺。春服既成,惠风和畅,我父亲这个孩子头带着几个孩子,在碧绿的麦垄间奔跑呼叫,为乐如何?我想念我的父亲(我现在还常常梦见他),想念我的童年,虽然我现在是七十二岁,皤然一老了。夏天,他给我们糊养金铃子的盒子。他用钻石刀把玻璃裁成一小块一小块,再合拢,接缝处用皮纸浆糊固定,再加两道细蜡笺条,成了一只船、一座小亭子、一个八角玲珑玻璃球,里面养着金铃子。隔着玻璃,可以看到金铃子在里面爬,吃切成小块的梨,张开翅膀"叫"。秋天,买来拉秧的小西瓜,把瓜瓤掏空,在瓜皮上镂刻出很细致的图案,做成几盏西瓜灯。西瓜灯里点了蜡烛,撒下一片绿光。父亲鼓捣半天,就为让孩子高兴一晚上。我的童年是很美的。

　　我母亲死后,父亲给她糊了几箱子衣裳,单夹皮棉,四时不缺。他不知从哪里搜罗来各种颜色,砑出各种花样的纸。听我的大姑妈说,他糊的皮衣跟真的一样,能分出滩羊、灰鼠。这些衣服我没看见过,但他用剩的色纸,我见过。我们用来折"手工"。有一种纸,银灰色,正像当时时兴的"慕本缎子"。

我父亲为人很随和，没架子。他时常周济穷人，参与一些有关公益的事情。因此在地方上人缘很好。民国二十年发大水，大街成了河。我每天看见他着齐胸的水出去，手里横执了一根很粗的竹篙，穿一身直罗褂，他出去，主要是办赈济。我在小说《钓鱼的医生》里写王淡人有一次乘了船，在腰里系了铁链，让几个水性很好的船工也在腰里系了铁链，一头拴在王淡人的腰里，冒着生命危险，渡过激流，到一个被大水围困的孤村去为人治病。这写的实际是我父亲的事。不过他不是去为人治病，而是去送"华洋义赈会"发来的面饼（一种很厚的面饼，山东人叫"锅盔"）。这件事写进了地方上人送给我祖父的六十寿序里，我记得很清楚。

父亲后来以为人医眼为职业。眼科是汪家祖传。我的祖父、大伯父都会看眼科。我不知道父亲懂眼科医道。我十九岁离开家乡，离乡之前，我没见过他给人看眼睛。去年回乡，我的妹婿给我看了一册父亲手抄的眼科医书，字很工整，是他年轻时抄的。那么，他是在眼科上下过功夫的。听说他的医术还挺不错。有一个邻居的孩子得了眼疾，双眼肿得像桃子，眼球红得像大红缎子。父亲看过，说不要紧。他叫孩子的父亲到阴城（一片乱葬坟场，很大，很野，据说韩世忠在这里打过仗）去捉两个大田螺来。父亲在田螺里倒进两管鹅翎眼药，两撮冰片，把田螺扣在孩子的眼睛上。过了一会田螺壳裂了。据那个孩子说，他睁开眼，看见天是绿的。孩子的眼好了，一生没有再犯过眼病。田螺治眼，我在任何医书上没看见过,也没听说过。这个"孩子"现在还在,已经五十几岁了。是个理发师傅。去年我回家乡,从他的理发店门前经过,那天,他又把我父亲给他治眼的经过,向我的妹婿详细地叙述了一次。这位理发师傅希望我给他的理发店写一块招牌。当时我很忙,没有来得及给他写。我会给他写的。一两天就写了托人带去。

我父亲配制过一次眼药。这个配方现在还在,但是没有人配得起,要几十种贵重的药,包括冰片、麝香、熊胆、珍珠……珍珠要是人戴过的。父亲把祖母帽子上的几颗大珠子要了去。听我的第二个继母说,他制药极其虔诚,三天前就洗了澡("斋戒沐浴"),一个人住在花园里,把三道门都关了,谁也不让去。

父亲很喜欢我。我母亲死后,他带着我睡。他说我半夜醒来就笑。那时我三岁(实年)。我到江阴去投考南菁中学,是他带着我去的。住在一个茶庄的栈房里,臭虫很多。他就点了一支蜡烛,见有臭虫,就用蜡烛油滴在它身上。第二天我醒来,看见席子上好多好多蜡烛油点子。我美美地睡了一夜,父亲一夜未睡。我在昆明时,他还在信封里用玻璃纸包了一小包"虾松"寄给我过。我父亲很会做菜,而且能别出心裁。我的祖父春天忽然想吃螃蟹。这时候哪里去找螃蟹?父亲就用瓜鱼(即水仙鱼),给他伪造了一盘螃蟹,据说吃起来跟真螃蟹一样。"虾松"是河虾剁成米大小粒,掺以小酱瓜丁,入温油炸透。我也吃过别人做的"虾松",都比

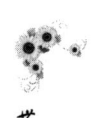

不上我父亲的手艺。

  我很想念我的父亲。现在还常常做梦梦见他。我的那些梦本和他不相干，我梦里的那些事，他不可能在场，不知道怎么会搀和进来了。

一九九二年五月二十八日

注释

  ① 本篇原载《作家》1992年第八期；初收《汪曾祺散文随笔选集》，沈阳出版社，1993年6月。

我的母亲[①]

——自传体系列散文《逝水》之五

我父亲结过三次婚。

我的生母姓杨。我不知道她的学名。杨家不论男女都是排行的。我母亲那一辈"遵"字排行,我母亲应该叫杨遵什么。前年我写信问我的姐姐,我们的母亲叫什么。姐姐回信说:叫"强四"。我觉得很奇怪,怎么叫这么个名呢?是小名么?也不大像。我知道我母亲不是行四。一个人怎么会连自己母亲的名字都不知道呢?因为我母亲活着的时候我太小了。

我三岁的时候,母亲就故去了。我对她一点印象都没有。她得的是肺病,病后即移住在一个叫"小房"的房间里,她也不让人把我抱去看她。我只记得我父亲用一个煤油箱自制了一个炉子,煤油箱横放着,有两个火口,可以同时为母亲熬粥,熬参汤、燕窝,另外还记得我父亲雇了一只船陪她到淮城去就医,我是随船去的。我记得小船中途停泊时,父亲在船头钓鱼,还记得船舱里挂了好多大头菜。我一直记得大头菜的气味。

我只能从母亲的画像看看她。据我的大姑妈说,这张像画得很像。画像上的母亲很瘦,眉尖微蹙。样子和我的姐姐很相似。

我母亲是读过书的。她病倒之前每天还写一张大字。我曾在我父亲的画室里找出一摞母亲写的大字,字写得很清秀。

前年我回家乡,见着一个老邻居,她记得我母亲。看见过我母亲在花园里看花。——这家邻居和我们家的花园只隔一堵短墙。我母亲叫她"小新娘子"。"小新娘子,过来过来,给你一朵花戴。"我于是好像看见母亲在花园里看花,并且觉得她对邻居很和善。这位"小新娘子"已经是八十多岁的老太太了!

我还记得我母亲爱吃京冬菜。这东西我们家乡是没有的,是托做京官的亲戚带回来的,装在陶制的罐子里。

我母亲死后,她养病的那间"小房"锁了起来,里面堆放着她生前用的东西,全部嫁妆,——"摞橱"、皮箱和铜火盆、朱漆的火盆架子……我的继母有时开锁进去,取一两样东西,我跟着进去看过。"小房"外面有一个小天井。靠南有一个秋叶形的小花台。花台上开了一些秋海棠。这些海棠自开自落,没人管它。花很伶仃,但是颜色很红。

我的第一个继母娘家姓张。她们家原来在张家庄住,是个乡下财主。后来在城里盖了房子,才搬进城来。房子是全新的,新砖,新瓦,油漆的颜色也都很新。没有什么花木,却有一片很大的桑园。我小时就觉得奇怪,又不养蚕,种那么多桑树做什么？桑树都长得很好，干粗叶大，是湖桑。

我的继母幼年丧母，她是跟姑妈长大的，姑妈家姓吴。继母的姑妈年轻守寡。她住的房子二梁上挂着一块匾，朱地金字："松贞柏节"，下款是"大总统题"。这大总统不知是谁，是袁世凯？还是黎元洪？吴家家境不富裕，住的房子是张家的三间偏房。老姑奶奶有两个儿子，一个叫大和子，一个叫小和子。两个儿子都没上学校，念了几年私塾，专学珠算。同年龄的少年学"鸡兔同笼"，他们却每天打"归除"、"斤求两，两求斤"。他们是准备到钱庄去学生意的。

我的继母归宁，也到她的继母屋里坐坐，但大部分时间都在这三间偏房里和姑妈在一起。我父亲到老丈人那边应酬应酬，说些淡话，也都在"这边"陪姑妈闲聊。直到"那边"来请坐席了，才过去。

继母身体不好。她婚前咳嗽得很利害，和我父亲拜堂时是服用了一种进口的杏仁露压住的。

她是长女，但是我的外公显然并不钟爱她。她的陪嫁妆奁是不丰的。她有时准备出门作客，才戴一点首饰。比较好的首饰是副翡翠耳环。有一次，她要带我们到外公家拜年，她打扮了一下，换了一件灰鼠的皮袄。我觉得她一定会冷。这样的天气，穿一件灰鼠皮袄怎么行呢？然而她只有一件皮袄。我忽然对我的继母产生一种说不出来的感情。我可怜她，也爱她。

后娘不好当。我的继母进门就遇到一个局面,"前房"(我的生母)留下三个孩子:我姐姐,我,还有一个妹妹。这对于"后娘"当然会是沉重的负担。上有婆婆,中有大姑子、小姑子,还有一些亲戚邻居,她们都拿眼睛看着,拿耳朵听着。

也许我和娘(我们都叫继母为娘)有缘,娘很喜欢我。

她每次回娘家,都是吃了晚饭才回来。张家总是叫了两辆黄包车,姐姐和妹妹坐一辆,娘搂着我坐一辆。张家有个规矩(这规矩是很多人家都有的),姑娘回自己婆家,要给孩子手里拿两根点着了的安息香。我于是拿着两根安息香,偎在娘怀里。黄包车慢慢地走着。两旁人家、店铺的影子向后移动着,我有点迷糊。闻着安息香的香味,我觉得很幸福。

小学一年级时,冬天,有一天放学回家,我大便急了,憋不住,拉在裤子里了(我记得我拉的屎是热腾腾的)。我兜着一裤兜屎,一扭一扭地回了家。我的继母一闻,二话没说,赶紧烧水,给我洗了屁股。她把我擦干净了,让我围着棉被坐着。接着就给我洗衬裤刷棉裤。她不但没有说我一句,连眉头都没有皱一下。

我妹妹长了头虱,娘煎了草药给她洗头,用篦子给她篦头发。张氏娘认识字,念过《女儿经》。《女儿经》有几个版本,她念过的那本,她从娘家带了过来,我看过。里面有这样的句子:"张家长,李家短,别人的事情我不管。"她就是按照这一类道德规范做人的。她有时念经:《金刚经》、《心经》、《高王经》。她是为她的姑妈念的。

她做的饭菜有些是乡下做法，比如番瓜（南瓜）熬面疙瘩、煮百合先用油炒一下。我觉得这样的吃法很怪。

她死于肺病。

我的第二个继母姓任。任家是邵伯大地主，庄园有几座大门，庄园外有壕沟吊桥。

我父亲是到邵伯结的婚。那年我已经十七岁，读高二了。父亲写信给我和姐姐，叫我们去参加他的婚礼。任家派一个长工推了一辆独轮车到邵伯码头来接我们。我和姐姐一人坐一边。我第一次坐这种独轮车觉得很有趣。

我已经很大了，任氏娘对我们很客气，称呼我是"大少爷"。我十九岁离开家乡到昆明读大学。1986年回乡，这时娘才改口叫我"曾祺"。——我这时已经六十六岁，也不是什么"少爷"了。

我对任氏娘很尊敬，因为她伴随我的父亲度过了漫长的很艰苦的沧桑岁月。

她今年八十六岁。

一九九二年七月十一日

注释

① 本篇原载《作家》1993年第二期；初收《汪曾祺散文随笔选集》，沈阳出版社，1993年6月。

大莲姐姐[1]

——自传体系列散文《逝水》之六

大莲姐姐可以说是我的保姆。她是我母亲从娘家带过来的。她在杨家伺候大小姐——我母亲,到了我们家"带"我。我们那里把女佣人都叫做"莲子","大莲子"、"小莲子"。伺候我的二伯母的女佣人,有一个奇怪称呼,叫"高脚牌大莲子"。不知道怎么会这样称呼,可能是她的脚背特别高。全家都叫我的保姆为"大莲子",只有我叫她"大莲姐姐"。

我小时候是个"惯宝宝"。怕我长不大,于是认了好几个干妈,在和尚庙、道士观里都记了名,我的法名叫"海鳌"。我还记得在我父亲的卧室的一壁墙上贴着一张八寸高五寸宽的梅红纸,当中一行字"三宝弟子求取法名海鳌",两边各有一个字,一边是"皈",一边是"依"。我大概是从这张记名红纸上才认得这个"皈"字的。因为是"惯宝宝",才有一个保姆专门"看"我。大莲姐姐对我的姐姐和妹妹是不大管的,就管照看我一个人。

大莲姐姐对我母亲很有感情,对我的继母就有一种敌意。继母还没有过门,嫁妆先发了过来,新房布置好了。她拍拍一张小八仙桌,对我的姐姐说:"这是红木的,不是海梅的!""海梅"别处不知叫什么,在我们那里是最贵重的木料。我母亲的嫁妆就是海梅的。她还教我们唱:

"小白菜呀,

地里黄呀……"

我虽然很小,也觉得这不好。

大莲姐姐对我是很好。我小时不好好吃饭,老是围着桌子转,她就围着桌子追着喂我。不知要转多少圈,才能把半碗饭喂完。

晚上,她带着我睡。

我得了小肠疝气,有时发作,就在床上叫:"大莲姐姐,我疼。"她就熬了草药,倒在一个痰盂里,抱我坐在上面薰。薰一会,坠下来的小肠就能收缩回去。她不知从哪里学到一些偏方,都试过。煮了胡萝卜,让我吃。我天天吃胡萝卜,弄得我到现在还不喜欢胡萝卜的味儿。把鸡蛋打匀了,用个秤锤烧红了,放在鸡蛋里,嗤啦一声,鸡蛋熟了。不放盐,吃下去。真不好吃!

我上小学后,大莲姐姐辞了事,离开我们家。她好像在别的人家做了几年。后来,就不帮人了,住在臭河边一个白衣庵里。她信佛,听我姐姐说,她受过戒。并未剃去头发,只在头顶上剃了一块,烧的戒疤也少,头发长长了,拢上去,看不出来。她成了个"道婆子"。我们那里有不少这种道婆子。她们每逢哪个庙的香期,就去"坐经",——席地坐着,一坐一天。不管什么庙,是庙就"坐"。东岳庙、城隍庙,本来都是道士住持,她们不管,一屁股坐下就念"南无阿弥陀佛",我放学回家,路过白衣庵,她有时看着我走过,有时也叫我到她那里去玩。白衣庵实在没有什么好"玩"的。这是一个小庵,殿上塑着一尊白衣观音。天井东西各有一间小屋,大莲姐姐住东屋,西屋住的也是一个"带发修行"的道婆子。

她后来又和同善社、"理教劝戒烟酒会"的一些人混在一起。我们那里没有一贯道。如果有,她一定也会入一贯道的。她是什么都信的。

一九九二年七月十二日

注释

① 本篇原载《作家》1993年第四期;初收《汪曾祺散文随笔选集》,沈阳出版社,1993年6月。